Le milliardaire intrépide

L'OBSESSION DU MILLIARDAIRE

Zane

J. S. SCOTT

Le milliardaire intrépide

ISBN: 979-8-526271-26-4 (Print)
ISBN: 978-1-951102-64-7 (E-Book)

Sommaire

Prologue

Sept mois plus tôt...

— Oh mon Dieu. Ce n'est pas possible. Pas mon adorable Chloé, se dit Ellie Winters dans un murmure angoissé.

Elle était seule dans le cabinet médical où elle travaillait, personne ne pouvait donc entendre la panique dans sa voix.

Ellie était horrifiée par les vidéos qu'elle venait de découvrir sur l'ordinateur portable de James — complètement par accident — alors qu'elle cherchait un document que son patron lui avait demandé de trouver et d'imprimer.

Elle s'était laissée distraire en découvrant un dossier intitulé « Vidéos Chloé » et n'avait pu résister à la tentation de regarder ce qu'elle croyait être des images joyeuses de sa meilleure amie, consciente qu'elle cliquait sur quelque chose qui ne la regardait pas.

Dans ces vidéos, elle s'attendait à trouver une Chloé souriante, même s'il y avait longtemps qu'Ellie n'avait pas vu un sourire sur son visage. Ces derniers temps, Chloé était distraite et étrangement nerveuse.

Chloé Colter faisait partie de ces personnes naturellement douces, bienveillantes et joviales.

Malheureusement, ce qu'elle venait de voir dans ces vidéos n'avait rien de jovial, et tout de terrifiant.

Ellie ne travaillait pour le fiancé de Chloé que depuis une semaine environ, et il ne semblait pas facile à vivre. Ce qu'elle venait de voir confirmait malheureusement que James n'était pas qu'un simple imbécile.

Il était purement et simplement dangereux !

Des larmes se mirent à couler sur les joues d'Ellie. Elle referma et débrancha l'ordinateur portable, sachant qu'elle devait trouver Chloé au plus vite.

Je dois lui parler. Elle ne peut pas l'épouser. Pourquoi diable est-elle encore fiancée à cet homme ? Bon sang, cette ordure devrait être en prison !

Ellie s'en voulait de ne pas avoir cherché à comprendre pourquoi Chloé semblait si différente depuis son retour à Rocky Springs. Elle pensait simplement que son amie avait besoin de temps pour s'adapter à sa vie ici après avoir été absente pendant si longtemps, occupée par ses études pour devenir vétérinaire. Elle la croyait également un peu stressée à l'approche du mariage avec James. La planification d'un mariage est toujours un peu stressante, n'est-ce pas ? Surtout que Chloé essayait encore d'établir sa carrière de vétérinaire.

Il y a beaucoup de détails dans cette histoire qui me dépassent encore. Je dois parler à Chloé, je dois essayer de comprendre pourquoi elle cache les agissements abusifs de James.

L'instinct protecteur d'Ellie flottait dans son estomac. Au cours de leurs vingt ans d'amitié, Chloé n'avait jamais hésité à courir à son secours. Combien de fois Chloé l'avait-elle aidée à sortir de la pauvreté quand elles étaient plus jeunes ? Ellie avait perdu le compte. Tout comme elle avait perdu le compte du nombre de fois où la famille de Chloé l'avait nourrie quand sa mère ne pouvait pas le faire, ou lui avait donné des chaussures et des vêtements, Chloé prétextant qu'ils n'étaient plus à sa taille.

Chloé et sa mère ont tellement pris soin de moi au fil des ans.

Ellie réprima un sanglot, déterminée à empêcher sa meilleure amie de finir mariée avec le diable en personne. Chloé méritait le meilleur mari qui soit.

Pourquoi ? Pourquoi cache-t-elle ce que James lui fait subir ?

Ellie n'avait pas de réponse à cette question, mais elle avait bien l'intention d'en trouver une. Elle préférait encore contraindre Chloé à sortir de cette relation plutôt que de la voir se lier à vie avec Satan.

Elle empoigna précipitamment son sac à main, prête à se rendre chez Chloé. Elle pourrait l'appeler, mais elle avait besoin de la voir en personne. Chloé n'était certainement pas au courant de l'existence de ces vidéos et elle serait probablement horrifiée de les découvrir.

Chloé Colter était sa meilleure amie depuis l'école primaire. Ellie savait très bien que les cris terrifiés de douleur et d'agonie que Chloé poussait dans cette vidéo ne faisaient pas partie d'un jeu sexuel. Elle y apparaissait effrayée et suppliait James d'arrêter.

Mais ce salaud ne s'arrêtait pas. À quel genre de jeu malsain jouait-il ? Et comment Chloé avait-elle pu en arriver là ? Pourquoi ne l'avait-elle pas simplement quitté ? Après tout, elle était de la famille Colter. Elle n'avait pas besoin d'un homme. Chloé était suffisamment riche et intelligente pour mener sa propre vie. De surcroît, elle avait quatre frères aînés qui seraient ravis de s'occuper de James s'ils découvraient la façon dont il la traitait. Mais surtout, pourquoi ne l'avait-elle jamais dénoncé à la police ? Son esprit emporté dans un tourbillon d'interrogations, Ellie se dépêcha de quitter le bureau.

Soudain, quelqu'un agita la poignée de la porte d'entrée verrouillée. Le bruit la fit paniquer. Elle serra l'ordinateur portable contre elle et se mit à courir tandis que la porte s'ouvrait.

Elle ne chercha pas à voir qui venait d'entrer. Peu de gens avaient la clé. Même s'il ne s'agissait que de l'équipe de nettoyage, elle ne voulait pas prendre le risque de le découvrir. Elle s'élança en direction de la sortie de secours afin de regagner son véhicule pour aller retrouver Chloé.

— Ellie !

En entendant la voix rugissante de James depuis la réception, sa fréquence cardiaque fut instantanément multipliée par trois.

Je dois rejoindre ma voiture. Je dois rejoindre Chloé.

Tandis qu'elle se précipitait vers la sortie, Ellie entendit les pas lourds de James derrière elle. Sans se retourner, elle se jeta sur la sortie de secours et poussa la porte métallique sans hésitation.

Elle regrettait désormais d'avoir mis des chaussures à talons, mais elle continua d'avancer aussi vite que possible en serrant l'ordinateur portable contre son corps, comme si sa vie en dépendait.

Je dois aller trouver Chloé. Je dois aller trouver Chloé. Par pitié.

Elle était sur le point d'arriver au niveau de sa vieille voiture en mauvais état — un véhicule qu'elle avait surnommé la Tortue Bleue — lorsque le corps de James entra en collision avec le sien. Tous deux tombèrent au sol. Ellie était désormais entre James et le bitume froid.

— Lâche. Moi. Cracha-t-elle à bout de souffle en luttant pour se défaire de lui.

— Pour quelle raison prends-tu la fuite avec mon ordinateur, mademoiselle Winters ? demanda James en enroulant ses mains autour de son cou.

— J'ai l'intention de travailler depuis chez moi ce soir, répondit-elle. C'était une piètre excuse, mais Ellie ne trouva rien de mieux à dire. Selon Chloé, elle était incapable de mentir.

Qu'importe ce qu'elle lui dirait, James ne la croirait certainement pas puisqu'elle était partie en courant dès son arrivée dans le cabinet.

— Tu as vu les vidéos, accusa-t-il d'un ton menaçant. Tu avais l'intention d'aller retrouver Chloé. Espèce de petite salope indiscrète. Je t'ai simplement demandé d'imprimer un document et tu t'es sentie obligée de regarder des choses que personne n'est censé voir. Du moins pas pour l'instant. Tu vas tout gâcher. Je suis bien content d'être revenu au cabinet quand j'ai pris conscience que tu serais tentée de fouiller dans mes affaires.

Alors peut-être que tu ne devrais pas laisser ces choses sur un ordinateur accessible à tout le monde, idiot.

Ellie étant une grande amatrice de séries policières, il lui apparaissait évident que James était soit trop idiot, soit trop psychotique pour ne pas avoir pensé à cette possibilité. En sentant sa prise se resserrer autour de son cou, elle comprit qu'elle était bel et bien en présence d'un homme capable du pire.

— Pourquoi veux-tu faire souffrir Chloé ? Elle ne te ferait jamais une chose pareille. Elle t'aime, dit Ellie, cessant ainsi de faire semblant pour essayer d'obtenir des réponses.

Le simple fait que Chloé ait pu un jour aimer un monstre comme James lui retournait l'estomac. Il ne méritait pas son amour. Ce salaud ne méritait même pas de se trouver dans la même pièce qu'elle.

— Bien sûr qu'elle m'aime, grogna James. Nous allons nous marier et personne ne pourra l'en empêcher. J'aurai enfin ce que je mérite.

Pour Ellie, il méritait surtout une paire de menottes et une cellule de prison très inconfortable pour le reste de sa vie. Il était évident que James pensait avoir droit à une part de la fortune détenue par la famille Colter, une richesse au-delà de l'imaginable.

— Tu mérites d'être en prison, haleta Ellie avec le peu d'air qu'elle put inhaler.

— Ferme ta gueule ! Nous allons nous lever. J'ai une arme, alors si tu fais le moindre bruit, je te refroidis, grogna-t-il dangereusement.

Ellie ne doutait pas un seul instant qu'il mettrait ses menaces à exécution. Après avoir vu la façon dont il traitait Chloé, elle le savait capable de tout.

James agrippa ses vêtements pour la forcer à se relever et, au même instant, Ellie vit l'acier brillant sous les lumières tamisées du parking vide. Il était réellement armé. Elle avait envie de crier le plus fort possible, mais elle se retint de le faire. Non seulement elle doutait que quiconque l'entende, mais cela lui ferait également courir le risque d'être réduite au silence pour l'éternité. Le bâtiment était un peu isolé des autres. Ils se trouvaient actuellement derrière celui-ci, il faisait nuit et il faisait froid. Il était peu probable que quiconque l'entende. Ellie conclut donc que si elle ne voulait pas finir morte, elle devait attendre une opportunité de s'évader.

Néanmoins, ce qui se passa ensuite mit aussitôt ce plan en péril.

— J'ai dit à Chloé que tu ne servais à rien. Tu ne lui es d'aucune utilité. Ta famille est pauvre. Tu es pauvre. Si j'ai accepté de t'embaucher, c'est seulement pour la faire taire ! s'exclama-t-il avant de lui donner un grand coup de poing au visage.

Ellie fut accablée par la douleur et la violence subite de ce coup. Ébranlée par la brutalité de l'impact, elle fut incapable de lui résister lorsqu'il l'entraîna en direction de sa voiture garée de l'autre côté du parking.

Une fois arrivé au niveau du véhicule, il la poussa vigoureusement contre la carrosserie. Ellie ne put s'empêcher de se demander s'il allait la tuer.

— James, tu n'as pas à faire ça. Et Chloé ? Et ta carrière ? Laisse-moi rentrer chez moi. Si tu arrêtes tout de suite, je n'en parlerai à personne, mentit-elle pour essayer de retrouver sa liberté.

— Tu me penses vraiment assez idiot pour te croire ? demanda-t-il d'une voix peu à peu changeante.

Une voix de plus en plus aiguë qui laissait transparaître une folie terrifiante.

Il va me tuer.

Le ton de sa voix ne laissait plus de place au doute. James était dangereux et capable du pire.

Il lui arracha l'ordinateur portable des mains et le lança sur la banquette arrière de sa voiture, puis il fit la même chose avec son sac à main. James referma ensuite la portière arrière et la poussa brutalement en direction du coffre. En comprenant ce qui était sur le point de se passer, elle commença à se débattre et à lutter pour sauver sa peau.

Il était désormais inutile de chercher à le raisonner. Et vraisemblablement tout aussi inutile de le supplier d'arrêter.

Alors, Ellie mobilisa toute sa force physique et mentale pour se défaire de lui. Elle essaya d'enfoncer ses doigts dans les yeux de James et de lui donner un coup de genou dans les parties intimes, mais il prit rapidement le dessus. Elle se mit à hurler en comprenant qu'elle ne survivrait pas s'il parvenait à l'enfermer dans le coffre de sa voiture.

— Ferme ta gueule, grogna-t-il une fois de plus en saisissant sa longue queue de cheval blonde.

Il tira si fort sur ses cheveux qu'elle en eut les larmes aux yeux.

Elle ne cessa pas de lutter, même lorsqu'il la souleva pour essayer de la jeter dans l'espace confiné à l'arrière de sa voiture.

Il est hors de question que je lui facilite la tâche.

Elle atterrit contre la surface dure au fond du coffre, elle s'empressa de lever les bras en l'air pour l'empêcher de l'enfermer dans ce cercueil de fortune.

Il ne m'épargnera pas.

— Nooooon ! À l'aide ! Au secours ! hurla-t-elle sans se soucier des menaces de James.

Mais personne ne vint à son secours.

Il suffit d'un coup de poing supplémentaire en plein visage pour la faire taire et la plonger dans le noir complet.

Ellie étant désormais inconsciente et incapable de se défendre, James ferma le coffre, se mit au volant du véhicule et disparut dans la nuit.

Chapitre 1

Aujourd'hui...

— Où peut-elle bien être ? marmonna Zane Colter en manœuvrant son SUV Bentley sur un énième chemin de terre menant à un énième chalet perdu au beau milieu des montagnes.

Depuis combien de temps la cherchait-il ? Les jours se succédaient sans interruption, mais Zane était tellement concentré sur sa mission qu'il se contentait de rester hydraté pour tenir le coup.

Il était bien content d'avoir acheté ce nouveau véhicule tout-terrain un mois ou deux plus tôt. Ici, à haute altitude, la neige tombait sans discontinuer et sa vitesse était suicidaire sur ces chemins de montagne glissants. Zane savait qu'il roulait trop vite. Les conditions météorologiques se détérioraient rapidement. Mais il était prêt à tout. Il savait dans quelle zone se trouvait Ellie grâce aux échantillons de terre qu'il avait prélevés sur une vieille paire de chaussures appartenant à James, ainsi que sur les pneus du pick-up garé dans son garage. Après avoir également trouvé un minuscule morceau d'une fleur fanée et rare dans la maison de cette ordure, Zane avait suivi son intuition et prélevé ces échantillons de terre. Une analyse approfondie lui avait ainsi permis d'identifier la seule zone où ce type de fleur pouvait pousser, ainsi que le type de sol nécessaire à sa survie.

Il doutait que James conduise ce vieux pick-up ailleurs que sur des chemins de terre montagneux. Quant aux chaussures, elles étaient tout aussi vieilles et très abîmées. Un abruti superficiel comme James ne les porterait jamais en public. Alors, après avoir établi le lien entre la fleur fanée et l'échantillon de terre prélevé, Zane avait pu délimiter une zone précise où Ellie pouvait se trouver. Malheureusement, aucune des propriétés dans les environs n'appartenait à James. Zane en avait donc déduit qu'il devait s'agir d'un lieu enregistré sous un autre nom.

— Où diable l'a-t-il cachée ? Bon sang ! gronda-t-il en frappant du poing sur le volant pour évacuer sa frustration, sachant que chaque minute comptait.

À ce stade, il risquait de retrouver un corps sans vie.

C'est hors de question.

Il repoussa cette idée de son esprit, puis il se concentra sur le petit chalet qui se trouvait au bout du chemin de terre presque inexistant sur lequel il roulait actuellement.

Zane essuya la sueur de son front avec sa main et glissa nerveusement ses doigts dans ses cheveux, le tout en luttant pour maintenir sa trajectoire sur le sol glissant.

Je vais bientôt devoir me rendre à l'évidence. J'ai fouillé tous les chalets et toutes les habitations de la zone. Sans rien trouver.

Zane ne saurait dire à quand remontait sa dernière nuit de sommeil. Il était épuisé, mais l'horloge tournait. Si James avait gardé Ellie en vie, alors elle manquait probablement d'eau et de nourriture. James était désormais mort, retrouvé suicidé. Ellie était donc seule depuis trop longtemps.

Je ne peux pas m'arrêter de chercher. J'ai promis à Chloé que je n'arrêterai pas tant que je ne l'aurais pas retrouvée.

Zane secoua lentement la tête, sachant qu'il s'agissait là d'une bonne excuse pour justifier ses recherches. En réalité, sa persévérance acharnée n'était pas uniquement liée au fait qu'Ellie était la meilleure amie de sa petite sœur.

Son instinct lui rongeait les tripes. Depuis trop longtemps.

Il connaissait assez bien Ellie pour savoir qu'elle n'aurait pas hésité à s'enfuir si l'occasion s'était présentée. La plupart des gens la croyaient calme et paisible, mais Zane avait bien vu son pouvoir autoritaire quand ils étaient enfants et adolescents. Ellie n'avait jamais eu le moindre problème à exprimer ses opinions. Du moins pas avec lui.

Elle était obsédée par l'ordre et l'organisation, ce qui n'avait jamais vraiment dérangé Zane puisqu'il n'était pas vraiment organisé dans sa vie privée. Il ne l'avait jamais été. . . Dans son travail de scientifique, il était méticuleux. Mais en dehors de son laboratoire, tout était sens dessus dessous. À vrai dire, il avait toujours été fasciné par la capacité d'Ellie à mener à bien plusieurs choses à la fois, le tout avec un soin et une organisation sans faille. Elle avait toujours été ainsi, même adolescente.

Zane devait bien admettre qu'il était amoureux d'elle lorsqu'ils étaient au lycée. Le fait qu'elle soit la meilleure amie de sa petite sœur la rendait totalement intouchable. Il avait donc dû se contenter de son amitié. Au lycée, Ellie était trop jeune, trop proche de la famille de Zane. Sans parler du fait que, à cette époque, il était beaucoup trop timide et maladroit pour avoir le courage de l'inviter à un rencard. Il avait appris à apprécier leur amitié. Même s'ils s'étaient un peu perdus de vue après le lycée, ses sentiments pour elle ne l'avaient jamais vraiment quitté. Après son départ pour l'université, Zane n'était plus jamais revenu vivre à Rocky Springs.

Il poussa un grognement en se garant devant le chalet qu'il cherchait.

— Merde ! Ça ressemble à une petite résidence secondaire.

Bien que le logement soit en bon état, celui-ci ne ressemblait pas au genre de bien qu'un médecin posséderait. Le chalet était minuscule et ressemblait davantage à une cabane de chasseur ou de pêcheur.

La neige s'était accumulée contre la porte et personne ne semblait être venu ici depuis bien longtemps. Au beau milieu de la tempête de neige, Zane sortit de son véhicule sans prendre la peine de le verrouiller.

Il ne devait pas y avoir grand monde dans les environs par un tel blizzard.

Zane avança péniblement dans la neige pour s'approcher de la porte, puis il donna quelques coups de pied dans le monticule de poudreuse qui bloquait l'entrée. Il saisit ensuite la poignée, mais la porte était fermée à clé. Déterminé à ne laisser aucune place au doute, il donna un grand coup d'épaule contre la porte pour faire céder la fragile serrure, puis il entra.

— Ellie ! beugla-t-il.

L'intérieur était si petit qu'il n'avait néanmoins probablement pas besoin de crier.

Il s'enfonça dans le petit chalet composé d'une pièce à vivre ainsi que d'une petite cuisine. Il inspecta rapidement la minuscule salle de bain, puis il se figea à l'entrée de la seule chambre du modeste chalet. Son corps se tendit en découvrant la silhouette d'une femme presque méconnaissable attachée dans un coin, en position fœtale, complètement nue.

— Merde ! lâcha-t-il en se précipitant dans la chambre.

Il s'accroupit à côté de la femme, ne sachant pas si elle était encore vivante.

Il écarta les cheveux sales de son visage.

— Ellie ? dit-il avec hésitation en plaçant ses doigts sur son cou pour trouver un pouls.

Son sang se mit à bouillir en voyant toutes les ecchymoses et les coupures mal cicatrisées qui couvraient son corps, son visage ainsi que ses membres. Un petit pot destiné à ce qu'elle fasse ses besoins était posés à côté d'elle, mais elle n'avait manifestement pas eu la force de l'utiliser. Ses bras et ses jambes étaient liés par de lourdes chaînes, ce qui limitait grandement sa mobilité. Il y avait une carafe d'eau vide à côté d'elle, ainsi qu'un sac plastique sans aucun contenu.

Zane n'obtint aucune réponse, mais son cœur se mit à marteler lorsqu'il trouva un pouls très faible.

Il se redressa et couru jusqu'à la cuisine où il trouva un verre qu'il s'empressa de remplir d'eau, profondément reconnaissant que le chalet soit raccordé à l'eau courante.

Zane ne prêta aucune attention à la mauvaise odeur qui se dégageait de la femme lorsqu'il la prit délicatement dans ses bras pour l'aider à se mettre en position assise.

— Ellie ? Ouvre les yeux. Tu as besoin d'eau. Tu es déshydratée.

Elle était déshydratée, et aussi affamée. Cependant, il devait se concentrer sur un problème à la fois, à commencer par le plus urgent. Ellie était une femme bien en chair, mais elle avait désormais la peau sur les os.

Il positionna le verre contre ses lèvres et l'inclina lentement. Ses paupières bougèrent, mais elle n'ouvrit pas les yeux. Zane se demanda si elle était encore en état de déglutir. Il ne voudrait certainement pas qu'elle s'étouffe avec l'eau qu'il essayait de lui faire boire.

— Essaie de boire pour moi, Ellie. Allez ! l'encouragea-t-il.

Il observa attentivement l'eau ruisseler lentement dans sa bouche et fut soulagé de voir les muscles de son cou se contracter faiblement.

Elle avait besoin de nourriture, mais il essaya d'abord de continuer à la faire boire il retourna ensuite à la cuisine pour essayer de trouver quelque chose qu'elle pourrait manger facilement. Avant même de commencer à fouiller dans les placards, Zane se souvint qu'il avait des boissons protéinées dans sa voiture, ce qui serait à la fois nourrissant et facile à consommer.

— C'est liquide, c'est mieux, se dit-il après être allé récupérer ce qu'il cherchait.

Il revint à l'intérieur et s'empressa de continuer à hydrater et nourrir Ellie.

Il devait procéder lentement, ce qui le rendait dingue. Zane voulait lui donner tout ce dont elle avait besoin au plus vite. Il voulait que son corps presque sans vie retrouve toute sa vigueur.

Il voulait retrouver Ellie telle qu'il la connaissait, quoi qu'il en coûte.

Je n'abandonnerai pas. Je n'abandonne jamais.

Il lui fallut un certain temps pour la libérer de ses liens d'acier grâce aux outils qu'il avait dans sa voiture. Il ne put s'empêcher de maudire son bourreau.

Si James n'était pas déjà mort, Zane l'aurait assassiné sans éprouver la moindre culpabilité.

Après avoir nourri Ellie avec une grande prudence, il la souleva dans ses bras afin de ne pas la laisser sur le sol froid. *Doux Jésus !* Elle était si légère que c'en était effrayant. Il prit la direction de la salle de bain, en espérant que l'eau chaude fonctionnait. Il tourna le robinet de la douche, attendit quelques secondes, et fut soulagé de constater que l'eau se réchauffait peu à peu.

Délicatement, Zane posa Ellie sur le sol, puis il ôta rapidement ses propres vêtements avant de la reprendre dans ses bras pour aller sous la douche avec elle. La température avait beau être plus élevée à l'intérieur du chalet qu'à l'extérieur, il y faisait encore sacrément froid. Le corps d'Ellie était trop faible pour se protéger de ces températures hostiles.

Zane devait néanmoins veiller à être progressif dans sa façon de l'exposer à l'eau chaude.

Il utilisa le savon liquide qu'il trouva dans la cabine de douche afin de lui frotter le corps et les cheveux jusqu'à ce qu'elle soit à nouveau propre. Un gémissement très faible quitta les lèvres d'Ellie, donnant à Zane l'espoir qu'elle retrouve la santé. Dans ses bras, elle se mit à frissonner, un autre bon signe. Lentement, son organisme commençait à monter en température.

Frustré, Zane savait qu'il n'avait aucune possibilité de l'emmener à l'hôpital tant que le blizzard faisait rage à l'extérieur du chalet. Si quelque chose leur arrivait sur le chemin au beau milieu de nulle part, Ellie ne survivrait pas. Zane était docteur. Certes, il travaillait dans le domaine de la recherche, mais il avait tout de même fait des études de médecine. Étant plutôt doué sur le plan académique, il avait bouclé ses études en un rien de temps pour ensuite se spécialiser en biotechnologie. Mais il savait précisément ce qu'il devait faire, ce dont Ellie avait besoin en priorité. Malheureusement, il ne disposait pas ici des ressources ni des équipements pour lui apporter tous les soins nécessaires.

Zane ferma le robinet d'eau et se dépêcha de la sécher du mieux qu'il put avec les serviettes usées de la salle de bain, puis il porta

Ellie jusqu'au seul lit du chalet, celui que son bourreau lui avait manifestement interdit d'utiliser. En tirant les couvertures, il fut satisfait de constater que les draps étaient plutôt propres, puis il déposa Ellie avec délicatesse et s'empressa de la couvrir. Il s'assit à côté d'elle et tenta de peigner ses longs cheveux avec ses doigts. Elle avait une belle chevelure blonde dont la véritable couleur était à nouveau visible maintenant qu'elle était propre. En regardant son visage, Zane était fou de rage devant les bleus et les plaies qui couvraient sa peau.

Il l'avait bien examinée en la lavant et n'avait trouvé aucune blessure urgente.

Zane se leva et commença à nettoyer le coin où Ellie était prisonnière. Il nettoya le sol, se débarrassa des liens métalliques et jeta le pot de chambre. Lorsqu'il eut terminé, il enroula une couverture autour de son propre corps nu, il enfila ses bottes et se rendit à l'extérieur. Il se dirigea vers son véhicule d'où il sortit un sac de voyage qui ne le quittait jamais.

Il s'habilla avec les vêtements de rechange contenus dans le sac, le tout en regrettant de ne pas avoir une autre tenue pour Ellie. Malheureusement, il n'avait qu'une chemise en flanelle à lui offrir.

Après l'avoir aidée à enfiler le vêtement, il lui donna encore à boire, puis il se mit à fouiller le petit logement rustique à la recherche de tout ce qui pourrait lui être utile. En ouvrant l'un des placards, il tomba sur le sac à main d'Ellie, mais aucun signe de ses vêtements. Zane déposa sa tenue sale dans l'évier pour laver les vêtements à la main, après quoi il les suspendit dans la salle de bain pour les faire sécher. Il ne pensait pas en avoir besoin puisqu'il envisageait de quitter le chalet au plus vite, mais il était tout simplement trop agité pour rester immobile, ce qui le poussait à mettre de l'ordre autour de lui.

Zane trouva quelques rations de base, principalement des conserves, ce qui était mieux que rien.

Étant donné que le système de chauffage désuet ne produisait que très peu de chaleur, il s'affaira à remplir le vieux poêle avec le bois qui était empilé contre le mur, puis il alluma un feu. Il ferma la porte en fonte du poêle, heureux de constater que ce vieux matériel fonctionnait correctement. Le chalet était si petit que cela devrait rapidement réchauffer l'espace.

Après avoir fouillé dans tous les placards, Zane fit les cent pas entre la chambre et la petite fenêtre située à côté de la porte d'entrée en attendant nerveusement que la neige cesse de tomber.

Ellie a besoin de soins. Elle a besoin d'une intraveineuse et d'examens médicaux.

Zane savait que son état était critique, mais il n'avait aucun moyen de savoir quels étaient les dégâts au-delà de ses blessures superficielles.

Malheureusement, le blizzard était encore très intense et il était frustré de ne pas pouvoir faire grand-chose de plus pour elle. Il pouvait simplement lui donner à boire à intervalles réguliers en veillant à ne pas surcharger son estomac rétréci.

Ainsi, il l'aida à boire. Puis il fit les cent pas.

Et il recommença.

Il regardait sans cesse son téléphone portable, mais le chalet se trouvait dans une zone dénuée de réseau téléphonique et il ne voulait pas laisser Ellie seule pour essayer d'aller trouver une zone où la réception serait meilleure.

D'autant plus que toute cette zone montagneuse était probablement hors de portée.

Alors que la nuit commençait à tomber, Zane démarra le vieux groupe électrogène qui leur permettrait d'avoir un peu de lumière, puis il alimenta le poêle avec quelques bûches. La petite habitation était déjà plus chaude.

Il retourna ensuite auprès d'Ellie pour lui donner à boire et fut ravi de voir qu'elle avalait désormais le liquide avec plus de facilité.

— Allez, Ellie. Encore un peu, murmura-t-il tendrement pour essayer de l'inciter à boire encore davantage.

Elle s'exécuta, après quoi il posa le verre sur une petite table de chevet ancienne.

— Zane ? fit-elle d'une voix plus faible qu'un murmure.

Mais Zane l'entendit.

Il porta vivement son attention sur son visage et son cœur fit un bond en la voyant ouvrir les yeux complètement.

Elle sembla terrifiée l'espace d'un bref instant, puis elle se concentra sur lui.

— Zane ? répéta-t-elle dans un murmure paniqué.

— Oui. C'est moi, Ellie. C'est Zane, répondit-il en lui caressant tendrement les cheveux. Tu es en sécurité. N'aie pas peur.

Bon Dieu ! Son regard apeuré lui brisait le cœur.

— James, souffla-t-elle.

Zane posa ses doigts sur ses lèvres.

— N'essaie pas de parler. James est mort. Il ne te fera plus jamais de mal. Tu dois te reposer, Ellie. Nous allons essayer de te réhydrater. Tu es encore faible. Je vais trouver un moyen de te conduire à l'hôpital. Pour l'instant, la météo est trop mauvaise. Alors, repose-toi jusqu'à ce que nous puissions sortir, d'accord ?

Elle hocha faiblement la tête, comme pour lui indiquer qu'elle avait compris, puis ses yeux se refermèrent.

Zane s'apprêtait à se lever, mais Ellie dit doucement :

— Ne pars pas, Zane. S'il te plaît. Je crois que j'ai des hallucinations, je ne veux pas retourner à la réalité.

Zane ôta rapidement ses bottes et s'allongea près d'elle.

— Tu n'hallucines pas. Je suis bien ici. James est mort et tu n'auras jamais à le revoir. Je ne peux pas t'emmener en bas de la montagne pour le moment. Nous sommes au beau milieu d'une tempête de neige. Nous sortirons dès que possible pour te mettre en sécurité.

Il enroula délicatement ses bras autour d'elle et l'incita à poser sa tête sur son torse, puis il caressa lentement ses cheveux désormais secs.

— Je crois que je suis déjà en sécurité, dit-elle en se blottissant contre lui.

— Bien sûr que tu l'es. Je ne laisserai plus rien t'arriver, Ellie. Je te le promets.

Elle poussa un soupir, puis sa respiration devint régulière et profonde. Zane comprit alors qu'elle était en train de s'endormir. Un sentiment de soulagement le submergea et son corps se détendit. Il resta près d'elle de manière protectrice pour la réconforter, mais aussi parce qu'il n'avait aucune envie de s'éloigner d'elle. Il était profondément reconnaissant qu'elle soit en vie.

Enfin, Zane s'endormit à son tour, avec Ellie chaudement blottie contre lui.

Chapitre 2

Ellie ouvrit les yeux et se sentit désorientée.

Où suis-je ? Que s'est-il passé ? James !

Une vague de panique s'empara d'elle, terrifiée à l'idée que ce soit le retour de James qui l'ait réveillée. Paralysée par la peur, sa gorge se serra, mais elle remarqua également que sa bouche n'était plus aussi sèche.

Son cœur s'emballa et son souffle devint court et saccadé. Terrorisée, elle regarda autour d'elle en espérant être encore seule dans le chalet.

Sauf que...elle n'était plus dans le chalet. Son esprit rationnel prit le dessus et elle commença lentement à examiner son environnement. Il ne lui fallut pas longtemps pour se rendre compte qu'elle était à l'hôpital. Le personnel médical circulait hâtivement dans le couloir.

Les draps blancs qui recouvraient son corps, la perfusion ainsi que tous les fils reliés à ses bras confirmèrent qu'elle se trouvait bien dans un hôpital.

Elle ne comprenait pas pourquoi ni comment elle était arrivée ici, puis elle entendit sa voix.

— Dieu merci ! Tu es réveillée.

Elle tourna vivement la tête et découvrit, à son chevet, un Zane Colter vraisemblablement épuisé. Ses vêtements étaient froissés et ses cheveux ébouriffés.

Elle comprit pourquoi en le voyant passer sa main dans ses cheveux dans un geste de soulagement ou de frustration. Avec Zane, il était parfois difficile de savoir ce qu'il pensait. Quoi qu'il en soit, Ellie était heureuse de le voir et pour la première fois depuis très longtemps, elle sentit son corps se détendre.

— Qu'est-il arrivé ? demanda-t-elle d'une voix tout aussi faible que son corps. Comment suis-je arrivée ici ?

— Tu ne te souviens de rien ? demanda Zane avec un froncement de sourcils.

Ellie se creusa la mémoire et se souvint vaguement avoir entendu la voix de Zane lui indiquant que tout allait bien se passer.

— Je pensais que tu étais un rêve.

— Je ne suis le rêve de personne, répondit Zane.

Ellie se rappela soudain de tout ce qui lui était arrivé. Un flot de souvenirs horribles revinrent à sa mémoire tandis qu'elle luttait pour se redresser en position assise sur son lit.

— Oh mon Dieu. Je dois parler à Chloé. James...

Zane la poussa délicatement pour l'inciter à rester allongée. Elle n'avait pas la force de bouger, encore moins de s'asseoir.

— Il est mort, l'interrompit-il. Il s'est suicidé, Ellie. Avant de mourir, il était à l'hôpital pour avoir fait du mal à notre sœur. C'est la raison pour laquelle tu n'avais plus à boire ni à manger. Tu étais dans un état critique quand je t'ai enfin retrouvée dans ce chalet.

— Chloé...

— Ma petite sœur est en lune de miel. Elle a épousé Gabe Walker, un homme qui prendra bien soin d'elle.

Zane lui expliqua ensuite ce qui était arrivé à Chloé et lui parla du chantage dont elle avait été victime. Après avoir assimilé toutes ces nouvelles informations, Ellie avait le vertige. Elle avait manqué tant de choses pendant qu'elle était prisonnière de James.

— Merci mon Dieu, murmura-t-elle en laissant sa tête retomber sur l'oreiller. J'avais tellement peur pour elle après avoir découvert ces vidéos.

— James était-il au courant que tu les avais trouvées ?

Ellie hocha la tête.

— Il m'a attrapée avec son ordinateur portable. Je m'apprêtais à prévenir Chloé quand il m'a enlevée et jetée dans le coffre de sa voiture.

— Bon Dieu ! dit Zane avec véhémence.

— J'ai perdu connaissance pendant un moment, je ne savais donc pas vraiment jusqu'où il avait conduit. Je ne savais même pas où je me trouvais. Tout ce que je savais, c'est que j'étais dans une sorte de chalet que je soupçonnais être isolé du reste du monde. Je n'ai jamais compris pourquoi il ne s'est pas contenté de me tuer.

— Pour assurer ses arrières, grogna Zane. S'il avait épousé Chloé, il aurait certainement cessé de te nourrir pour te laisser mourir.

— Tout le monde me croyait morte ? demanda-t-elle avec hésitation.

— Plus ou moins, répondit-il. Chloé et moi n'avons jamais cessé de te chercher. Étant donné que ta voiture avait disparu, la plupart des gens pensaient que tu étais partie ou que tu étais déjà morte.

Ellie frémit. Sa vieille voiture était pourtant restée garée sur le parking du cabinet. De toute évidence, James s'en était débarrassé.

— Je crois que j'ai bien failli mourir. À la fin de ma captivité, je ne savais plus si je voulais que James revienne pour me nourrir ou si je préférais simplement mourir, avoua-t-elle. Ses visites au chalet étaient rares, mais systématiquement douloureuses.

— Ne dis pas ça, gronda Zane. Je sais qu'il t'a fait beaucoup de mal. Est-ce qu'il t'a violée, Ellie ?

— Non, lui répondit-elle d'un air gêné. J'étais trop grosse pour lui au début et je crois qu'il prenait davantage de plaisir à me torturer. Quand j'ai commencé à maigrir, il me disait que j'étais trop sale.

Zane caressa distraitement les cheveux d'Ellie.

— Je suis tellement désolé de ne pas t'avoir trouvée plus tôt.

— Tu aurais tout aussi bien pu ne jamais me retrouver, alors je suis plutôt heureuse de ce dénouement, dit-elle avec un faible sourire.

Elle hésita un instant avant d'ajouter :

— Je me demande ce qu'il a fait de ma voiture. Je me demande où il a caché ma vieille tortue bleue.

— Ta quoi ? demanda Zane d'un air interrogateur.

Ellie soupira.

— C'est le surnom que je donne à ma voiture. Elle ne m'a jamais laissé tomber, mais elle était de plus en plus lente.

— Ta voiture n'a jamais été retrouvée, confirma Zane.

— Je suppose que tu m'as conduit ici lorsque tu m'as trouvée. Où sommes-nous exactement ?

— À Denver. C'était l'hôpital le plus proche et le mieux équipé pour te prendre en charge. J'ai fait ce que j'ai pu la première nuit à cause du blizzard, mais en voyant que tu n'avais toujours pas retrouvé tes esprits le lendemain, j'ai décidé de descendre de la montagne. J'ai profité d'une accalmie de la tempête de neige pour te conduire ici.

— J'ai perdu la notion du temps. Combien de temps suis-je restée dans ce chalet ? demanda-t-elle.

Progressivement, Ellie avait perdu l'usage de ses sens. Les jours et les nuits s'étaient succédés sans distinction possible.

— Environ sept mois, répondit Zane avec beaucoup d'hésitation.

Ellie resta bouche bée. Au début, elle comptait les jours et les semaines, mais elle avait fini par passer son temps à dormir quand James n'était pas là. Après avoir tout essayé pour s'enfuir, elle avait perdu tout espoir d'être secourue et de s'en sortir. Petit à petit, son corps et son esprit s'étaient affaiblis. Ne sachant trop quand elle aurait l'occasion de boire ou de manger, elle avait commencé à limiter sa consommation au strict nécessaire.

— Ma mère. Elle est probablement dévastée, songea-t-elle.

Si elle avait bel et bien disparu pendant des mois, alors sa pauvre mère était sûrement morte d'inquiétude.

— Je l'ai appelée. Ce serait un euphémisme que de dire qu'elle était heureuse d'apprendre que je t'ai retrouvée saine et sauve. Elle est en route depuis le Montana, expliqua-t-il.

Zane attendit un instant avant de demander :

— Veux-tu que je prévienne Chloé ?

— Non, répondit-elle aussitôt. Elle mérite ce temps d'absence après ce qui s'est passé avec James. Elle doit être en train de guérir. J'aurai tout le temps de la voir à son retour. J'espère que je serai en meilleure santé à ce moment-là, dit-elle.

Ellie n'avait pas besoin d'un miroir pour savoir qu'elle était hideuse, et elle ne voulait absolument pas que Chloé se sente responsable de ce qui était arrivé. Maintenant qu'elle connaissait toute l'histoire, elle savait que Chloé avait suffisamment souffert.

Ellie aimerait beaucoup avoir sa meilleure amie à ses côtés, mais elle ne voulait pas que Chloé la voie ainsi. La connaissant, elle se mettrait tout sur le dos.

— Nous ne leur avons rien dit. Elle ne sait même pas que James est mort. Mais j'ai le sentiment que Blake en a parlé à Gabe, dit-il. Elle risque d'être en colère si je ne la préviens pas que je t'ai retrouvée.

— C'est probablement mieux ainsi, même si elle est un peu en colère. Je lui dirai que l'idée venait de moi. Elle sera probablement en mesure de faire face à la situation à son retour. Elle ne sera peut-être pas aussi affectée si je retrouve la forme.

— Je pense qu'elle se sentirait mieux de te savoir vivante, insista Zane.

— Pas tout de suite. S'il te plaît, répondit-elle.

Ellie connaissait bien Chloé. Cette dernière aurait le cœur brisé si elle la voyait tout de suite, émaciée et couverte de blessures à cause des coups portés par James. Elle ne voulait pas que sa meilleure amie la voie dans un tel état, pas après ce que Chloé avait elle-même vécu.

— Arrête de t'inquiéter pour Chloé. Elle se porte bien mieux que toi actuellement. As-tu besoin de quelque chose ? demanda Zane avec impatience, comme s'il avait besoin d'occuper son corps et son esprit agités.

Dans un avenir proche, Ellie allait avoir besoin de nombreuses choses, mais elle refusait de penser à cela pour le moment.

— Non. Depuis combien de temps suis-je ici ?

— Deux jours, répondit-il simplement.

— Je ne me souviens pas de mon arrivée ici, avoua-t-elle, incapable de se souvenir de son transport jusqu'à l'hôpital.

— C'est tout à fait normal, lui assura Zane. Tu étais désorientée et affaiblie à cause de la déshydratation. Fort heureusement, tu ne devrais pas souffrir de séquelles une fois que tu auras totalement récupéré. Maintenant que tu as tous les soins dont tu as besoin, tout va rentrer dans l'ordre. Il te faudra un peu de temps pour reprendre du poids et pour retrouver toute ta masse musculaire, mais tout cela est réversible.

Ellie remarqua que Zane semblait être dans un état d'épuisement extrême. Les traits de son visage étaient tirés, ses beaux yeux gris étaient injectés de sang et entourés de cernes très prononcés.

— Depuis quand n'as-tu pas dormi ? Tu as une maison ici à Denver, non ? Tu devrais rentrer pour te reposer, dit-elle difficilement.

L'idée de se retrouver seule lui tordait l'estomac. Ellie se savait pourtant hors de danger, mais elle voulait égoïstement que Zane reste encore un peu avec elle.

— Crois-tu vraiment que je vais te laisser seule ? Bon Dieu ! J'ai fouillé la majeure partie du Colorado pour te retrouver. Je n'irai nulle part, répondit-il d'un ton catégorique en croisant les bras sur son torse massif.

— Tu devrais au moins dormir ce soir, dit-elle en regardant en direction de la fenêtre.

Il faisait nuit. Dans la chambre d'hôpital, il y avait un lit vide juste à côté du sien.

— Je n'arrive pas à croire que tu puisses t'inquiéter pour moi. Bon sang, Ellie. Tu as failli mourir après avoir passé sept mois enchaînée. Mon sommeil n'est certainement pas une priorité, répliqua-t-il.

Ellie savait que si elle s'autorisait à penser à ce qu'elle avait vécu ces derniers mois, alors elle ne tiendrait pas le coup.

— C'est parfois plus facile de ne pas y penser. Je suis ici maintenant. Je suis en vie. Grâce à toi. Je suis soignée, je suis consciente et je parle. Plus rien ne t'empêche de te reposer.

— J'irai m'allonger quand tu te seras rendormie. Et quelque chose me dit que ça ne saurait tarder, dit-il.

Les paupières d'Ellie étaient déjà lourdes et elle savait que le vide accueillant du sommeil était sur le point de l'engloutir. Son sommeil lui permettrait d'oublier ce qu'elle avait subi, du moins pendant quelques heures.

— Quand pourrai-je rentrer chez moi ?

— Quand les docteurs te le permettront, répondit Zane avec irritation.

— Je ne sais même pas si j'ai encore un chez-moi. Je n'ai plus de voiture. Plus de travail, dit-elle.

Ellie commença à hyperventiler en pensant à tout ce qu'elle avait perdu. Non seulement elle était déjà fauchée avant de commencer à travailler pour James, mais elle n'avait de surcroît même pas eu le temps de toucher son premier salaire.

— Ne t'inquiète donc pas pour tout ça, ordonna fermement Zane. Tout va s'arranger. Tu peux venir chez moi. Tu n'auras pas encore retrouvé toutes tes forces quand tu sortiras d'ici, tu as des blessures à soigner ainsi que des carences nutritionnelles à combler.

— Je peux m'occuper de moi-même, dit-elle en relevant le menton. Ellie n'avait vraiment pas besoin de la pitié de Zane.

— As-tu vraiment l'intention d'être têtue après tout ce qui s'est passé ?

Tu ne peux donc pas accepter un peu d'aide de la part de tes amis ?

— Je n'aurai probablement pas le choix, concéda-t-elle.

Ellie ne savait pas si elle avait encore un logement. Elle n'avait aucune source de revenus ni aucun moyen de locomotion pour chercher un emploi.

— De mon point de vue, tu n'as pas d'autre choix. Alors tu rentreras à la maison avec moi, même si je dois t'y contraindre. Tu as besoin d'aide. Et après ce qui s'est passé, je ne veux plus te perdre de vue.

Amis ? Ellie et Zane étaient-ils vraiment amis ? C'était probablement le cas au lycée, même si elle était déjà folle de lui.

Depuis cette époque, elle ne l'avait revu qu'une poignée de fois, le tout sans vraiment avoir l'occasion de lui parler. En réalité, il n'était pour elle que le frère de sa meilleure amie ainsi qu'un garçon pour qui elle avait le béguin pendant ses années lycée. Il n'avait donc aucune raison de prendre soin d'elle. Toutefois, Zane prenait la situation actuelle très à cœur.

— Je suis contente que tu sois là. Je me sens un peu perdue, confessa-t-elle.

À vrai dire, elle se sentait totalement désemparée, mais elle ne voulait pas se montrer dramatique. Les obstacles qui se dressaient devant elle lui semblaient insurmontables, probablement à cause de son état physique. Psychologiquement, elle se sentait submergée par un sentiment de panique à propos de son avenir.

— Un jour, tu devras faire face à ce qui t'est arrivé. Mais ce jour-là n'est pas aujourd'hui. Tu as besoin de repos et tu as besoin de te rétablir. Je reste auprès de toi. Je ne vais nulle part, insista Zane avec ténacité.

Ellie frémit, effrayée par les souvenirs et les pensées liés à sa captivité, à la peur de James, à la crainte de mourir chaque fois qu'il revenait au chalet.

Ayant désormais l'impression que ses paupières étaient lestées, elle cessa de lutter pour rester éveillée et ferma enfin les yeux.

— Un jour, murmura-t-elle en se demandant si elle serait assez forte pour parler de ce traumatisme alors que l'oubli lui semblait tellement plus facile.

— Dors, Ellie, murmura Zane d'une voix profonde et hypnotique.

Il prit tendrement la main d'Ellie dans la sienne.

Son premier réflexe fut de sursauter. Au cours des sept derniers mois, chacun de ses contacts humains s'était terminé en souffrance. Néanmoins, la douceur de son geste lui permit de se détendre. Elle essaya de serrer les doigts de Zane dans sa main, mais cela constituait déjà un effort trop intense. Réconfortée par sa proximité, elle s'endormit.

Les jours qui suivirent, Ellie passa le plus clair de son temps à dormir. Sa mère lui rendit visite. Les retrouvailles furent joyeuses bien que de courte durée puisque sa mère avait une entreprise à gérer avec son mari dans le Montana.

Sachant que son seul parent avait vécu la majeure partie de sa vie dans la pauvreté, Ellie ne voulait certainement pas que son calvaire entraîne des difficultés financières pour sa mère. Cette dernière vivait toujours dans la précarité, ne sachant trop combien son entreprise lui rapporterait d'un mois à l'autre. Mais Ellie était heureuse de savoir que sa mère avait un toit au-dessus de la tête, de la nourriture dans son assiette ainsi qu'un mari aimant. Sa mère était enfin heureuse et Ellie ne voulait pas déstabiliser cet équilibre.

Aileen, la matriarche Colter, venait souvent la voir à l'hôpital, tout comme Lara et Tate Colter, le frère cadet de Chloé.

La belle-sœur de Chloé avait déjà pris rendez-vous afin qu'Ellie puisse commencer une psychothérapie avec la docteur Natalie Townson, vraisemblablement l'une des meilleures psychologues au monde en matière de violences conjugales.

Ellie ne voyait pas en quoi ce qu'elle avait vécu entrait dans un cadre conjugal, mais ce fut certainement violent et traumatique. Encore aujourd'hui, elle voyait le visage diabolique de James chaque fois qu'elle fermait les yeux. Elle pouvait encore entendre ses insultes et ressentir la violence de ses coups. Petit à petit, chaque détail lui revenait, comme gravé dans sa mémoire. Ces images semblaient parfois si réelles qu'elle avait du mal à se sentir en sécurité.

Elle voudrait que ces souvenirs restent enfouis dans son esprit. Mais que cela lui plaise ou non, ils étaient bien là. Dernièrement, ses cauchemars étaient si intenses qu'elle se réveillait parfois terrifiée et à bout de souffle. Heureusement, elle ne faisait jamais trop de bruit pendant ses mauvais rêves puisque Zane ne se réveillait jamais. Il passait pourtant toutes ses nuits dans le lit situé juste à côté du sien.

Certaines nuits, elle voulait le rejoindre, mais elle se retenait de le faire. Elle avait passé sa vie à s'occuper d'elle-même. Malgré ses difficultés financières, elle était toujours arrivée à se débrouiller seule. Il était donc important qu'elle retrouve cette indépendance. Cela signifiait qu'elle devait apprendre à gérer ses difficultés, dont les cauchemars.

Pendant son séjour à l'hôpital, Ellie mangea comme une femme privée de nourriture depuis des mois. Après un début progressif, elle pouvait enfin consommer des aliments solides, et son appétit était insatiable. Malheureusement, la nourriture de l'hôpital laissait à désirer, mais elle mangeait l'intégralité de ses repas, hantée par la peur d'avoir à nouveau faim et soif.

La présence de Zane était la seule chose qui parvenait à lui procurer un sentiment de sécurité. Il était toujours là, toujours présent. Il dormait dans le lit situé à côté du sien. Sa compagnie protectrice apaisait un peu la peur qui l'accablait chaque fois qu'elle se réveillait brutalement d'un cauchemar. Le simple fait de le voir à côté d'elle suffisait à la rassurer.

Je ne dois pas m'accrocher à lui. Je ne dois pas m'habituer à sa présence.

Elle soupira et éteignit son Kindle – un cadeau de Zane pour l'empêcher de mourir d'ennui – puis elle le posa sur sa table de chevet. Elle avait passé une journée plutôt calme. Sa mère était retournée dans le Montana et personne n'était venu lui rendre visite. Même Zane était étrangement absent.

Je ne peux pas m'attendre à ce qu'il reste assis à côté de moi pour toujours. Zane est un homme important avec de grandes responsabilités et une entreprise à diriger.

Alors que cette pensée lui traversait l'esprit, Zane entra dans la chambre au même instant, puis il referma la porte derrière lui.

— Qu'est-ce que c'est ? demanda-t-elle en voyant l'énorme sac dans ses bras.

— De la contrebande, répondit-il avec un sourire rare. Nous savons tous les deux que la nourriture de l'hôpital est abominable.

Ellie eut brièvement le souffle coupé en voyant ce sourire espiègle sur son visage irrésistiblement séduisant. Le sourire de Zane était contagieux. Du moins pour elle. Il était habituellement si sérieux que son air enfantin lui réchauffait le cœur.

Ellie le regarda alors sortir plusieurs emballages de nourriture chinoise, d'autres boîtes de fast-food ainsi qu'un sachet de ses chocolats préférés. Il sortit ensuite des assiettes en carton, puis il s'affaira à en charger une de nourriture avant de la poser devant elle, le tout avec des couverts en plastique.

— Mange, ordonna-t-il en déposant également les chocolats à côté de son assiette ainsi qu'une canette de soda fraîchement ouverte.

Ellie eut immédiatement l'eau à la bouche en sentant l'odeur de cuisine orientale. Elle adorait la nourriture chinoise.

— Comment as-tu deviné ce que j'aime ? demanda-t-elle.

Non seulement il avait acheté de la nourriture chinoise, mais il avait aussi et surtout sélectionné ses plats préférés.

Zane hésita avant de répondre.

— Toi et Chloé, vous mangiez souvent chinois. Alors j'en ai déduit que tu devais aimer ça.

— Et les chocolats ? l'interrogea-t-elle.

Là encore, il s'agissait de ses chocolats préférés, bien qu'elle s'abstienne généralement d'en acheter en raison de leur prix exorbitant.

Zane haussa les épaules.

— C'est du chocolat, n'est-ce pas ? Tu aimes le chocolat. Ou du moins, tu aimais le chocolat quand nous étions plus jeunes.

Ellie était convaincue que son esprit scientifique lui avait permis de faire ces choix éclairés.

— Ce sont mes préférés. Merci, répondit-elle simplement.

Incapable d'attendre plus longtemps avant d'attaquer le repas le plus appétissant qui s'était présenté à elle depuis des mois, Ellie s'empara de sa fourchette et se prépara à entamer son assiette.

— Au moins je n'aurai pas à me sentir coupable de manger des tonnes de calories ainsi que du chocolat.

Zane la regarda avec un froncement de sourcils.

— Pourquoi te sentirais-tu coupable ?

Ellie leva les yeux au ciel.

— J'étais grosse, Zane. Et si je continue à manger comme ça, je ne tarderai pas à reprendre tout ce poids.

— Tant mieux. Tu n'as jamais été grosse. Alors mange, insista-t-il.

Elle était bel et bien en surpoids, mais ce n'était plus le cas aujourd'hui et elle avait vraiment besoin de reprendre quelques kilos.

Il s'agissait d'une expérience nouvelle pour Ellie puisqu'elle était rondelette depuis son enfance. Le fait de pouvoir manger à sa faim sans éprouver de culpabilité constituait le seul point positif de cette expérience cauchemardesque.

En plaçant la fourchette chargée de nourriture dans sa bouche, Ellie sentit le regard de Zane, mais lorsqu'elle leva les yeux vers lui, il porta immédiatement son attention sur sa propre assiette.

Entre deux bouchées, elle lui dit :

— Mon Dieu, soit c'est absolument délicieux, soit je suis tellement affamée après avoir mangé la nourriture de l'hôpital que ce repas me paraît divin.

— C'est délicieux, confirma Zane en s'asseyant sur une chaise située à côté du lit pour continuer à manger. C'est le meilleur restaurant asiatique de la région. Je les ai tous essayés. C'est l'un de mes préférés.

Ellie le regarda du coin des yeux tout en dévorant son repas et, comme à chaque fois qu'elle posait son regard sur lui, son cœur se mit à palpiter. Le fait qu'il soit désormais son sauveur semblait avoir réanimé l'attirance qu'elle éprouvait pour lui lorsqu'elle était plus jeune.

C'est le culte de la figure héroïque. C'est tout. Zane m'a sauvé la vie. Je ne suis pas vraiment attirée par lui.

Malheureusement, Ellie devait reconnaître que son désir de le dévorer en même temps que son repas n'était pas uniquement lié au fait qu'il lui avait sauvé la vie.

Il y avait un certain quelque chose chez lui qui l'avait toujours attirée comme un champ magnétique puissant. Elle n'était jamais parvenue à déterminer si cela venait du fait que Zane était incroyablement intelligent, ou bien du fait qu'il était l'homme le plus sexy qu'elle ait jamais vu. Ses cheveux noirs étaient longs, et certaines de ses mèches noires tombaient parfois sur son front, le faisant paraître plus accessible. Il avait les yeux caractéristiques de la famille Colter, dont les nuances de gris étaient sans cesse changeantes, selon son humeur.

Elle pouvait dire que Zane était adorable, mais personne ne pourrait l'affirmer de prime abord. Il ne parlait jamais pour ne rien dire, ce qui pouvait donner l'impression qu'il était peu avenant.

Zane se fichait pas mal de son statut social, tout comme de sa tenue vestimentaire. La plupart du temps, il portait un simple jean, une chemise en flanelle ainsi que des bottes de randonnée. L'été, il optait pour un

T-shirt. Ses cheveux étaient souvent en désordre et dénués d'une coupe structurée. Non, il ne cherchait certainement pas à être à la mode, ni même à plaire, et il en avait toujours été ainsi. C'est peut-être pour cela qu'elle le trouvait attirant. Il était naturellement séduisant, sans pourtant chercher à l'être.

Lorsqu'ils étaient au lycée, Zane était tout aussi socialement inapte qu'elle. Tout le monde disait de lui qu'il était timide, mais elle n'était pas de cet avis. Zane était trop intelligent pour se satisfaire d'une conversation qu'il jugeait inintéressante. Et il était trop occupé à essayer de comprendre les mystères scientifiques de notre planète pendant que la plupart de ses camarades de lycée cherchaient à s'envoyer en l'air.

— Je suis pleine, conclut-elle en repoussant son assiette.

Zane leva les yeux pour la regarder.

— Tu n'as presque rien mangé.

— Mon estomac n'est plus aussi gros qu'avant, l'informa-t-elle.

— Tu es trop maigre, répliqua-t-il d'un ton bourru.

— Voilà un problème que je n'avais encore jamais eu, rit-elle.

En effet, elle était encore trop mince, mais maintenant qu'elle passait ses journées à se reposer et à s'alimenter, elle ne tarderait probablement pas à reprendre du poids. Cela n'avait jamais été une difficulté pour elle, bien au contraire.

Ellie lui sourit, appréciant sa franchise. Il était rare que Zane s'autocensure et le tact n'était pas son point fort.

— Ils vont te laisser sortir de l'hôpital dans quelques jours. Je me suis dit que nous pourrions aller chez moi, dans ma maison de Denver, mais les journalistes y montent la garde. Je pense que tu serais plus tranquille à Rocky Springs. Ma propriété y est sécurisée.

Si les journalistes s'aventurent chez les Colter, ils seront arrêtés. Nous pourrons décoller depuis l'héliport qui est sur le toit de l'immeuble.

— Zane, je ne peux pas aller chez toi. Je logerai chez Aileen si nécessaire, le temps de savoir ce que je vais faire de moi. Tu as déjà perdu suffisamment de temps pour me retrouver et prendre soin de moi. Je vais devoir trouver des solutions assez rapidement.

— Tu vas rentrer avec moi, de grès ou de force. Tu ne seras pas en sécurité chez ma mère. Bon Dieu, sa maison n'est même pas équipée d'un système d'alarme. Ma propriété est entièrement clôturée. J'y ai fait construire un petit laboratoire de recherches qui devait être sécurisé, dit-il. Zane prit l'assiette d'Ellie et termina sa nourriture après avoir jeté sa propre assiette vide à la poubelle.

— Mon appartement...

— Ton appartement est occupé par un nouveau locataire. Toutes tes affaires ont été envoyées chez moi et tes meubles ont été stockés.

Le cœur d'Ellie cessa de battre l'espace d'un bref instant.

— Je ne pensais pas que la propriétaire de mon logement m'expulserait.

— Plus personne ne te croyait vivante, Ellie, ajouta-t-il d'une voix plus douce. Tu as disparu pendant sept mois. On ne peut pas vraiment dire qu'elle t'a expulsée.

Tu me croyais pourtant bien vivante, sinon tu n'aurais pas passé tout ce temps à me chercher.

Ellie se demandait pourquoi Zane avait continué à la chercher alors que même la police avait abandonné.

Elle soupira et tira nerveusement sur les draps blancs de son lit.

— J'imagine que tu as raison. La vie a continué sans moi.

— Pas pour tout le monde. Pas pour moi, lui dit-il d'un ton grave en jetant la deuxième assiette désormais vide et avant d'ouvrir le sachet de chocolats.

— Toi et Chloé, pourquoi n'avez-vous pas abandonné ? Pourquoi n'avez-vous pas simplement conclu que j'étais morte ou que j'étais partie ? demanda-t-elle.

Ellie savait que Zane était toujours très pragmatique, comme tout bon scientifique. Après sept mois de silence, ses chances de la retrouver vivante étaient presque nulles. Un cerveau aussi rationnel que celui de Zane aurait dû le sommer d'interrompre ses recherches.

En la regardant droit dans les yeux, il positionna un chocolat près de ses lèvres. Le fait qu'un homme la nourrisse de cette manière était un peu étrange, mais elle ouvrit la bouche et enroula ses lèvres autour du chocolat. L'intensité du goût sucré la poussa à réprimer un gémissement de plaisir.

Enfin, Zane répondit :

— Parce que je ne voulais pas y croire, Ell. En l'absence de preuves tangibles de ta mort, je n'avais pas l'intention d'arrêter mes recherches. C'est aussi simple que cela.

Ellie fut surprise de l'entendre utiliser ce diminutif de son prénom. Zane était le seul à l'avoir jamais appelée ainsi, et elle ne l'avait pas entendu depuis son adolescence. Elle avait toujours aimé cela quand ils étaient plus jeunes. Ellie leva les yeux vers lui, envoûtée par l'intensité de son regard. Zane était un scientifique. Même si elle n'avait pas survécu, il aurait tout fait pour retrouver son corps afin que sa famille et Chloé puissent faire leur deuil, mais Ellie avait le sentiment que ses motivations étaient autres. Comme s'il s'agissait d'une mission personnelle qu'il refusait d'abandonner.

— Mais il n'y avait plus aucun espoir.

— N'importe quoi. J'ai toujours gardé espoir, Ellie. Je te connais assez bien pour savoir que tu es une battante. Chloé partageait cet espoir. Nous n'avons jamais cru à la théorie de ton départ volontaire. Cela n'avait aucun sens. Nous avons tous les deux rejeté cette possibilité dès que la police l'a évoquée.

Dieu merci ! Si Zane n'avait pas été aussi tenace, elle serait morte.

— Merci. Je suis reconnaissante que tu n'aies jamais renoncé, murmura-t-elle.

S'il avait arrêté de la chercher, elle n'aurait pas tenu beaucoup plus longtemps seule dans ce chalet.

Ses médecins lui avaient clairement dit qu'elle n'aurait probablement pas survécu un jour de plus sans eau, sans nourriture et sans chaleur.

— Je n'aurais jamais abandonné, gronda-t-il.

Zane plaça un autre chocolat dans la bouche d'Ellie, l'empêchant ainsi de répondre. Ils allaient devoir discuter de leur départ de l'hôpital pour se rendre chez lui. En attendant, Ellie savoura à la fois les friandises et l'homme qui les lui donnait.

Son désir de l'aider ainsi que sa tendresse bourrue constituaient un aspect de sa personnalité qu'elle n'avait jamais connu auparavant. Elle avait passé des années loin de lui, et il n'était plus un adolescent. Elle n'avait tout simplement encore jamais eu l'occasion de passer suffisamment de temps en sa présence pour voir à quel point il avait mûri.

Toutefois, il en avait assez fait pour elle et il finirait par comprendre qu'elle ferait mieux de loger chez Aileen jusqu'à ce qu'elle soit complètement guérie. Les médias finiraient bien par trouver autre chose à se mettre sous la dent. Ellie ne pouvait pas continuer à dépendre de Zane. Il lui avait sauvé la vie, ce qui était on ne peut plus suffisant. D'une manière ou d'une autre, elle se relèverait de cette tragédie. Son corps, son esprit et son âme finiraient par cicatriser.

Lorsque Zane lui offrit un autre chocolat, elle secoua la tête. Ellie allait devoir apprendre à résister à la tentation. Elle se doutait que le chocolat ne serait pas son défi le plus difficile dans un avenir proche, mais c'était un bon point de départ.

Chapitre 3

Deux jours plus tard, Ellie n'était toujours pas parvenue à raisonner Zane. Elle ne savait pas exactement depuis quand il était aussi obstiné, mais il pouvait vraiment se montrer inflexible quand il avait une idée en tête ou qu'il croyait détenir la meilleure solution.

Ellie devait couper les liens immédiatement, sans quoi elle finirait par avoir besoin de sa présence chaque fois qu'elle serait confrontée à une difficulté.

— Je ne vais pas chez toi, insista-t-elle tandis qu'une infirmière poussait son fauteuil roulant en direction de l'ascenseur.

— J'ai bien peur que tu n'aies pas vraiment le choix. Je suis le seul à pouvoir te faire sortir d'ici. Les journalistes sont toujours devant l'hôpital. Alors si tu ne veux pas venir avec moi, j'imagine que tu vas devoir rester ici, répondit Zane d'un ton neutre en marchant à côté de son fauteuil roulant.

Elle croisa les bras et lui lança un regard noir.

— Tu as vraiment tout prévu. Aileen n'a pas répondu à mon appel téléphonique et ça fait deux jours que Tate et Lara ne sont pas venus me rendre visite.

Il haussa les épaules de façon un peu trop innocente.

— Ils sont peut-être occupés.

Ellie adorait Zane, mais en plus d'être déraisonnable, il était actuellement un tantinet manipulateur.

— Je t'aimais bien, marmonna-t-elle dans sa barbe.

— As-tu dit quelque chose ? demanda-t-il poliment.

— Non. Écoute, tu sais que je veux retourner à Rocky Springs. Et tu as probablement besoin d'être *ici,* dans ton laboratoire. Cela n'a donc aucun sens que je reste seule chez toi. Je n'ai même plus de voiture. Je vais avoir besoin de me déplacer. Je dois retrouver du travail et remettre ma vie en ordre. Je ne peux pas venir chez toi et attendre les bras croisés. Tu en as déjà bien assez fait pour moi, Zane.

— Et je continuerai jusqu'à ce que tu ailles mieux, Ellie, répondit-il.

Au même instant, les portes de l'ascenseur s'ouvrirent sur le toit de l'immeuble. Il l'aida à se lever de son fauteuil roulant, puis il salua d'un hochement de tête l'infirmière qui les avait accompagnés – une femme qui était restée parfaitement silencieuse et qui disparut tout aussi silencieusement.

Zane porta Ellie jusqu'à un hélicoptère magnifique, il déposa son sac ainsi que ses quelques affaires sur la banquette située à l'arrière de l'appareil, puis il prit la place du pilote.

— Allons-nous vraiment partir d'ici par les airs ? demanda-t-elle avec stupeur.

Zane plaça un casque avec micro sur sa tête, puis il en positionna délicatement un autre sur la tête d'Ellie.

— C'est un long trajet par la route. Je ne vais pas te faire subir la foule médiatique suivie d'un long voyage en voiture. Je t'avais bien dit qu'on partirait d'ici en hélicoptère, répondit-il en attachant la ceinture de sécurité d'Ellie avant d'ajuster la sienne. . .

Elle sursauta en entendant le son de sa voix rauque dans son casque. Zane lui avait bel et bien dit qu'ils partiraient d'ici en hélicoptère, mais le cerveau pragmatique d'Ellie n'avait pas réussi à projeter un tel scénario dans la vie réelle. Etant donné qu'ils se connaissaient depuis toujours, elle oubliait parfois que la famille Colter était richissime. Malgré leur fortune, ils avaient les pieds sur terre et aucun d'eux ne se comportait avec prétention. Chloé était la femme la plus adorable qu'Ellie avait jamais connue, une femme aux antipodes de la vie de milliardaire. Son amie préférait être en compagnie de ses chevaux bien-aimés plutôt que de se montrer à des événements organisés par et pour des riches.

En entendant les moteurs démarrer, Ellie demanda :

— Est-ce que tu sais piloter ce truc ?

Les riches n'ont-ils pas plutôt tendance à embaucher des pilotes ?

Zane haussa les épaules.

— Bien sûr. C'est un moyen de transport bien plus rapide. J'ai un pilote pour mon jet privé, mais je vole généralement seul en hélicoptère et en avion léger. Je ne suis peut-être pas aussi doué que Tate, mais je sais ce que je fais, la rassura-t-il.

Zane se concentra ensuite sur les commandes de l'appareil pour faire les vérifications d'usage, puis il communiqua avec ce qu'elle supposa être une sorte de tour de contrôle pour prévenir de son décollage imminent.

Ellie ne doutait pas un seul instant que Zane était doué dans tout ce qu'il faisait. Lorsque l'hélicoptère quitta enfin le sol, elle eut l'impression que son estomac venait de tomber à ses pieds.

— Oh mon Dieu. C'est la première fois que je vole, cria-t-elle en posant une main sur son ventre.

— Est-ce que ça va aller ? demanda-t-il avec inquiétude.

Une fois la machine stabilisée à son altitude de croisière, la peur qu'elle ressentait se dissipa lorsqu'elle posa ses yeux sur le paysage qui s'étendait au-delà de la zone urbaine.

— Oui. Je veux dire, je ne me sens pas vraiment malade. C'est juste...différent.

— Tiens bon. Le vol ne sera pas très long.

— Prends ton temps, haleta-t-elle.

Tous ses sens étaient accablés par l'expérience ainsi que par la vue imprenable sur le Colorado.

— C'est plutôt incroyable.

— Tu n'as vraiment jamais volé auparavant ? Même en avion ?

— Non. Je n'ai jamais quitté le Colorado. Quand j'ai pris conscience que j'allais probablement mourir, l'un de mes plus grands regrets était de ne jamais vraiment avoir connu autre chose que ma ville natale de Rocky Springs.

— Quels sont tes autres regrets ? demanda-t-il.

De ne jamais t'avoir embrassé !

Ellie n'avait aucune intention de révéler toutes les épiphanies qu'elle avait eues en comprenant que son temps sur terre était terminé.

— Ils sont nombreux. C'est une expérience très étrange que de prendre soudainement conscience du peu de choses accomplit au cours de sa vie, le tout en attendant la mort.

— Quels sont ces regrets ? insista-t-il.

Ellie soupira.

— Je venais à peine de lancer ma petite entreprise quand James m'a séquestrée. Ce n'était que le début, mais ça commençait lentement à fonctionner. Je regrettais profondément de ne pas m'être lancée plus tôt pour voir si les gens appréciaient mes produits, expliqua-t-elle.

Ellie s'interrompit un instant, puis reprit :

— Et je n'ai jamais vraiment été amoureuse. Je n'ai même jamais rencontré un homme ayant manifesté un quelconque intérêt romantique à mon égard, avoua-t-elle en se souvenant ne jamais avoir reçu de fleurs ou d'invitation pour un dîner romantique. Et personne ne m'a jamais embrassée avec suffisamment de passion pour me faire oublier le reste du monde, ajouta-t-elle à contrecœur.

— Tu as pourtant fréquenté des hommes, remarqua Zane.

— Quelques-uns, concéda-t-elle. Mais ce n'était jamais très sérieux. J'étais en surpoids. Je n'étais pas assez attirante pour faire tourner des têtes et les quelques mecs qui ont bien voulu sortir avec moi se sont vite lassés. Je ne mène pas une vie particulièrement excitante et j'étais généralement plus intéressée par ma nouvelle entreprise que par l'idée de sortir.

— Tu as toujours été magnifique, Ell. Quel genre d'entreprise as-tu créé? demanda-t-il.

Non seulement il venait à nouveau de l'appeler par ce surnom intime, mais elle fut surprise par son commentaire au sujet de son physique.

— C'est juste une petite boutique en ligne. Je fais des bougies, des huiles essentielles, des lotions et des savons. Je me suis également essayée à la confection de parfums. La plupart de mes produits touchent à l'aromathérapie, répondit-elle.

En regardant par la fenêtre, Ellie remarqua qu'ils survolaient maintenant une zone beaucoup plus rurale. Elle était tout bonnement émerveillée par la vue sur les sommets enneigés des Rocheuses. Elle avait beau voir ces montagnes depuis toujours, le paysage était radicalement différent depuis le ciel.

— Est-ce que tu crois aux pouvoirs de guérison de toutes ces senteurs ?

Ellie n'arrivait pas à déterminer si Zane se moquait d'elle ou s'il était simplement curieux.

— Dans une certaine mesure, oui, répondit-elle avec honnêteté. Je ne pense pas que ce soit un remède miracle contre des maladies bien réelles, mais certaines odeurs peuvent avoir un effet très notable sur l'humeur et générer un sentiment de bien-être. C'est un sujet qui m'intéresse depuis des années. J'ai tout appris au fil du temps. J'adore fabriquer ces produits. J'adore rendre les gens...plus heureux.

— Tu as fait tout ça depuis ton petit appartement ? demanda-t-il en amorçant la descente après avoir atteint la vallée située entre les sommets.

— Oui. Ça n'a pas été facile. J'imagine que tout mon matériel est parti à la poubelle.

— Ton matériel est chez moi, indiqua-t-il. Rien n'a été jeté.

— J'ai dû recevoir des tonnes d'emails. J'avais plusieurs commandes en cours quand j'étais...indisponible, dit-elle difficilement.

Avec une grande fluidité, Zane manœuvra l'appareil en direction d'une petite zone d'atterrissage, puis il posa délicatement l'hélicoptère au sol.

— Tout va bien se passer. Accorde-toi un peu de temps, Ellie, lui dit-il d'un ton assuré.

Elle retira son casque et se demanda comment diable faisait-il pour toujours savoir ce qu'elle pensait. Ses craintes devaient être évidentes. Ellie se sentait littéralement perdue. Et pour d'obscures raisons, Zane semblait le ressentir.

Il la souleva de son siège pour l'installer à bord d'un SUV noir, garé à côté de la zone d'atterrissage.

Elle eut un léger sursaut lorsqu'il la prit dans ses bras – un réflexe instinctif qu'elle n'avait pas encore totalement perdu chaque fois que quelqu'un la touchait. Son cœur palpita en sentant son corps contre le sien, mais elle se détendit aussitôt et enroula ses bras autour de son cou, son visage si près de lui qu'elle pourrait s'enivrer de son parfum masculin.

— Je suis en mesure de marcher, tu sais, lui dit-elle nerveusement.

La sensation d'être protégée dans ses bras puissants était beaucoup trop agréable, beaucoup trop rassurante.

Zane la regarda avec un froncement de sourcils.

— Avec ces chaussures ? Certainement pas.

Les souliers d'Ellie s'apparentaient à des pantoufles, mais il n'y avait pas de neige sur cette zone aménagée.

Toutefois, elle ne chercha pas à discuter. Au lieu de cela, elle laissa Zane la déposer sur le siège passager de son SUV tandis qu'un inconnu sortit en courant d'un hangar pour s'occuper de l'hélicoptère. Il s'agissait très certainement d'un de ses employés, mais comme il s'agissait de sa première fois en ces lieux, elle n'en savait trop rien.

Le véhicule de Zane était stationné moteur tournant, chauffage allumé. Elle commençait même à avoir trop chaud. La température extérieure étant glaciale, il avait insisté pour qu'elle porte plusieurs couches de vêtements. Elle ôta son bonnet et déroula l'écharpe qui était autour de son cou, puis elle posa le tout sur ses genoux avant d'ouvrir la fermeture éclair de son manteau. Zane lui avait donné tous ces vêtements spécialement pour sa sortie de l'hôpital.

Il prit place sur le siège conducteur et ferma rapidement la portière.

— Nous serons à la maison en un rien de temps. Est-ce que tu vas bien ?

— Je vais bien, le rassura-t-elle. Mais je n'ai plus vraiment de chez-moi.

— Tu es ici chez toi, grogna Zane tout en mettant le véhicule en mouvement. Cesse d'être aussi têtue. C'est l'endroit le plus sûr pour toi en ce moment.

— Je ne cherche pas à être têtue. C'est vraiment déroutant de n'avoir nulle part où aller, du moins nulle part qui soit à moi. Est-ce que tu comprends ?

— Oui. C'est parfaitement compréhensible. Mais c'est une chose qui ne doit pas t'inquiéter pour le moment. Tu dois d'abord te remettre sur pieds, ensuite tu pourras conquérir le monde.

Ellie s'appuya confortablement contre le dossier de son siège. Elle savait que, pour l'instant, elle allait devoir accepter l'idée que la maison de Zane serait son lieu de résidence temporaire. De toute évidence, la famille de Zane était en accord avec son plan. Ils avaient tous coopéré afin qu'il puisse la conduire chez lui. Sa façon de procéder avait beau être un peu triviale, elle était tout de même reconnaissante qu'il l'accueille dans sa propre maison. Combien d'hommes aussi riches et occupés que lui accepteraient d'en faire autant pour elle ? Les *raisons* qui le poussaient à investir autant de temps et d'efforts pour elle la dépassaient, mais Ellie ne pouvait nier sa bienveillance.

— Merci.

— Ce n'est pas un problème. Je dois être présent ici pendant quelques temps et j'ai un petit laboratoire où je peux travailler.

— Tu travailles ici aussi ?

— Oui. Principalement sur des projets personnels, des choses qui nécessitent du temps et des expériences répétées.

— Comme quoi ? demanda-t-elle avec curiosité. Est-ce que tu aimes ton métier ? Je sais que tu étais obsédé par l'idée de changer le monde grâce à la science quand nous étions plus jeunes. Est-ce toujours le cas ?

Zane haussa les épaules.

— Oui. Mais j'étais très naïf, même pendant mes années à l'université. Je n'avais pas conscience de la quantité d'obstacles présents dans le monde scientifique.

— Quel genre d'obstacles ? interrogea-t-elle.

La vie de Zane était animée par ses travaux de recherches. Ellie ne l'avait encore jamais entendu parler des inconvénients de son métier.

— Des études scientifiques irresponsables. Des rapports erronés ou invalides. Certains laboratoires publient des études sans preuve ni confirmations. Des études menées sans groupes de contrôle, ou bien avec des groupes trop petits pour obtenir des données précises. Il y a énormément d'études très mal faites dans le seul but d'aller vite et de gagner de l'argent. Par exemple, ce n'est pas parce qu'un seul et unique test effectué sur des souris ou des rats donne un résultat spécifique que cela sera vrai sur les humains. Mais les médias adorent les titres racoleurs et sont capables de faire passer n'importe quoi pour une vérité absolue.

— J'imagine que ces entreprises veulent être rentables, songea-t-elle, touchée par le sérieux avec lequel Zane prenait sa profession.

— Mon laboratoire est très rentable, mais il est tout à fait possible d'être à la fois rentable et éthique, déclara-t-il catégoriquement.

— Alors ma présence chez toi n'affectera pas ton travail ?

— Même si je n'avais pas de laboratoire ici, ta santé est ma priorité. Personne ne mérite ce qui t'est arrivé. Tu n'as rien fait pour mériter une chose pareille. Tu étais tout simplement au mauvais endroit, au mauvais moment.

— Pourquoi fais-tu tout cela ? Je ne comprends pas, dit-elle enfin. Ce n'est pas comme si nous étions très proches depuis le lycée. Nous ne sommes pas vraiment amis.

— Parce que j'ai envie de le faire, répondit-il de façon énigmatique.

— Pourquoi ? insista-t-elle.

Ellie appuya l'arrière de son crâne contre l'appui-tête de son siège. Elle se sentait épuisée, aussi bien physiquement qu'émotionnellement.

— Tu ne me considères peut-être pas comme ton ami, mais en ce qui me concerne, je n'ai jamais cessé de te considérer comme telle. Tu m'as beaucoup aidé par le passé. Quand nous étions au lycée, tu ne m'as jamais traité différemment alors que j'étais un mec étrange qui ne s'intéressait qu'à la science. À l'époque, tu m'as aidé à organiser certains de mes projets de recherche, et tu étais toujours gentille avec moi. Ce n'est pas parce que je suis allé vivre ailleurs que j'ai cessé d'être ton ami, dit-il d'une voix rauque.

Le cœur d'Ellie fondit lorsqu'elle entendit la vulnérabilité dans ses paroles. Zane menait une vie très solitaire lorsqu'il était adolescent, principalement parce qu'il s'intéressait davantage à la science qu'à ses semblables. Peu de ses camarades de classe avaient appris à le connaître. En réalité, Zane était un adolescent gentil et intelligent, et il n'avait visiblement pas changé en vieillissant. Certes, il était beaucoup plus autoritaire et déterminé à faire ce que bon lui semble. Mais il avait encore aujourd'hui le cœur du jeune garçon qu'elle avait connu.

— Moi non plus je n'ai jamais cessé de te considérer comme un ami, avoua Ellie, sachant qu'elle avait beaucoup trop pensé à lui durant toutes ces années.

— Toi aussi tu as toujours été gentil avec moi alors que j'étais en surpoids et pas très populaire au lycée. Cela m'a beaucoup touchée, ajouta-t-elle.

À vrai dire, tous les frères de Chloé étaient adorables avec elle. Mais Marcus et Blake étaient plus âgés, ils n'avaient donc pas eu l›occasion d'aller au lycée avec Ellie. Quant à Tate, il a toujours été un véritable aimant à filles. Même au lycée, il semblait déjà avoir son propre harem. Chloé, Tate et Zane étaient si proches en âge, Ellie s'est toujours demandé comment Aileen a bien pu survivre à plus de deux ans de grossesse quasi ininterrompue.

Tate était le plus jeune, mais Ellie ne le connaissait pas beaucoup. C'est donc bel et bien Zane qui, à l'époque du lycée, avait attiré son attention. Probablement parce qu'il était beaucoup plus accessible et qu'il lui ressemblait davantage. Quand il était adolescent, Zane était presque toujours seul, et il avait probablement l'impression de ne pas être à sa place. Tous deux se sont liés d'amitié quand Ellie a vu sa frustration face aux difficultés d'organisation de ses recherches. Elle lui a proposé son aide. Les documents de travail de Zane n'étaient absolument pas de son niveau, mais elle parvenait tout de même à les mettre dans un ordre logique.

Zane haussa les épaules.

— Je t'aimais bien. Pourtant je n'aime pas grand monde, répondit-il.

Ellie se mit à rire face à sa franchise, un aspect de sa personnalité qu'elle adorait secrètement. Il n'était pas du genre à parler de la pluie et du beau temps. Elle attribuait sa maladresse sociale à son intelligence. Zane ne communiquait pas comme la plupart des gens. Il en était pourtant capable, mais il avait rarement l'occasion de le faire, probablement parce que la plupart des gens étaient trop intimidés pour avoir une conversation avec lui. Si elle ne le connaissait pas depuis si longtemps, Ellie serait probablement terrifiée à l'idée d'aborder un homme doté de l'un des meilleurs cerveaux scientifiques du pays. Fort heureusement, elle savait que Zane n'était pas simplement le geek scientifique qu'il prétendait être. Alors qu'Ellie se remémorait tout ce que Chloé lui avait confié à propos de ses frères, une pensée lui traversa soudainement et douloureusement l'esprit.

— N'as-tu pas une compagne qui risquerait d'être contrariée à l'idée que tu m'héberges ? Elle ne vient pas ici pour les fêtes de fin d'année ? demanda-t-elle avec curiosité.

— Non. Je ne suis pas intéressé par une femme qui prétend m'aimer rien que pour mon argent ou pour mon nom de famille.

Le cœur d'Ellie se serra en songeant que Zane avait probablement raison. Les femmes étaient certainement plus intéressées par le milliardaire nommé Colter que par l'homme qu'il était véritablement.

— Les femmes ne sont pas toutes comme ça, Zane. N'as-tu jamais rencontré quelqu'un avec qui tu as eu un lien plus fort ?

— Non, répondit-il avec sincérité.

— Mais tu as pourtant fréquenté des femmes. Chloé m'a dit que tu avais une petite amie à un moment donné, lui fit-elle remarquer.

Ellie se souvenait encore de sa réaction en apprenant que Zane était dans une relation sérieuse avec une femme de Denver. Même si, à cette époque, elle ne l'avait pas vu depuis longtemps, Ellie avait éprouvé une profonde déception.

— Oui. Mais ça n'a pas duré très longtemps. Elle a fini par se lasser et elle est passée à quelqu'un d'autre quand elle a compris que je ne menais pas une vie de star, que je ne faisais pas la fête jusqu'au bout de la nuit et que je ne partais pas en vacances dans des destinations exotiques. Au bout d'un certain temps, elle a tout simplement compris que j'avais un vrai métier et que je travaillais beaucoup. Je lui donnais tout ce qu'elle voulait, mais pas le mode de vie dont elle rêvait.

Ellie croisa les bras pour manifester sa colère.

— Dans ce cas, elle ne te méritait pas. Bon débarras, dit-elle.

Ellie hésita un instant avant de demander :

— Est-ce que tu en as souffert ?

Zane resta silencieux quelques secondes, comme s'il réfléchissait à sa question.

— Pas vraiment, répondit-il finalement. Cela m'a permis de comprendre que je suis mieux tout seul. Aujourd'hui je me contente de satisfaire mes besoins, sans chercher à établir une quelconque relation à long terme.

Zane essaya de paraître nonchalant et détaché, mais Ellie entendit néanmoins la tristesse dans sa voix. Cette relation l'avait bel et bien blessé en plus de le rendre prudent et méfiant.

— Je suis désolée qu'elle t'ait fait souffrir, dit-elle doucement.

— Elle ne m'a pas fait souffrir, insista-t-il.

—Je pense que si. Elle n'était tout simplement pas la bonne personne pour toi. Je pense qu'il existe quelqu'un pour tout le monde, il faut simplement avoir la chance de trouver cette personne, dit Ellie d'un air songeur.

— Dans ce cas, pourquoi es-tu encore célibataire ? lâcha-t-il.

— Un jour, j'espère que quelqu'un saura voir qui je *suis,* et non simplement à quoi je ressemble.

— Tu es magnifique. Si un homme n'est pas capable de le voir, alors c'est un idiot.

— Je suis quelconque, j'étais grosse et maintenant je suis trop maigre. De plus, je n'aime ni les bars ni les fêtes. La plupart du temps, je préfère lire un bon livre ou fabriquer des bougies. Est-ce que ça te semble excitant? demanda-t-elle sèchement.

— Il n'y a rien de mal à être différente, Ell, répondit-il.

— Je pourrais te dire la même chose, répliqua-t-elle en réprimant un sourire.

Il ne répondit pas et arrêta son véhicule devant l'entrée de sa gigantesque propriété. Le portail en fer forgé était incroyablement haut et les piliers qui le soutenaient semblaient indestructibles. Personne de sain d'esprit ne tenterait de franchir les murs de sa forteresse.

Zane tapa un code sur un petit clavier, après quoi le portail s'ouvrit lentement.

— Ne serais-tu pas un peu paranoïaque ? demanda-t-elle d'un air amusé.

— J'ai besoin de l'être. Des gens ont trop souvent essayé de voler mes recherches. La présence d'animaux sauvages dans cette région m'empêche d'avoir des clôtures électriques, alors j'ai dû faire des murs suffisamment hauts. La sécurité est maximale.

Ellie n'en doutait pas. Tandis que leur véhicule avançait dans l'allée, des caméras suivirent leur progression et des lumières à détecteur de mouvement s'allumèrent.

— À ce point-là ?

— C'est suffisamment sérieux pour inciter à la prudence, répondit-il tout en garant la voiture dans un grand garage. La présence d'un laboratoire me pousse à redoubler de vigilance. Je suis suffisamment riche pour prendre toutes les précautions nécessaires, et mon laboratoire m'a rendu encore plus riche. J'ai beau ne pas être intéressé par l'argent, l'industrie des biotechnologies est très lucrative.

— Ton laboratoire est-il dans la maison ? demanda-t-elle.

Ellie ne doutait pas que l'énorme bâtisse qu'elle avait aperçue puisse abriter une telle installation. Mais il se faisait tard et la nuit tombait tôt pendant l'hiver, alors elle ne pouvait pas voir grand-chose.

Zane secoua la tête et coupa le contact.

— Pas vraiment. Il est au sous-sol.

En le voyant sortir et faire le tour du véhicule pour l'aider à en descendre, elle leva une main lorsqu'il ouvrit sa portière.

— Je peux marcher. Je veux marcher, dit-elle. Après être restée allongée pendant si longtemps, elle était impatiente d'utiliser ses jambes.

Zane fronça les sourcils.

— Le médecin t'a interdit de faire des efforts physiques intenses pendant quelques semaines.

— Je doute que le fait de marcher entre dans la catégorie des efforts physiques intenses, dit-elle en lui lançant un regard obstiné. Je vais bien. Vraiment. S'il te plaît.

Ainsi, c'est avec beaucoup de réticence que Zane la laissa sortir du véhicule sans l'aider. Au lieu de cela, il attrapa son sac sur la banquette arrière. Il resta ensuite près d'elle en montant les quelques marches qui séparaient le garage du reste de la demeure.

— Merde ! jura-t-il.

— Quoi ?

— J'ai oublié de faire nettoyer la maison. Tout est en désordre, répondit-il honteusement.

Ellie s'arrêta et se retourna, des larmes lui montant aux yeux.

— Crois-tu vraiment que je me soucie de ça ? Tu as la gentillesse de m'héberger et je t'en suis reconnaissante.

Elle n'arrivait pas à croire qu'il puisse s'inquiéter de ne pas avoir fait nettoyer la maison avant son arrivée.

— C'est important pour moi. Tu mérites ce qui se fait de mieux après ce que tu as enduré pendant des mois, dit-il. Zane laissa tomber le sac sur le sol de l'entrée, puis il s'approcha d'Ellie jusqu'à ce qu'elle soit littéralement dos au mur.

— Tu as vécu un véritable enfer et tu as survécu. Je veux que tu puisses avoir tout ce dont tu as été privée pendant que tu étais séquestrée par ce malade mental.

Zane était maintenant si près qu'elle pouvait sentir son parfum.

— Qu'est-ce que tu fais ? demanda-t-elle en levant les yeux vers lui.

Il plaqua ses mains contre le mur derrière elle, l'enveloppant ainsi dans sa chaleur.

Son regard était intense. Ses yeux gris semblaient projeter des rayons brûlants.

— Je t'offre quelque chose que tu n'as jamais connu. Embrasse-moi, Ellie, exigea-t-il alors que quelques mèches de ses cheveux noirs tombèrent juste au-dessus de ses yeux.

— P...pourquoi ? balbutia-t-elle.

Ellie mourrait d'envie de lui obéir. Elle voulait sentir son corps puissant contre le sien et ses lèvres contre sa bouche. Elle voulait se sentir à nouveau vivante.

Ellie ne ressentit pas une seule seconde de peur près de lui. Zane ne la touchait pas, mais elle en avait tellement envie que c'en était douloureux.

— Parce que je te le demande, répondit-il avec aplomb. Je veux te donner quelque chose que tu n'as jamais eu. De nombreuses choses, à vrai dire.

— Suis-je censée obéir à chacun de tes ordres ? demanda-t-elle avec stupeur.

Zane la regardait avec désir, comme s'il souhaitait véritablement l'embrasser, et elle n'arrivait pas à y croire. Le simple fait d'affronter son regard intense lui coupa le souffle.

— Non. Ce serait plus facile si c'était le cas, mais je sais que cela n'arrivera jamais, répondit-il.

Immédiatement après avoir dit cela, il baissa la tête, ses lèvres désormais si proches des siennes qu'elle pouvait sentir son souffle chaud contre son visage.

Ce bombardement de sensations nouvelles la fit frémir. Lentement, les mains baladeuses d'Ellie remontèrent le long de son torse, jusqu'à son visage. Elle écarta ses cheveux rebelles de ses yeux, puis elle enroula ses bras autour de son cou.

— Tu n'es pas obligé de faire ça simplement pour satisfaire un de mes souhaits insatisfaits, murmura-t-elle nerveusement.

— Je sais. Je le fais aussi pour moi-même, l'informa-t-il en prenant délicatement sa tête entre ses mains pour poser ses lèvres contre les siennes.

Chapitre 4

Son baiser était exactement comme Ellie l'avait imaginé...et bien plus encore. Hypnotisée par la chaleur de sa bouche, elle s'ouvrit à lui et le laissa explorer ses lèvres.

La douce exigence de sa possession la fit presque tomber à la renverse. S'il n'avait pas pris la peine d'enrouler un de ses bras autour de sa taille, alors elle se serait certainement écroulée comme une idiote.

Comme elle en avait rêvé, Ellie oublia tout, sauf la sensation de son sang pulsant vigoureusement dans ses veines ainsi que l'étreinte passionnée de Zane.

Elle voulait que ce baiser dure éternellement, mais il recula très légèrement la tête pour lui mordiller les lèvres avec délicatesse, le tout avant de l'embrasser de plus belle avec une tendresse dont elle n'avait encore jamais fait l'expérience.

Lorsqu'il releva enfin la tête, le corps d'Ellie vibrait de la tête aux pieds et elle était littéralement à bout de souffle.

— Ton souhait est-il exaucé ? demanda-t-il d'une voix rauque, profonde et sensuelle.

— Ou...oui, bégaya-t-elle tandis qu'elle luttait pour reprendre son souffle, son corps et son cerveau encore sous le choc.

— As-tu oublié le reste du monde pendant quelques secondes ? As-tu eu le souffle coupé ?

— Complètement, s'empressa-t-elle d'avouer. Et toi ? Tu as dit que ce baiser était aussi pour toi. Je ne suis donc pas la seule concernée.

Il hocha la tête.

— Je suis satisfait...pour l'instant.

Zane se baissa pour ramasser le sac, puis il prit Ellie par la main. Ensemble, ils traversèrent une immense cuisine, puis ils entrèrent dans le salon.

Aucun d'eux ne semblait vouloir parler, comme si cela risquait de gâcher la magie de ce qui venait de se produire.

C'était incroyable pour moi, mais ce n'était peut-être qu'un baiser ordinaire pour lui.

Se sentant quelque peu ridicule d'analyser un simple baiser, Ellie dit : — Cette maison est immense.

Le plafond était si haut qu'elle dut se tordre le cou pour l'examiner.

— C'est spacieux, concéda-t-il. Je vais te faire visiter les lieux.

Ellie resta sans voix tandis que Zane la guidait à travers une série de chambres au rez-de-chaussée, chacune aussi grande que son ancien appartement, chacune équipée d'une salle de bain attenante. La chambre principale donnait sur un bassin d'eau chaude naturelle, un luxe qui se trouvait chez tous les membres de la famille Colter. Mais c'est en entrant enfin dans l'énorme salle carrelée de marbre et équipée d'une piscine intérieure qu'Ellie faillit s'évanouir.

— C'est incroyable, souflla-t-elle en s'imaginant secrètement pouvoir nager toute l'année, quelle que soit la saison.

— Il y a une salle de sport derrière cette porte, commenta-t-il en pointant son doigt en direction d'une porte située à l'autre bout de la pièce.

À la fin de leur visite et après que Zane lui ait montré les pièces situées à l'étage – où se trouvaient toutes les affaires d'Ellie – elle était épuisée. Ensemble, ils retournèrent en bas où elle le suivit avec lassitude jusqu'à la cuisine.

— Veux-tu que je prenne la chambre où sont mes affaires ? demande-t-elle avec incertitude.

— Certainement pas. Cette chambre est totalement en désordre. Tu pourras trier tes affaires quand tu te sentiras mieux. En attendant, tu peux t'installer dans l'une des chambres du bas. Cela t'évitera d'avoir à monter et descendre l'escalier. Est-ce que tu veux tes vêtements ?

Ellie secoua lentement la tête. Ses vieux vêtements n'étaient clairement plus à sa taille.

— Je les trierai demain, répondit-elle.

Elle essaierait de sauver tout ce qu'elle pourrait.

Ellie pouvait sentir la tension entre eux alors qu'elle se demandait s'il pouvait simplement lui montrer sa chambre et aller se coucher.

— Je ne vais pas m'excuser de t'avoir embrassée, dit-il doucement en fourrant nonchalamment ses mains dans les poches de son jean et en se balançant d'avant en arrière sur ses talons.

Ellie fut surprise par ce soudain changement de sujet. Ce baiser occupait manifestement autant son esprit que le sien. Ils avaient beau s'être débarrassés de leurs vêtements d'extérieur avant de visiter la maison, Ellie avait tout de même des bouffées de chaleur face au regard entêté de Zane. De surcroît, elle ne put s'empêcher de baisser les yeux sur sa silhouette athlétique lorsqu'il s'appuya contre le bord du plan de travail de la cuisine et croisa les bras sur ton torse, ce qui eut pour effet d'étirer le tissu du magnifique pull vert qu'il portait.

— Je ne t'ai pas demandé de t'excuser, lui fit-elle rapidement remarquer. Et je n'ai pas non plus l'intention de m'excuser de t'avoir rendu ce baiser, ajouta-t-elle sans ambiguïté.

Ellie resta ensuite silencieuse pendant quelques secondes, puis elle se risqua à dire :

— Peut-être devrions-nous simplement oublier que cela s'est produit. Je pense que nous sommes submergés par nos émotions depuis que tu m'as retrouvée.

— Je ne pourrai jamais l'oublier, affirma-t-il. J'ai parfois du mal à cesser de te regarder parce que je n'arrive toujours pas à croire que tu sois là, que tu sois vraiment vivante. J'avais besoin de ce contact physique, Ell, expliqua-t-il.

Il s'interrompit brusquement. Il semblait vouloir lui en dire davantage sur ses motivations, mais il resta muet. Au lieu de cela, il se tourna subitement vers le réfrigérateur et changea de sujet comme si de rien n'était, le tout d'une voix parfaitement désinvolte.

— Voyons maintenant si nous avons de quoi manger dans cette maison. Je n'ai aucune idée ce qu'il y a ici.

— Je n'ai pas vraiment faim, contesta-t-elle, déconcertée par l'aveu de Zane.

Peut-être que la situation lui paraissait tout aussi surréaliste qu'à elle. Peut-être avaient-ils véritablement besoin de ce contact physique temporaire.

— Ça n'a pas d'importance. Il faut que tu manges, répondit-il.

Zane lui tourna le dos pour s'enfoncer dans le couloir où il ramassa le sac contenant les quelques affaires qu'elle avait ramenées de l'hôpital, puis disparut en direction des chambres.

Ellie le suivit. Il s'arrêta dans une chambre où il déposa le sac.

— Tu peux t'installer ici, indiqua-t-il. Je serai dans la chambre située juste au bout du couloir, ajouta-t-il en pointant son doigt en direction de la chambre principale, celle avec le bassin d'eau chaude.

La chambre qu'il lui avait donnée était une belle et immense pièce dotée d'un coin lecture ainsi que d'une salle de bain attenante. Ellie n'eut pas vraiment le temps de s'y attarder puisque Zane la prit par la main pour la traîner jusqu'à la cuisine.

Elle le regarda ensuite fouiller les placards ainsi que le frigo. Il était si adorable et si concentré qu'elle ne put s'empêcher de sourire. Zane semblait presque perdu dans cette cuisine tandis qu'il examinait chaque paquet d'un air circonspect.

— Laisse-moi deviner...tu ne cuisines pas très souvent ? dit-elle tout en croisant les bras, ses fesses appuyées contre le plan de travail.

Zane tourna la tête et lui lança un regard interrogateur.

— Qu'est-ce qui te fait dire ça ?

— Tu viens d'ignorer tout un tas d'ingrédients parfaitement comestibles, probablement pour éviter la préparation que cela implique, répondit-elle avant de s'approcher du réfrigérateur. Laisse-moi faire, insista-t-elle en lui donnant littéralement un coup de hanche pour le pousser.

Après avoir remarqué qu'il n'y avait pas grand-chose dans le réfrigérateur, elle inspecta le contenu du congélateur.

— Tout est surgelé, mais il y a de quoi préparer un petit-déjeuner en guise de dîner, dit-elle en remarquant la présence d'œufs, de fromage et de jambon.

Il y avait également quelques pommes de terre qui semblaient assez fraîches.

— Je ne suis pas difficile, avoua-t-il volontiers. Montre-moi comment m'y prendre et je m'en occupe.

— Tu ne sais vraiment pas cuisiner du tout ? demanda-t-elle avec curiosité. Comment fais-tu pour te nourrir ?

Zane haussa les épaules.

— À Denver, soit je me fais livrer à domicile, soit j'achète des plats préparés que je peux réchauffer au micro-ondes. J'ai aussi une femme de ménage qui a pitié de moi et qui me prépare des repas que je peux réchauffer. Quand je suis ici, je prévois généralement de quoi me faire des sandwiches. Mais comme tu peux le constater, il ne me reste plus grand-chose.

Ellie sortit une boîte d'œufs ainsi que d'autres ingrédients, puis elle se mit en quête d'une grande poêle à frire. Elle était amusée qu'un homme doté d'un tel quotient intellectuel soit incapable de faire cuire un œuf.

Il est milliardaire. Il n'a pas vraiment besoin de se faire à manger.

Ellie avait du mal à imaginer être assez riche pour pouvoir embaucher quelqu'un pour effectuer les tâches quotidiennes. Étrangement, il ne semblait pas avoir d'employés ici, à Rocky Springs. Il ne lui avait pas menti en lui indiquant que la maison était en désordre. Non seulement un bon nettoyage s'imposait, mais il y avait des piles de papiers ainsi que divers objets un peu partout sans organisation apparente.

Zane la regarda s'affairer aux fourneaux, planté à côté d'elle comme si elle risquait de tomber à tout moment, ce qui était tout aussi touchant qu'agaçant.

— Je vais bien, Zane. Vraiment. Le simple fait d'être hors du lit et de pouvoir me déplacer me fait beaucoup de bien, dit-elle.

Cette simple tâche lui donnait l'impression d'être moins fatiguée et moins inutile, et cela lui permettait d'oublier ses ennuis quelques instants.

— Je n'ai même pas pensé à préparer la maison ou à demander à quelqu'un de nous laisser à dîner, grogna-t-il.

— Ce n'est pas grave, répondit-elle avec sincérité. Je veux participer aux tâches ménagères pendant que je suis ici.

— Tu es censée te reposer.

— Préparer un repas aussi simple n'est pas un travail très fatigant, rit-elle. Va t'asseoir, lui ordonna-t-elle en faisant un geste en direction de la table.

Il s'exécuta et la remercia lorsqu'elle posa une assiette devant lui. Celle-ci était garnie d'une omelette, de pain grillé ainsi que de pommes de terre sautées. Elle plaça une assiette avec une plus petite portion là où elle avait prévu de s'asseoir. Après avoir rangé les ustensiles de cuisine, elle fouilla dans le réfrigérateur et attrapa deux canettes de soda qu'elle posa sur table avant de s'asseoir face à Zane.

— Tu vois ? Ce n'est pas si difficile, lui dit-elle avec un sourire taquin. — Tu donnes une impression de facilité, marmonna-t-il.

— Ma mère travaillait beaucoup quand j'étais enfant. J'ai appris à cuisiner assez tôt dans ma vie. Elle avait besoin de mon aide à la maison, expliqua-t-elle.

Ellie mangea lentement et passa le plus clair de son repas à regarder Zane, qui dévorait le contenu de son assiette comme s'il s'agissait du meilleur repas de sa vie. Après avoir mangé autant que son estomac le lui permettait, elle poussa son assiette au milieu de la table.

— J'ai fini. Est-ce que tu veux finir mon assiette ?

Zane lui lança un regard désapprobateur.

— Tu n'as pas mangé grand-chose.

— Tu sais bien que je ne peux pas, répondit-elle.

Ellie savait néanmoins que son corps ne tarderait pas à retrouver ses formes. Elle avait déjà repris du poids, et avec son métabolisme lent, elle reprendrait une grande partie du poids perdu en un rien de temps. Cependant, elle était déterminée à surveiller son poids et à ne pas reprendre les kilos en trop dont elle n'avait certainement pas besoin.

Zane prit l'assiette d'Ellie et la posa par-dessus la sienne, puis il engloutit rapidement ce qui restait de son repas.

Il refusa ensuite qu'elle se lève de table pour l'aider à nettoyer.

— Tu as cuisiné. Je m'occupe du nettoyage. Je sais comment mettre deux assiettes dans le lave-vaisselle, dit-il avec fermeté en lui faisant signe de se rasseoir.

Ainsi, elle posa ses fesses sur sa chaise et regarda ce grand corps massif se déplacer efficacement dans la cuisine. Il ne savait peut-être pas se faire à manger, mais il s'occupa du nettoyage en un rien de temps.

Zane était grand et athlétique, mais il était naturellement souple. Son corps ressemblait davantage à celui d'un coureur que d'un haltérophile. Il ne semblait pas y avoir une once de graisse sur son anatomie, ce qui était décevant. Ellie aurait bien aimé voir au moins un défaut chez lui, quelque chose qui le ferait paraître plus humain. Mais non. Son corps était parfaitement sculpté, et malgré sa fatigue apparente ainsi que ses cheveux chaotiques, Zane était sacrément proche de la perfection.

Ellie comprenait pourquoi elle avait toujours été attirée par lui. Malgré sa perfection, Zane était une énigme, un puzzle immense dont elle n'était jamais parvenue à assembler les pièces. Il était gentil et beau comme un Dieu, mais parfois un peu maladroit, ce qui le rendait encore plus attachant étant donné qu'il était sexy dans presque toutes les circonstances.

En regardant autour d'elle, Ellie put constater qu'il était bel et bien désorganisé, mais cet aspect de sa personnalité était tout à fait pardonnable puisque Zane était un génie. Toute sa concentration était généralement ciblée sur une seule chose : son travail.

Il y a certaines choses qu'elle n'arrivait pas à comprendre...comme ce qui l'avait poussé à l'embrasser. Ou encore pourquoi il l'aidait alors qu'il aurait pu confier cela à Aileen – ou bien à la mère d'Ellie, tout simplement. Elle savait que sa mère serait restée auprès d'elle si nécessaire, mais Zane lui avait promis qu'il s'occuperait de tout jusqu'à ce qu'elle puisse revenir pour lui rendre visite. Convaincue que sa fille était entre de bonnes mains, elle était retournée dans le Montana pour travailler.

Le comportement protecteur de Zane donnait à Ellie le sentiment d'être en grande sécurité, mais la situation était très déroutante. Mis à part Chloé, personne ne se souciait jamais vraiment d'elle ou de ce qui lui arrivait. La ténacité de Zane lui avait sauvé la vie, et Ellie lui en était reconnaissante, mais elle ne comprenait toujours pas pourquoi il n'avait pas abandonné, comme tout le monde.

Sept mois, c'est très long.

Ellie glissa sa main dans ses cheveux, ce qui lui rappela qu'elle devait les faire couper pour retrouver une chevelure saine. Ses cheveux étaient très abîmés. Cette pensée l'attrista parce que ses longs cheveux blonds faisaient partie des rares choses qu'elle aimait dans son apparence.

— Qu'est-ce qui ne va pas ? Tu as l'air triste, observa Zane en se rasseyant à table et avant de prendre une gorgée de son soda.

— Je dois me faire couper les cheveux, répondit-elle solennellement. Ils sont très endommagés. Le seul moyen de leur rendre leur santé est d'en couper une bonne partie, expliqua-t-elle.

Ellie les avait laissé pousser pendant des années, et voilà que sa chevelure était sur le point de disparaître.

Zane eut l'air perplexe.

— Alors, coupe les. Ils repousseront.

— C'est la seule chose qui me plaît chez moi. J'aime mes cheveux.

Ellie savait que le problème ne venait pas vraiment de ses cheveux. Les contrecoups de tout ce qu'elle avait subi commençaient à se manifester et la perte de ses cheveux n'était qu'un symbole de tout ce qu'elle avait déjà perdu. Elle était douloureusement confrontée à la réalité.

— Ce ne sont que des filaments de protéines et des cellules mortes, Ellie. Ce ne sont que des cheveux, dit-il d'une voix rauque.

— Je sais, acquiesça-t-elle en sentant les larmes lui monter aux yeux. C'est idiot d'être bouleversée par quelque chose d'aussi superficiel. Je crois que je commence juste à comprendre à quel point ma vie va changer et je prends conscience de tout ce qui m'attend. Je n'ai ni travail ni logement. La vie a continué sans moi, mais je suis toujours là. Je suis vivante, mais j'ai l'impression de ne plus exister. Je suis comme coincée entre deux mondes. Je ne sais pas trop ce que je vais devenir.

Zane se leva, la souleva dans ses bras et la porta jusqu'à sa chambre où il la déposa sur le lit avec délicatesse.

— Tu as besoin de dormir. Ce n'est pas le moment de réfléchir à tout cela. Chaque chose en son temps, un pas après l'autre. Je ne peux pas te promettre que tu te sentiras à nouveau normale demain matin, mais je te promets que je ferai tout ce qui est en mon pouvoir pour que tu retrouves ta joie de vivre.

— Je ne me sens pas normale, lui dit-elle en sentant une vague de panique la submerger.

Zane ôta rapidement ses bottes, puis il se glissa dans le grand lit pour la prendre dans ses bras avant de répondre :

— Tout va rentrer dans l'ordre, Ell. Je te le promets.

Les mots de Zane étaient réconfortants, mais ses souvenirs commençaient à l'assaillir. Des souvenirs tous aussi effrayants les uns que les autres. Ellie se força à parler.

— Parfois, il me poussait à le supplier de me donner l'eau et la nourriture qu'il m'apportait. J'avais tellement faim et soif que j'étais prête à tout. Selon son humeur, certains jours étaient plus difficiles que d'autres. Il se servait de moi pour évacuer la colère qu'il accumulait toute la journée. Il était très dangereux, Zane. James est probablement la personne la plus psychotique que j'ai jamais rencontrée. Je m'en voulais d'avoir peur et de céder à tous ses désirs rien que pour avoir un peu d'eau et quelques restes de nourriture, raconta-t-elle.

Zane resserra ses bras autour d'elle et l'incita à poser sa tête sur son torse.

— Tu n'as pas à t'en vouloir d'avoir fait tout ce qui était nécessaire pour survivre. La peur est un sentiment inévitable en de telles circonstances. Je ne suis pas psychiatre, mais je sais qu'une situation de survie implique tous les sacrifices. L'idée que cette ordure ait posé ses mains sur toi me rend malade. S'il n'était pas déjà mort, je le tuerais moi-même pour tout ce qu'il vous a fait subir, à toi et à Chloé.

Ellie inspira profondément. Sa fréquence cardiaque baissa en intensité et sa panique commença à se dissiper. Elle avait survécu à sept mois de séquestration et de torture, tout le reste serait probablement plus facile.

— James était un sadique. Un vrai sociopathe. La vie de Chloé était en danger. Quand j'ai compris ce qu'il était vraiment, j'étais pétrifiée à l'idée qu'il la tue pour récupérer son argent. J'étais soulagée d'apprendre qu'elle ne l'avait pas épousée, et encore plus soulagée d'apprendre qu'il était mort.

— Il ne s'est pas contenté de la faire souffrir physiquement. James a détruit sa fierté et l'image que Chloé avait d'elle-même. Mais elle se relève progressivement. J'aime beaucoup Walker. Je pense que c'est un homme bien pour elle.

— Je suis contente de savoir qu'elle est heureuse, dit Ellie.

— Toi aussi, tu seras heureuse qu'importe le temps que cela prendra, insista Zane en glissant une main réconfortante dans son dos.

— Tu m'as dit que ma voiture n'a pas été retrouvée. Je me demande ce qu'elle est devenue. Il a dû la cacher ou la détruire.

— Ne t'inquiète pas à propos de ta voiture, de ton travail ou de quoi que ce soit d'autre pour le moment. Tu as besoin de temps pour guérir, dit-il. Nous irons en ville demain pour acheter tout ce dont tu as besoin. La police va probablement vouloir te parler. Ce salaud a beau être mort, ils auront besoin de ton témoignage pour clore le dossier.

— Je sais, dit-elle stoïquement. J'ai encore du mal à en parler, mais je le ferai si c'est nécessaire.

— Ton seul objectif doit être de retrouver des forces, le reste ne doit pas t'inquiéter. Chloé sera bientôt de retour, en attendant je suis là pour toi, dit-il d'un ton obstinément inflexible.

Elle se détendit et s'appuya sur sa force. Jamais de toute sa vie Ellie n'avait été dépendante de qui que ce soit. Elle était habituée à s'occuper de tout, à tout prendre en charge, depuis son plus jeune âge.

Pour une fois, c'était bien agréable d'avoir quelqu'un sur qui s'appuyer.

Zane ajusta légèrement sa position sans la lâcher. Il glissa une main dans ses cheveux et, de sa main opposée, il lui caressa le dos en des mouvements circulaires.

— Je suis fatiguée, murmura-t-elle.

Son épuisement physique et émotionnel était tel qu'elle ne put empêcher ses yeux de se fermer.

— Alors dors, répondit-il.

— Je ne veux pas que tu t'en ailles, avoua-t-elle d'une voix faible et vulnérable.

Elle ne voulait pas se retrouver seule avec ses pensées, elle ne voulait pas perdre sa présence réconfortante, pas pour le moment. Ellie préférait attendre le lendemain pour redevenir forte. Pour l'instant, elle avait besoin de lui.

— Je ne bouge pas d'ici, Ellie. Je reste là, avec toi.

Elle poussa un soupir de soulagement et se blottit dans la chaleur qui émanait du corps de Zane.

— Merci.

— Est-ce que tu me fais confiance ? demanda-t-il.

— Oui.

— Alors endors-toi. Personne ne te fera plus jamais de mal, jura-t-il.

Zane semblait si sérieux qu'elle ne put s'empêcher de sourire. Dans ses bras puissants, elle se sentait en sécurité. Quelques secondes plus tard, Ellie tomba presque immédiatement dans un sommeil profond et dénué de cauchemars.

Lorsqu'elle se réveilla le lendemain matin, revigorée, Zane n'était plus là. Ellie fut tentée de croire qu'elle avait imaginé sa présence, rêvée de la tendresse réconfortante dont elle n'aurait jamais cru Zane capable, mais elle savait que sa présence était bien réelle.

Son oreiller était encore imbibé de son parfum, preuve de sa présence passée dans le lit. Il l'avait probablement laissée dormir paisiblement. Elle roula sur le dos, ses yeux rivés au plafond, et essaya de vider ses poumons de son odeur enivrante ainsi que d'empêcher son corps de réagir au fait que Zane était au lit avec elle, il n'y avait pas si longtemps.

Je ne peux pas me laisser aller à avoir autant besoin de lui !

Son corps et son esprit se faisaient la guerre lorsqu'elle sentit un soubresaut entre ses cuisses, l'empêchant pour de bon de nier le désir qu'elle ressentait pour le seul homme qui l'avait jamais intéressée.

Dans le lit, elle se redressa en position assise, écarta les cheveux de son visage et reconnut que Zane lui manquait déjà, ce qui terrifia cette femme qui avait pourtant toujours été très bien toute seule.

Chapitre 5

Quelques jours plus tard, Zane était en train de travailler dans son laboratoire souterrain. Il se demandait à quel moment Ellie Winters était devenue si têtue. Il ne se souvenait pas d'une jeune fille aussi obstinée quand elle était adolescente.

Je lui ai simplement acheté un téléphone portable, un ordinateur, de nouveaux vêtements ainsi que deux ou trois choses indispensables à la vie de tous les jours, le tout avec l'aide de Lara. Je ne lui ai acheté que l'essentiel.

Zane ne s'attendait pas à ce qu'elle en fasse une affaire d'État. Pourtant, Ellie était très contrariée par ces achats et il ne comprenait pas tout à fait pourquoi elle avait fondu en larmes. Il n'avait pas vraiment cherché à comprendre, lui-même était trop bouleversé à l'idée d'avoir pu faire quoi que ce soit pour la faire souffrir. Son seul désir était de la rendre heureuse. Malgré sa réaction face à ses cadeaux, elle avait fait beaucoup de progrès...jusqu'à aujourd'hui.

Aujourd'hui, Zane a vu combien Ellie pouvait être entêtée.

Elle avait littéralement frappé du poing sur la table lorsqu'il avait ramené une voiture neuve achetée spécialement pour elle, refusant catégoriquement d'accepter le véhicule. Selon elle, il s'agissait d'une dépense excessive.

Pour se défendre, Zane lui avait alors indiqué que la simple assurance de responsabilité civile de son ancienne voiture ne lui donnerait pas le moindre centime pour remplacer sa saloperie de *Tortue Blue*. Ellie s'était contentée de le foudroyer du regard et de s'en aller.

— Ce n'est qu'une BMW. Elle se comporte comme si j'avais acheté une voiture hors de prix. J'ai choisi un véhicule raisonnable, fiable et sécuritaire. Ce n'est pas comme si j'avais dépensé une fortune pour acheter une voiture de sport exotique, marmonna-t-il dans sa barbe tout en s'affairant dans son laboratoire. Et c'est un SUV. C'est exactement ce dont elle a besoin pour les routes du Colorado. Tout le monde roule en SUV ici, ajouta-t-il en se parlant à lui-même.

Certes, il voulait ressusciter la joie de vivre d'Ellie. Mais il ne voulait certainement pas la contrarier. Pourtant, elle était bel et bien en colère. Quelle que soit sa réaction, Zane souhaitait veiller à ce qu'elle conduise une voiture fiable, et plus précisément la voiture qu'il avait sélectionnée pour elle.

Après avoir terminé son travail, il saisit les données de son expérience sur l'ordinateur du laboratoire tout en se demandant ce qu'il pourrait bien faire pour convaincre Ellie d'accepter son aide. Elle a *besoin* de ce véhicule. Et surtout, il ne voulait pas qu'elle achète un autre tas de ferraille comme son ancienne voiture. Celle-ci était trop petite, trop vieille, trop fragile, et tout ceci était parfaitement inacceptable pour lui.

Zane ôta la combinaison jetable qu'il portait par-dessus ses vêtements, puis il plaça son masque et ses gants dans le conteneur pour déchets dangereux qui se trouvait près de la porte.

Il voulait bien admettre qu'il manquait d'organisation, mais seulement à l'extérieur de son laboratoire. Ici, il était méticuleux. Ici, tout ce qu'il faisait lui importait. De plus, le fait de travailler avec des organismes potentiellement dangereux ne lui permettait pas une grande marge de manœuvre.

Zane se lava les mains, les essuya, puis il s'approcha des portes en acier. Il plaça son doigt sur le lecteur d'empreintes digitales et la double porte s'ouvrit. Il emprunta ensuite le couloir ainsi que l'escalier menant à la maison, le tout en songeant à ses options.

Laisser Ellie faire ce que bon lui semble et rendre la BMW à la concession ? *Non. C'est hors de question. Elle a besoin d'un véhicule dans lequel elle sera en sécurité.*

Convaincre Ellie d'accepter cette voiture ? *Il y a peu de chance que cela fonctionne.* Malgré son obstination à refuser ses cadeaux, Zane devait bien admettre qu'il aimait la voir ainsi. Il préférait cela plutôt que de la voir pleurer, ce qui ne l'empêcherait pas de veiller à ce qu'un moyen de locomotion fiable soit à son entière disposition.

Demander à Chloé de l'aider à la convaincre ? *C'est une possibilité, mais Chloé n'est pas encore rentrée et elle ne sait même pas qu'Ellie est vivante.*

Jeter Ellie par-dessus son épaule et la contraindre à se mettre au volant de cette voiture ? *Oui. Cette idée aurait au moins le mérite de satisfaire l'homme des cavernes qui sommeillait en lui et qui s'était éveillé en apprenant la disparition d'Ellie.*

Maintenant qu'elle était avec lui, saine et sauve, son désir de la protéger était presque étouffant. Il s'agissait d'un instinct brutal et primitif qu'il parvenait à peine à maîtriser.

Ressaisis-toi. Tu vas finir par lui faire peur. Bon sang, moi-même je me fais peur.

Zane se considérait comme quelqu'un de raisonnable, logique et rationnel. Il prenait ses décisions sur la base de données et de faits réels. Dernièrement, il ne réagissait plus avec son pragmatisme habituel. Au lieu de cela, il cédait à ses émotions ainsi qu'à des pulsions qu'il semblait incapable de contrôler. Il n'avait jamais ressenti cela auparavant et il était déstabilisé de constater que, avec Ellie, il avait parfois du mal à avoir les bons mots et à adopter les bons comportements. Zane avait toujours été intéressé par Ellie, mais il avait fini par l'éviter, car il la considérait autrefois comme inaccessible. Cela ne l'avait jamais empêché de poser des questions à son sujet chaque fois qu'il parlait à Chloé. Il avait bien failli se mettre dans une situation embarrassante à l'hôpital en faisant comprendre à Ellie qu'il connaissait ses préférences. S'il savait qu'elle adorait la nourriture asiatique, c'est tout simplement parce que Chloé le lui avait dit. Il y a quelques années, elle lui a également dit avoir fait parvenir à Ellie ses chocolats préférés pour son anniversaire. Zane lui avait alors demandé de quels chocolats il s'agissait et qui les confectionnait. Une fois arrivé devant la porte métallique menant dans la maison, il la déverrouilla en utilisant à nouveau le lecteur d'empreintes digitales, puis il l'ouvrit. Il s'agissait d'une porte dissimulée qui n'était pas vraiment visible depuis l'intérieur de la maison, à moins de vraiment la chercher.

Il longea le couloir d'un pas nonchalant, puis il s'arrêta net en entendant la voix d'Ellie. Depuis l'endroit où il se tenait, Zane pouvait la voir assise à la table de la cuisine, devant son ordinateur portable.

Il lui fallut quelques secondes pour comprendre ce qu'elle faisait. Elle était au beau milieu d'un appel vidéo.

C'est sa séance avec sa psychologue !

Il savait qu'elle avait prévu d'utiliser son nouvel ordinateur pour ses séances avec une psychologue résidant en Angleterre, mais il ne savait pas qu'elle devait commencer aujourd'hui. Zane et Ellie n'avaient pas vraiment eu l'occasion d'avoir une conversation apaisée ce matin, avant qu'il ne se retire dans son laboratoire.

Il s'appuya contre le mur et se figea. Il ne voulait pas l'interrompre, mais il ne se gêna pas pour écouter sa conversation.

Malheureusement pour lui, elles semblaient sur le point de terminer leur appel. Ellie poussa un soupir et répondit à sa psychologue.

— Merci, Natalie. Cela m'a fait beaucoup de bien de vous parler. Je sais qu'il est très tard pour vous, en Angleterre, je suis heureuse que vous ayez accepté de m'aider.

Zane l'entendit confirmer un autre rendez-vous prévu dans quelques jours, puis dire au revoir à Natalie. Elle referma ensuite son ordinateur portable d'un air pensif.

Elle a besoin de parler. Elle a besoin de soutien.

Il serra les poings, frustré de ne pas vraiment savoir lui parler. Il voulait être présent pour elle, il voulait qu'elle puisse se confier à lui. Zane ne savait tout simplement pas comment s'y prendre.

Il savait qu'une part d'elle-même souhaitait oublier ce qu'elle avait subi. Mais ce n'était probablement pas sain de continuer à nier le traumatisme d'un calvaire ayant durée sept mois. En se contentant d'enfouir tout cela au plus profond d'elle-même, elle ne cicatriserait jamais complètement.

Zane entra dans la cuisine et s'assit en face d'elle.

— Est-ce que tu veux en parler ? Comment ça s'est passé ? demanda-t-il.

Il espérait qu'elle était parvenue à surmonter la colère qu'elle avait manifestée plus tôt dans la journée. Même s'il ne savait pas vraiment que lui dire, Zane ne voulait pas être exclu de son processus de guérison.

Ellie secoua la tête et lui répondit :

— Natalie pense que je souffre de stress post-traumatique.

— Et qu'est-ce que tu en penses ? demanda-t-il en haussant un sourcil. Zane n'était certainement pas un expert en santé mentale, mais il était prêt à parier que quiconque ayant subi une épreuve similaire risquait fortement de souffrir de stress post-traumatique.

— Je suppose qu'elle a raison. Chaque fois que j'entends un bruit susceptible de me rappeler ce que j'ai vécu avec James, je suis angoissée. Parfois, je suis assaillie par une vague de mauvais souvenirs. C'est la raison pour laquelle je cherche désespérément à tout oublier. Malheureusement, je n'oublie rien et je suis hantée par chaque détail de cette expérience. Ma vie est détruite à cause de ce qui m'est arrivé. J'ai le sentiment d'avoir perdu toute mon indépendance. Et je suis terrifiée en pensant à ce qui pourrait m'arriver.

— Absolument rien ne va t'arriver, Ellie. Dans cette ville, tu es ici chez toi, entourée de gens qui ne veulent que ton bien. Ce n'est pas parce que tu as besoin d'un peu d'aide en ce moment que tu as perdu ton indépendance. Ce que tu as vécu est trop difficile pour y faire face seule, lui dit-il calmement. Accepte l'aide que je te propose. Petit à petit, ta vie va reprendre son cours normal. Tu as juste besoin de temps.

Le chagrin et le désespoir d'Ellie étaient palpables, ce qui fit à Zane l'effet d'un coup de poignard dans le cœur. Il voulait lui rendre son bonheur, mais il se sentait tellement impuissant. Il n'avait pas le pouvoir de la débarrasser de ses souvenirs ni de faire disparaître les dégâts causés par James.

Ellie leva ses yeux de saphir sur lui et répondit :

— C'est justement le problème. J'ai toujours été en mesure de m'occuper de moi-même. Je dois bien reconnaître que la situation pourrait être pire. Quelqu'un a payé toutes mes factures et j'ai une somme d'argent considérable sur mon compte bancaire. Chloé est certainement derrière tout cela. Je vais devoir lui en parler.

— Ce n'est pas Chloé, confessa-t-il. C'est moi qui suis derrière tout cela. J'ai payé tes factures et je t'ai fait un virement bancaire pour couvrir toutes les dépenses à venir.

Ellie le regarda d'un air surpris.

— Pourquoi ?

Zane serra ses poings sur la table.

— Parce que je refusais d'accepter ta mort, mais aussi parce que je souhaitais que ta vie soit aussi normale que possible dans le cas où je te retrouverais. Puisque tu n'étais pas là pour t'occuper des finances, je m'en suis occupé. C'est ce que ferait n'importe quel ami, n'est-ce pas ?

Zane se garda bien de lui dire qu'il avait en réalité eu *besoin* de s'occuper de ses finances, qu'il avait eu *besoin* de faire toutes ces choses pour *se* convaincre qu'elle serait bientôt *de retour*. D'une certaine manière, cette stratégie fut thérapeutique pour lui. Cela lui avait permis de garder l'espoir de la retrouver vivante. Il refusait que Chloé s'occupe de tout cela. Elle avait déjà bien assez de problèmes à gérer.

Ellie resta muette quelques instants avant de répondre solennellement. — Merci. Je te rembourserai quand j'aurai trouvé du travail.

— Tu n'as pas besoin d'un foutu travail pour le moment. Tu as juste besoin de te concentrer sur ta santé, lui dit-il d'un ton bourru.

— Je dois trouver du travail, Zane. Je ne peux pas rester comme ça. J'ai envie de retrouver une vie normale. Et pour moi, cela commence par gagner ma vie, dit-elle.

Accablée, Ellie enfouit son visage dans ses mains.

Le cœur de Zane s'effondra. Il détestait la voir comme cela. Il n'y était pas habitué. Ellie était habituellement une femme dynamique, rigoureuse et joyeuse. Il souffrait de la voir si détruite.

— Alors travaille pour moi, Ellie, proposa-t-il avant même de pouvoir réfléchir à cette offre. J'ai besoin de toi. Il te suffit de voir l'état de cette maison pour le comprendre. J'ai besoin d'une assistante personnelle en qui je peux avoir confiance, ce qui n'est pas facile à trouver. J'ai besoin de quelqu'un qui sera capable d'organiser ma vie personnelle et professionnelle.

Ellie ôta ses mains de son visage pour le regarder d'un œil curieux.

— Tu n'as pas encore d'assistante ?

— Non. La dernière que j'ai embauchée a bien failli vendre des informations confidentielles à propos de l'entreprise à l'un de mes concurrents. Par chance, nous nous en sommes rendu compte à temps. Depuis cet incident, il y a déjà plusieurs années de cela, je n'ai plus confiance en personne dans mon travail. Nous avons des secrétaires à différents niveaux de sécurité, mais la plupart de ces employés n'ont pas accès aux documents personnels ou aux résultats de recherche. Ellie fronça les sourcils.

— Tu as été trahi par quelqu'un qui travaillait pour toi ? demanda-t-elle.

Ce n'était certainement ni la première ni la dernière fois qu'une chose pareille se produisait, mais Ellie était toujours sidérée par ce que les gens étaient prêts à faire pour l'argent.

— Tu dois penser que je suis paranoïaque quand tu vois tous les systèmes de sécurité que j'ai ici, mais j'ai toujours de nombreuses informations avec moi – des résultats et des projets de recherche que certains de nos concurrents veulent obtenir afin de me nuire.

Tout cela doit être protégé.

— Il doit y avoir des centaines de candidats beaucoup plus qualifiés que moi pour travailler avec toi. Je n'ai même pas de diplôme universitaire, contesta-t-elle. Je n'ai aucune connaissance en biotechnologie.

Zane haussa les épaules.

— Cela n'a pas d'importance. J'ai simplement besoin d'une personne de confiance, quelqu'un qui pourra m'aider à rester organisé en dehors du laboratoire. J'ai confiance en toi, Ellie. Si quelqu'un peut m'aider à être plus organisé, c'est bien toi.

Ellie le regarda pendant quelques secondes sans rien dire, puis elle lui demanda :

— En quoi consisterait mon poste exactement ?

Zane ne put réprimer le large sourire qui égaya son visage lorsqu'il comprit qu'il s'agissait de l'opportunité parfaite pour l'inciter à conduire son nouveau véhicule.

— Ce poste consiste à faire tout ce que je te demande. En commençant par accepter la voiture que je t'ai achetée, dit-il.

Ellie ouvrit la bouche pour protester, mais il la fit taire en levant sa main droite en l'air.

— Tu vas avoir besoin d'une voiture, argumenta-t-il. Comment feras-tu si je te demande d'aller acheter quelque chose ou de te rendre quelque part pour représenter l'entreprise ?

Ellie le foudroya du regard, mais elle n'insista pas.

— Quelles seraient mes tâches ?

— Satisfaire toutes mes demandes. Quand tu te sentiras mieux, tu verras à quel point j'ai besoin d'organisation dans cette maison. Ma résidence à Denver est à peu près dans le même état, mais c'est un peu mieux grâce à la femme de ménage. Néanmoins, elle refuse de toucher à mes affaires personnelles. Je suis généralement si occupé par mes projets en cours que je ne fais rien d'autre de ma vie, expliqua-t-il.

Plus il y pensait, plus il aimait l'idée qu'Ellie devienne son assistante personnelle. Le fait d'être en sa compagnie toute la journée pourrait bien se révéler être une véritable torture, mais au moins, il cesserait peut-être de passer son temps à s'inquiéter pour elle.

— Serais-je obligée de déménager à Denver ? demanda-t-elle avec prudence.

— Non. Tu pourras loger chez moi quand je serai à Denver. Ma maison là-bas est à peu près aussi spacieuse que celle-ci. Nous ferons régulièrement des allers-retours.

Zane souhaitait passer davantage de temps à Rocky Springs. Sa mère ne rajeunissait pas et cette ville était son véritable chez lui.

— Me fais-tu cette proposition parce que tu as vraiment besoin de moi, ou bien le fais-tu parce que tu as pitié de moi ? demanda-t-elle sans ambiguïté.

— Crois-moi, j'ai besoin de toi, dit Zane avec honnêteté, bien que cette réponse ait en réalité un double sens.

Le simple fait d'être assis en face d'elle à la table de la cuisine lui donnait une érection, mais il garda cette information gênante pour lui. Zane devait reconnaître qu'il avait affreusement besoin d'elle, mais d'une manière qu'il ne pouvait pas lui avouer.

— Est-ce que tu me laisseras te rembourser pour la voiture et pour tout ce que tu m'as acheté ?

Zane secoua la tête.

— Non. Ce sont les avantages de travailler pour un homme riche. Les assistantes personnelles reçoivent parfois des cadeaux personnels.

— Pas ce genre de cadeau, marmonna-t-elle avec mécontentement. Quel est le salaire ? Quels sont les avantages, officiellement ?

Zane lui parla du salaire annuel ainsi que des avantages liés au contrat de travail, du moins de ce qu'il en savait. Son entreprise avait un service des ressources humaines pour s'occuper de ce genre de choses.

— Oh mon Dieu. C'est beaucoup trop.

— Ce n'est pas beaucoup plus que le salaire de ma dernière assistante. Et c'était il y a quelques années, lui dit-il avec insistance.

Il s'interrompit un instant, puis ajouta :

— J'ai vraiment besoin de toi, Ellie. Après ce qui s'est passé, je crois que je ne pourrais faire confiance à personne d'autre pour ce poste.

Zane retint son souffle et observa attentivement le visage pensif d'Ellie. Il se demanda à quoi elle pensait, mais il resta muet afin de ne pas interrompre sa réflexion.

— D'accord. J'accepte. Par quoi devrais-je commencer, patron ? demanda-t-elle d'un ton taquin.

Zane laissa échapper un long soupir de soulagement.

— J'aimerais que tu commences par te rétablir physiquement et par retrouver ton bonheur, grommela-t-il. Pas de travail jusqu'à ce que tu te sentes prête.

Ellie hocha vivement la tête.

— Je suis prête.

— Petite maligne, lâcha-t-il.

— Zane, je m'ennuie déjà, répliqua-t-elle. Donne-moi quelque chose à faire.

— Allons en ville. J'ai besoin d'aller chez le coiffeur et j'aimerais aller voir la nouvelle librairie.

Ellie glissa ses doigts dans ses cheveux.

— J'aurais bien besoin d'une coupe de cheveux, moi aussi. J'avais l'intention de le faire moi-même, mais j'ai peur de mal m'y prendre, surtout à l'arrière de ma tête.

— Alors c'est parti, dit-il.

Zane se leva avec enthousiasme et lui tendit sa main. Puis il attendit. . .

Allez, chérie. Prends ma main. Laisse-moi t'aider, bon sang.

— Nous devons aller dans un supermarché. Je ne vais pas pouvoir nous faire à manger sans ingrédients, dit-elle.

Zane remarqua la peur qui traversa brièvement son visage en évoquant ce sujet. De toute évidence, elle était angoissée à l'idée d'une pénurie de nourriture.

— Nous allons remplir les placards. Je te le promets.

Zane avait l'intention de l'inviter à dîner aujourd'hui. Il était à peu près sûr qu'ils pouvaient désormais se rendre en ville sans prendre de risque. Soit les journalistes avaient abandonné, soit ils étaient encore devant l'hôpital à Denver.

Tate lui avait dit s'être occupé du problème. Zane n'avait pas cherché à en savoir davantage. Connaissant son plus jeune frère, il avait probablement inventé une histoire suffisamment crédible pour éloigner la presse de Rocky Springs.

Zane réprima un grognement de plaisir lorsqu'elle plaça sa petite main dans la sienne, lui permettant ainsi de l'aider à se lever de sa chaise. Après ce qu'elle avait vécu, il était touché par la confiance qu'elle manifestait à son égard.

Alors que sa verge en érection menaçait d'arracher la fermeture éclair de son jean, Zane comprit que si le simple fait de la prendre par la main générait un tel désir, alors la soirée s'annonçait très longue.

Chapitre 6

Ellie se sentait épuisée en marchant sur l'avenue principale de Rocky Springs, ses cheveux étaient désormais courts et bouclés. Ses cheveux avaient toujours été un peu ondulés, mais coupés courts avec une longueur qui touchait à peine ses épaules, les grandes boucles étaient beaucoup plus prononcées.

Elle ne put s'empêcher de sourire en regardant distraitement la vitrine d'un magasin de vêtements. Zane l'avait encouragée à se faire couper les cheveux en entrant dans le salon avec elle. Il s'était également fait couper les cheveux, en même temps qu'elle, dans un style plus court qui lui allait à merveille.

Comme s'il n'était pas déjà assez sexy.

Le coiffeur avait coupé court, ce qui faisait ressortir ses yeux gris et rendait son visage globalement plus expressif.

— Et moi, je ressemble à un caniche, marmonna-t-elle en tirant sur ses bouclettes volumineuses.

La coupe était bien exécutée, mais en l'absence d'une longueur suffisante, ses cheveux ressemblaient à la fourrure d'un chien.

Toutefois, elle était on ne peut plus touchée par le fait que Zane ait eu la gentillesse de s'asseoir juste à côté d'elle pendant que le coiffeur coupait ses cheveux abîmés.

Ce ne sont que des cheveux.

Bien évidemment, Zane avait raison. Ellie n'était pas vaniteuse et ce n'était pas vraiment la perte de son seul atout physique qu'elle pleurait. Ce qui l'affectait, c'était de reconnaître que les sept derniers mois lui revenaient en pleine figure maintenant qu'elle pouvait enfin guérir.

Elle soupira en ouvrant la porte du magasin de prêt-à-porter où elle devait acheter quelques vêtements essentiels, le tout après avoir chargé la voiture de ce qu'ils avaient acheté au supermarché. De son côté, Zane venait de traverser la rue pour se rendre à la librairie située en face.

Ne quitte pas ce magasin avant d'avoir acheté absolument tout ce que tu veux.

Bien évidemment, Ellie n'avait aucunement l'intention d'acheter *tout* ce qu'elle voulait. Ce n'était pas dans ses habitudes. Non seulement elle vivait avec un budget serré, mais elle avait déjà tout ce dont elle avait besoin pour survivre un certain temps. Grâce à Zane, son compte bancaire était plus fourni qu'il ne l'avait jamais été. Elle envisageait désormais de le rembourser petit à petit pendant qu'elle travaillait pour lui. Malheureusement, il refusait de lui dire précisément combien il avait dépensé, mais Ellie pouvait aisément calculer la somme totale avec plus ou moins de précision. Son moral remonta en flèche à l'idée de travailler pour Zane et d'apprendre de nouvelles choses en tant qu'assistante. Elle avait la ferme intention d'être comme une éponge, capable d'absorber autant d'informations que possible en matière de biotechnologie. Ellie souhaitait être un atout pour lui, ce dont elle se savait capable, surtout si son rôle nécessitait une organisation dont Zane était totalement dépourvu.

Immédiatement après avoir franchi la porte de la boutique, elle entra littéralement en collision avec une femme qui se précipitait vers la sortie.

— Oh, pardonnez-moi, s'excusa Ellie.

— C'est ma faute. Je suis toujours pressée, répondit la femme essoufflée.

Elle s'interrompit un instant, puis ajouta :

— Ellie ?

Il s'agissait de la propriétaire de son ancien appartement.

— Bonjour, Gina.

— Oh mon Dieu. Je n'arrive pas à y croire, s'exclama-t-elle en serrant brièvement Ellie dans ses bras. Tu as l'air...

— Fatiguée ? suggéra Ellie.

Non seulement elle se sentait épuisée, mais son corps manquait tellement d'activité physique qu'il lui faudrait un moment pour retrouver son endurance.

— Non, non, non, nia Gina. Tu as bonne mine. Tu as juste un peu changé depuis la dernière fois que je t'ai vue.

Probablement parce que je suis maigre et que j'ai un caniche sur la tête.

— Être séquestrée pendant des mois peut changer une personne, plaisanta Ellie, ne sachant toujours pas comment réagir face aux gens qui la regardaient comme un fantôme.

Ayant toujours vécue à Rocky Springs, elle connaissait bon nombre de ses habitants. Pour elle, c'était très étrange que ces gens la regardent comme si elle revenait d'entre les morts. Cependant, ils n'avaient peut-être pas tout à fait tort.

— Ne t'inquiète pas, tu as vraiment l'air en forme, insista Gina en lui souriant.

— Je suis désolée que tu aies dû trouver un autre locataire. Je t'ai probablement fait perdre de l'argent. Je tiens à te rembourser.

Gina écarquilla les yeux.

— Je n'ai pas perdu un centime et je n'ai jamais cherché un autre locataire. Le loyer était payé chaque mois par l'un des frères Colter. Le scientifique. Il a juste fait vider l'appartement il y a quelque temps, peu après t'avoir retrouvée vivante.

Gina fouilla dans son sac à main, puis elle tendit une enveloppe à Ellie.

— L'appartement était comme neuf. Merci de l'avoir fait nettoyer. Voici ton chèque de caution. Je ne savais pas trop où l'envoyer.

Perdue dans ses pensées, Ellie prit le chèque et le fourra dans la poche de sa veste.

— Alors ce n'est pas toi qui as dû faire stocker mes affaires ? Et mon loyer a toujours été payé à temps ?

— Bien sûr, répondit Gina avec sérieux. Et je ne me serais jamais permis de t'expulser du logement sans savoir ce qui avait pu t'arriver. Je savais que partir sans prévenir ne te ressemblait pas. Je savais que quelque chose de grave était arrivé.

Ce qui signifie que Zane m'a menti. Mais pourquoi ?

— Merci, répondit maladroitement Ellie.

Gina posa délicatement sa main sur la joue d'Ellie de façon maternelle. — C'est parfaitement normal. Si tu as besoin de quoi que ce soit, n'hésite pas à m'appeler.

Gina se retourna et ouvrit la porte pour s'en aller.

— Gina ? dit Ellie sans pouvoir s'en empêcher. Est-ce que l'appartement est occupé par un autre locataire désormais ?

— Quelqu'un a signé le bail aujourd'hui même, répondit Gina.

Aujourd'hui ? Alors l'appartement n'a pas été loué avant ? Un autre mensonge ?

— Merci, dit Ellie en se forçant à sourire.

Gina la salua d'un geste de la main, puis elle sortit.

Ellie se sentait maintenant perdue, son esprit saturé d'interrogations. *Pourquoi Zane m'a-t-il menti sur le fait que l'appartement était déjà loué à quelqu'un d'autre ? Pourquoi ne m'a-t-il pas dit qu'il payait le loyer tous les mois ? Pourquoi ne m'a-t-il pas proposé de retourner chez moi ?*

Il était désormais clair que son séjour chez lui n'était pas un accident. Zane avait tout prévu pour qu'il en soit ainsi. Il avait veillé à ce qu'elle n'ait absolument aucune autre solution que de loger chez lui.

Ellie était en colère. À vrai dire, elle était furieuse qu'il n'ait pas été honnête avec elle. Après que Zane ait pris autant soin d'elle, ses émotions étaient en conflit. Ellie se concentra sur l'achat de ses vêtements en espérant qu'il aurait une bonne explication à lui donner.

— Je sais que tu es un génie, mais as-tu vraiment besoin de tous ces livres ?

Zane se figea en entendant la voix sarcastique de son frère, Tate, juste derrière lui. Il serra les livres contre son torse afin que son frère ne puisse pas voir leurs couvertures, puis il se retourna lentement pour constater que Tate n'était pas seul dans cette librairie. Blake, Tate et Marcus le regardaient tous d'un air interrogateur.

— Il se trouve que j'aime lire. Contrairement à vous, j'aime garder mon cerveau actif, répondit-il défensivement. Que diable faites-vous tous ici de toute façon ?

— Lara rentre tard de l'université et maman n'est pas là ce soir, alors nous sommes sortis manger tous ensemble, expliqua Tate.

Zane esquissa un sourire amusé. Aucun de ses frères n'était capable de se faire à manger...tout comme lui. Leur mère les avait tous gâtés avec sa cuisine délicieuse. Ils avaient passé toute leur enfance à la voir cuisiner. Encore aujourd'hui, elle adorait cela. Et Zane en profitait aussi souvent que possible. Quand ses frères étaient à la maison, ils n'avaient aucune honte à la solliciter à l'heure du dîner.

Tate s'empara des livres de Zane avant qu'il ne puisse l'en empêcher, énervé par l'indiscrétion de son frère qui s'empressa de regarder le titre de ces ouvrages.

— Ce sont des livres sur les relations amoureuses, dit Tate d'une voix traînante, les sourcils levés tandis que ses yeux parcouraient le livre le plus épais sur manière de séduire une femme.

— Oui ? Et alors ? dit Zane en lui arrachant vigoureusement les livres des mains.

— Je ne savais pas que tu fréquentais quelqu'un, remarqua Blake d'un air sensiblement blessé.

— Je ne fréquente personne, avoua Zane.

— Alors pourquoi ces livres ? interrogea Marcus avec curiosité.

Zane refusait de subir les moqueries de ses frères. Au moins, il était conscient qu'il avait besoin d'un coup de pouce. Tate avait été sacrément chanceux de rencontrer une femme comme Lara, quant à Blake et Marcus, ils étaient trop occupés par leur travail pour avoir envie d'autre chose que de coucher avec une femme de temps en temps, lorsqu'ils en ressentaient le besoin.

Blake examina une autre pile de livres posés sur la table située juste à côté de Zane.

— Ceux-ci sont aussi à toi ? demanda-t-il. Ce sont des livres sur la psychologie, principalement sur la gestion du stress post-traumatique.

— Ellie ? devina Marcus. Comment va-t-elle ?

Zane comprit que Tate aurait aimé continuer à le taquiner, mais la question de Marcus le fit taire.

Zane haussa les épaules.

— Elle va aussi bien qu'il est possible d'aller après avoir passé sept mois séquestrée, torturée, affamée, assoiffée et redoutant la mort de façon quotidienne.

— Es-tu en train de te rapprocher d'elle, Zane ? demanda Tate d'un ton plus sérieux. Je suis tout à fait favorable à ce qu'elle reste avec toi, où elle sera en sécurité. J'ai même contribué à ce que les choses se déroulent ainsi. Mais elle n'est pas encore guérie...

— Non, l'interrompit Zane d'un ton catégorique. Nous ne sommes pas dans une relation. Ellie est mon amie. Je souhaite mieux la comprendre. Je veux l'aider, répondit-il avec colère.

Il aimerait que ce soit aussi simple. Mais il ne pouvait pas se mentir à lui-même. Ses intentions avec Ellie s'étendaient bien au-delà de cela. Surtout, il voulait qu'elle soit heureuse.

— Tu l'as beaucoup aidée, intervint Marcus. Tu lui as sauvé la vie. Avec Chloé, tu es le seul à ne pas l'avoir abandonnée. Si tu veux mon avis, c'est un sacré miracle qu'elle soit en vie.

— Je ne veux pas ton avis, répliqua Zane avec agacement. Je n'ai pas envie de parler d'Ellie. Elle a assez souffert.

— Je crois qu'elle te plaît beaucoup. Si ce n'est pas le cas, alors je m'interroge sur tes choix de lecture, remarqua Blake avec un sourire.

En réalité, Zane n'avait pas prévu de prendre autant de livres. Il avait trouvé beaucoup de choses intéressantes dans cette petite librairie.

— Je veux la comprendre, répéta-t-il avec irritation. Je veux comprendre ce qu'elle a traversé et je veux l'aider à se relever de tout cela. Sa vie est détruite juste parce qu'elle a croisé le chemin d'un psychopathe, et ce n'est pas juste.

— Elle ne va pas guérir du jour au lendemain, Zane, prévint Blake. Cela risque de prendre un certain temps avant qu'elle retrouve une vie un tant soit peu normale.

Zane posa violemment ses livres sur la table, à côté de sa sélection d'ouvrages de psychologie, puis il croisa les bras et affronta le regard de son frère.

— Je me fous du temps que cela prendra. Je serai à ses côtés.

— Elle n'est peut-être pas prête pour une relation amoureuse maintenant, Zane. Tu lui as sauvé la vie et elle t'en est sûrement reconnaissante, songea Tate. Ses émotions sont désordonnées. Pour l'instant, tu es son héros, ajouta-t-il.

Zane savait que ses frères essayaient de le protéger, mais ils insinuaient qu'elle ne pourrait jamais vraiment l'aimer, et cela le rendait furieux.

— Je ne cherche pas de relation pour le moment. J'essaie simplement d'aider une amie à retrouver la vie qui lui a été prise.

— Alors pourquoi avoir sélectionné ces livres ? Prévois-tu de rencontrer la femme de tes rêves dans les jours qui viennent ? demanda Marcus en s'appuyant contre le bord de la table, les bras croisés sur son torse.

— En quoi cela te regarde-t-il ? grogna Zane sans avoir l'intention d'avouer qu'il souhaitait offrir à Ellie tout ce dont elle n'avait jamais fait l'expérience.

Il voulait être l'homme qui lui permettrait de se sentir à nouveau vivante. Sauf qu'il ne savait rien de l'amour avec une femme.

— Je suis un scientifique solitaire qui passe le plus clair de son temps dans un laboratoire. J'ai probablement deux ou trois choses à apprendre au sujet des femmes.

— Prends soin d'elle, comme tu le fais déjà. C'est vraiment tout ce que tu as à faire, répondit Tate, le ton de sa voix manifestant clairement qu'il pensait à sa propre femme en disant cela.

— Ce n'est pas si simple, rétorqua Zane d'une voix rauque pour essayer de leur faire comprendre la situation, comme s'ils étaient en mesure de l'aider.

— Je tiens à Ellie. J'ai toujours tenu à elle. Je veux une relation plus profonde que celle que nous avions avant. Plus que jamais, j'ai envie d'être avec *elle*. Ou peut-être que les sentiments ont toujours été là mais que j'ai toujours considéré Ellie comme intouchable parce qu'elle est la meilleure amie de Chloé. Je regrette maintenant de ne lui avoir jamais rien dit quand nous sommes tous les deux devenus adultes. Peut-être qu'il ne lui serait rien arrivé. Étiez-vous au courant qu'elle n'a jamais connu d'histoire d'amour avec un homme ? Bon sang, qu'est-ce qui ne tourne pas rond chez les hommes de cette ville ? Elle mérite d'être aimée. Personne ne s'est jamais montré romantique avec elle, et il paraîtrait pourtant que la plupart des femmes en rêve. Je veux lui donner tout ce qu'elle veut. Bon Dieu ! Je sais que c'est encore trop tôt, mais j'imagine que j'ai de l'espoir..., dit-il d'un ton plus bas, ne sachant trop que dire de plus. Lui-même ne savait pas vraiment ce qu'il faisait. Tout ce qu'il savait, c'est qu'il avait un désir inextinguible de faire sourire et rire Ellie.

Les frères de Zane se regardèrent les uns les autres, puis ils portèrent à nouveau leur attention sur lui.

— Tu es foutu, se contenta de lui dire Tate.

Blake et Marcus acquiescèrent d'un hochement de tête, le visage sombre.

— Pourquoi ? questionna Zane.

Tate haussa les épaules.

— Tu comprendras ce que je veux dire quand Ellie deviendra une obsession incontrôlable, quand tu seras incapable de penser à autre chose qu'à elle. Tu comprendras quand tu commenceras à t'inquiéter nuit et jour pour son bien-être, pour son bonheur et quand tu te sentiras incapable de vivre sans elle.

— C'est déjà le cas, répondit-il avec morosité, sachant que son plus jeune frère était le plus expérimenté dans ce domaine puisqu'il était le seul à s'être marié.

— Je ne sais pas grand-chose de ce qui s'est passé pendant ses sept mois de séquestration. Parfois, je ne veux même pas y penser par peur de devenir fou. Bon sang, j'en fais des cauchemars alors que je ne suis même pas la victime de cette horreur. Je suis profondément en colère parce qu'elle ne méritait pas ce qui lui est arrivé. Et je ne peux même pas la venger en tuant James puisqu'il est déjà mort.

— À ta place, je ressentirais exactement la même chose, frérot, avoua Tate. Quand Lara s'est sacrifiée face aux terroristes pour me sauver la vie, j'ai perdu le contrôle de moi-même. Donc je te comprends. Mais Lara n'a pas vécu les mêmes choses qu'Ellie. Elle n'a pas passé des mois en captivité, traitée comme un animal. Je pense que je ne pourrais pas supporter une chose pareille sans perdre la tête. Elle va avoir besoin d'en parler. Elle va devoir franchir cette étape avant de pouvoir se concentrer sur une quelconque relation. Je sais que cela ne t'aide pas beaucoup, mais pour l'instant, il te suffit d'être présent pour elle.

— Elle a besoin de temps, déclara Blake d'un ton catégorique. Est-ce qu'elle est suivie par un psychologue ?

Zane hocha la tête.

— Oui, par une psychologue recommandée par Chloé. Le docteur Townson pense qu'elle souffre de stress post-traumatique. Bon Dieu ! Je ne veux pas qu'elle continue à vivre dans la peur. Son calvaire est terminé.

Marcus hocha la tête.

— Le fait qu'elle souffre de troubles du stress post-traumatique est parfaitement logique. Zane, personne ne peut traverser une chose pareille sans dommages psychiques.

— Elle s'en sort bien. Je dirais même très bien, précisa Zane. Elle est plus forte que la plupart des gens. Mais parfois, je peux voir la peur dans ses yeux, et ça me ronge de l'intérieur, ajouta-t-il.

Dans un laboratoire, Zane était dans son élément. En dehors de son travail, il était comme un poisson hors de l'eau. Il ne savait que dire ni que faire pour aider Ellie à guérir.

— Dans ce cas, continue à la soutenir, suggéra Blake. Laisse-lui tout le temps dont elle aura besoin.

— Ce n'est pas toujours aussi simple. La situation peut même devenir sacrément compliquée quand tu as envie d'une vraie relation avec une femme qui te rend dingue, précisa Tate.

En effet, la situation était on ne peut plus compliquée pour Zane. Il mourrait d'envie de conquérir Ellie de la manière la plus primitive qui soit. Pourtant, il voulait aussi et surtout qu'elle se sente en sécurité. Comment diable un homme peut-il faire face à ces deux émotions contradictoires : désir charnel effréné, et désir de protéger. Dans son esprit, un homme voulait soit coucher avec une femme, soit la protéger – comme il voulait protéger sa petite sœur, Chloé. Ces deux instincts n'avaient encore jamais coexisté chez lui.

— Je devrais m'en sortir, dit-il à ses frères en essayant de paraître beaucoup plus confiant qu'il ne l'était vraiment.

Tate ricana tandis que Zane rassemblait ses livres pour aller les payer. — C'est aussi ce que je me disais quand j'étais aussi excité qu'un animal sauvage chaque fois que je voyais Lara.

Zane se dirigea vers la caisse, mais ses frères le suivirent.

— Lara est la meilleure chose qui te soit jamais arrivé, répondit Zane d'un ton bourru.

Il donnerait n'importe quoi pour avoir ce que Tate avait trouvé : une femme qui l'aimait malgré tous ses défauts.

Tate haussa les épaules.

— Je ne peux pas dire le contraire, affirma-t-il. Mais la phase qui précède la lune de miel peut être un véritable enfer.

Zane tendit l'argent à la caissière et lui indiqua de garder la monnaie, puis il récupéra son sac de livres. Lorsqu'il se retourna pour sortir de la librairie, il lança un regard noir à ses frères et se fraya un chemin entre eux.

— Il n'y aura pas de lune de miel, bon Dieu ! Je veux juste l'aider, d'accord ? les informa-t-il. Elle a vécu une chose abominable. Ellie a besoin de quelqu'un sur qui compter.

— Est-ce que tu veux que je l'héberge pendant un moment ? demanda doucement Blake. Cela ne me dérangerait pas de l'accueillir. J'ai toujours apprécié Ellie et je ne manque pas de place au ranch.

— Si tu as besoin d'aide, tu peux aussi compter sur moi, proposa également Marcus. Je reste ici pendant les fêtes de fin d'année.

Zane vit rouge à l'idée qu'Ellie soit avec un autre homme que lui, même s'il s'agissait de ses propres frères. Ils ne tenaient pas à elle autant que lui. — C'est hors de question. Et si l'un d'entre vous lui propose une chose pareille, je vous le ferai regretter, leur dit-il d'un ton menaçant avant de les contourner pour sortir de la boutique sans se retourner.

Les trois autres frères se regardèrent d'un air interrogateur.

— Il est vraiment foutu, déclara Tate d'un ton solennel.

— Merde ! Je veux qu'il soit heureux, mais il s'engage sur un chemin semé d'embûches. Pour l'instant, Ellie est perdue. Elle ne saura pas ce qu'elle veut tant qu'elle n'aura pas pris le temps de se relever.

Blake hocha lentement la tête.

— Zane va lui laisser tout le temps dont elle aura besoin. Il fera ce qu'il y a de mieux pour Ellie.

— Est-ce que vous êtes complètement aveugles ? Elle est parfaite pour lui, dit Marcus d'une voix traînante. Cette femme a toujours été faite pour lui. Ce n'est tout simplement pas le bon moment.

Tate regarda Marcus d'un air surpris.

— Qu'est-ce qui te fait dire qu'elle est parfaite pour Zane ?

Marcus roula des yeux.

— Il suffit de les observer. Le peu de fois où je les ai vus ensemble, c'était une évidence. J'ai bien vu la façon dont ils se regardent. Je ne doute pas un seul instant que les sentiments d'Ellie vis-à-vis de Zane sont sincères. Il ne s'agit pas simplement du culte du héros. Elle l'a toujours aimé, c'était déjà le cas bien avant ce qui lui est arrivé. Et il en est de même pour Zane. Je suis surpris qu'il n'ait jamais rien tenté avec elle. Le fait qu'elle soit la meilleure amie de Chloé l'en a peut-être dissuadé. Je pense qu'il n'avait tout simplement jamais pris conscience de ce qu'il ressentait vraiment pour elle jusqu'à sa disparition.

— Et si tu te trompes ? demanda Blake.

Marcus regarda ses deux frères pendant un instant, puis il répondit avec une certitude qui ressemblait beaucoup à de l'arrogance.

— Je ne me trompe jamais.

Tate et Blake regardèrent Marcus se retourner et se diriger vers la sortie, ses mots toujours en suspens dans la librairie. Ne trouvant rien de bien intelligent à ajouter, les deux frères se contentèrent de secouer la tête, puis ils sortirent à leur tour.

Chapitre 7

Zane chargea sa lourde cargaison de livres dans la voiture, puis il traversa la rue pour aller retrouver Ellie. On ne peut pas dire qu'il avait honte de ses achats, mais cela soulèverait probablement des questions auxquelles il ne voulait et ne pouvait répondre.

Son instinct l'incitait à en savoir davantage sur ce qu'Ellie avait traversé et à comprendre le traumatisme qui en découlait. Il se sentait tellement impuissant quand il s'agissait de réconforter cette femme magnifique qui avait pourtant bien besoin d'être rassurée. Malheureusement, il n'était pas du genre romantique, et aucune de ses amies n'avait vécu ce qu'Ellie avait vécu.

J'aurais peut-être dû appeler Chloé.

Il secoua la tête en se dirigeant vers le magasin de vêtements. Il savait que sa petite sœur serait en colère. Toutefois, Ellie avait elle-même demandé à ce que Chloé ne soit pas prévenue. Elle avait ses propres problèmes à résoudre et elle méritait un peu de repos. Cela ne l'empêcherait pas néanmoins de se sentir coupable à propos de ce qui est arrivé à Ellie. Zane savait que Blake avait probablement déjà prévenu Gabe. Les deux hommes étaient des amis très proches, depuis très longtemps. De toute évidence, Gabe avait estimé qu'il valait mieux attendre que Chloé soit de retour ici pour lui en parler, sans quoi elle serait déjà là. Si elle avait été mise au courant, personne n'aurait pu l'empêcher de revenir à Rocky Springs pour être aux côtés d'Ellie.

Zane respectait le fait qu'Ellie souhaite laisser un peu de temps s'écouler avant de voir Chloé. Cette décision lui appartenait. Il avait déjà fait suffisamment de choses sans la prévenir. Zane ne pouvait pas aller à l'encontre de cette décision.

Il faisait nuit, froid et il commençait à neiger. Il pressa le pas et fourra ses mains dans les poches de sa doudoune.

Zane s'arrêta net dans son élan en voyant Ellie devant le magasin et son estomac se noua.

Qu'est-ce qui se passe ?

Elle semblait terrifiée. Une équipe de tournage ainsi qu'un journaliste se tenaient juste devant elle, la lumière d'un projecteur puissant orienté directement sur son visage. Elle ne parlait pas. Au lieu de cela, elle n'arrêtait pas de secouer la tête.

Zane ne pouvait voir que le dos du journaliste, mais en balayant rapidement la rue du regard, il repéra une camionnette ornée du logo d'une chaîne de télévision locale.

La mâchoire serrée, il se dirigea vers eux, déterminé à mettre physiquement ce journaliste hors d'état de nuire pour un bon bout de temps.

— Bon sang ! grogna-t-il en voyant Ellie se frayer un chemin à travers la foule pour se précipiter...vers lui.

Zane s'approcha d'elle pour lui faciliter la tâche, puis il s'empressa de l'envelopper dans ses bras.

— Zane, dit-elle avec des sanglots dans la voix. Je suis désolée. Je ne peux pas leur parler maintenant. Je ne veux pas me souvenir. Je ne veux pas parler de ce qui s'est passé, lui dit-elle avec une panique qu'il n'avait encore jamais entendue chez elle.

— Tu n'as pas à le faire, la réconforta-t-il tendrement

— Madame Winters, juste quelques questions, retentit soudain une voix insistante.

Le jeune journaliste avait suivi Ellie, accompagné de l'équipe technique avec la caméra et le projecteur.

— Je ne peux pas, sanglota-t-elle. Je ne peux pas.

Zane sentit sa colère monter avec une intensité qu'il n'avait encore jamais connue auparavant.

— Il n'y aura pas d'interview. Éteignez cette foutue caméra, ordonna-t-il à l'équipe de télévision.

En parlant, sa voix s'apparentait davantage à un grognement. Son instinct le poussait à protéger Ellie coûte que coûte.

Zane lança un regard menaçant au journaliste et dit :

— Partez. Retournez immédiatement à Denver avant que je vous détruise. Ellie a suffisamment souffert. *Dieu qu'il détestait ces sangsues.* Les journalistes font beaucoup de mal aux victimes.

— Ce n'est pas comme si nous étions sur une propriété privée, répondit le journaliste d'un ton sarcastique. Nous sommes tout à fait dans notre droit de couvrir l'actualité.

Zane perdit son sang-froid.

— Vous ne couvrez pas l'actualité. Vous harcelez une victime, une femme qui a vécu une épreuve injuste, une épreuve que personne ne devrait jamais avoir à subir. L'auteur des faits est mort. Vous cherchez juste une histoire divertissante pour satisfaire la curiosité morbide de certaines personnes. Dégagez de Rocky Springs et ne revenez jamais.

— Vous ne pouvez pas nous faire partir, répliqua le journaliste.

— S'il ne peut pas vous faire partir, c'est tout simplement parce qu'il a les mains prises. S'il n'est pas disponible, je serais ravi de vous faire dégager d'ici, retentit une voix de baryton derrière Zane.

Marcus. Sa voix ressemblait beaucoup à celle de Blake, mais la maturité rassurante de Marcus était inimitable.

— Tu veux que je l'immobilise ? demanda Blake.

— Je vais vous aider, proposa un Tate en colère.

— Bon sang ! Je pensais avoir suffisamment protégé ton transport pour que personne ne te trouve. Je suis désolé, Ellie.

Zane mourrait d'envie de rester avec ses frères pour faire taire le journaliste, mais Ellie tremblait dans ses bras.

— Retournons à la voiture, dit-il.

Il se retourna tout en gardant un bras protecteur autour d'elle, puis il la guida jusqu'à son SUV garé un peu plus loin dans la rue.

— On s'en occupe, dit calmement Marcus.

Zane acquiesça d'un hochement de tête.

— Je sais. Merci, répondit-il.

Ses frères veilleraient à ce que la presse quitte la ville, quoi qu'il en coûte.

Ellie essuya vivement ses larmes.

— Je suis désolée. C'est ridicule de ma part d'être si bouleversée face à un simple journaliste.

— Ce n'est pas ridicule, lui assura Zane. Si tu n'es pas prête à parler, alors rien ne t'oblige à le faire. Et même si tu n'es jamais prête, sache que tu ne seras jamais obligée d'en parler.

La police avait déjà recueilli son témoignage. Le coupable étant décédé, ils s'étaient contentés d'une simple déposition pour clore le dossier sans s'intéresser aux détails. Zane était soulagé que cette page se tourne, même s'il savait qu'Ellie n'avait pas vraiment fini d'affronter ses démons.

Peut-être qu'elle se confiera à Chloé.

En marchant, Zane observa attentivement son profil et remarqua qu'elle avait l'air épuisée. Une fois arrivé à son véhicule, il se sentit coupable de ne pas l'avoir débarrassée des sacs qu'elle portait. Aveuglé par sa colère contre le journaliste qui avait abordé Ellie, il n'avait même pas remarqué qu'elle avait les bras chargés. Cependant, elle ne semblait pas avoir acheté grand-chose puisqu'il n'y avait que deux sacs.

— Je m'occupe des sacs. Monte dans la voiture, dit-il en la débarrassant de ses achats avant de lui ouvrir la portière pour l'aider à s'installer à bord.

Il se dirigea ensuite vers le coffre à l'arrière de la voiture où il déposa les emplettes.

Il prit place sur le siège du conducteur, puis il s'empressa de fermer la portière et de mettre le moteur en marche pour réchauffer l'intérieur.

Ellie essaya de retirer la neige de ses cheveux avec ses mains gelées.

— J'espère que tu as acheté des vêtements d'hiver, dit-il en mettant le véhicule en mouvement sans prendre la peine de regarder autour de lui. Zane savait qu'il pouvait compter sur ses frères pour gérer la situation avec les journalistes.

— J'ai déjà des vêtements d'hiver. Il faut juste que je les retrouve dans mes affaires, dit-elle d'un ton hésitant, encore secouée par ce qui venait de se produire.

— J'ai aussi les vêtements que tu m'as achetés. Je ne pensais tout simplement pas rester aussi longtemps à l'extérieur aujourd'hui. Je suis désolée d'avoir fait une scène, ajouta-t-elle avec un long soupir.

— Ces gens t'ont fait peur ? demanda Zane en resserrant ses poings autour du volant.

Il était furieux à l'idée que quiconque puisse la bouleverser.

— Pas vraiment peur, répondit-elle. Je n'ai pas spécialement envie que le monde entier soit au courant de l'humiliation que j'ai subie. Je ne sais pas si je serai un jour prête à en parler publiquement.

Zane avait le cœur brisé de savoir qu'elle ressentait de la honte.

— Ce n'était pas de ta faute. Rien de tout cela n'est de ta faute.

— Oui mais ça n'en est pas moins humiliant, précisa-t-elle.

James était un psychopathe. Zane n'oubliera jamais que ce salaud l'a forcée à l'implorer de bien vouloir lui donner à boire et à manger.

— Tu n'as pas à avoir honte, dit-il d'un ton bourru. James était un sociopathe et tu étais sa victime. Il faut beaucoup de courage pour survivre à ce que tu as vécu, Ell.

— Je l'ai laissé jouer avec moi. Je l'ai laissé me manipuler, répondit-elle avec tristesse. Je savais très bien ce qu'il faisait et je lui ai donné exactement ce qu'il voulait.

— Tu n'avais pas le choix, répliqua-t-il.

Ellie resta muette. Elle n'avait effectivement pas d'autre choix que de se plier à ses exigences et à sa torture. Sa liberté et sa dignité lui avaient été enlevées par une vermine qui prenait du plaisir à torturer les femmes.

Zane fut soulagé lorsqu'elle répondit enfin :

— Non. Je n'avais pas le choix. J'étais coincée. Mes deux seules options étaient la mort ou la survie. Et la survivante qui est en moi a toujours refusé d'abandonner.

— Dieu merci, commenta-t-il. J'aurais été sacrément agacé de te retrouver morte dans ce chalet.

Ellie éclata de rire, un son qui frappa Zane en pleine poitrine. Il y a bien longtemps qu'il ne l'avait pas entendue rire. Si son humour noir pouvait lui rendre le sourire, alors il arrêterait bien volontiers de chercher à être politiquement correct.

— Je suis heureuse de ne pas t'avoir déçu, rit-elle.

Sourire aux lèvres, Zane manœuvra le véhicule pour entrer sur sa propriété en direction de la maison.

— Je suis désolé d'avoir laissé un journaliste s'approcher de toi. Je suis censé te protéger.

— Tu me protèges déjà bien assez. Et ce n'était pas de ta faute, contesta-t-elle. Zane, tu ne vas pas pouvoir me protéger du reste du monde pour toujours.

— Bien sûr que si, rétorqua-t-il.

La présence de ses frères avait suffi à lui faire baisser sa garde. À partir de maintenant, il veillerait à ce qu'elle soit toujours en sécurité.

— J'ai peur que ça se reproduise, dit-elle doucement.

— Quoi donc ? demanda Zane, impatient de savoir ce qu'elle redoutait afin qu'il puisse l'en prémunir.

Ellie resta silencieuse et l'obscurité empêcha Zane de voir l'expression sur son visage.

Enfin, il insista :

— Parle-moi, Ellie. De quoi as-tu peur ?

— J'ai peur que ça recommence, avoua-elle précipitamment. Rationnellement, je sais que les chances d'être à nouveau enlevée sont presque nulles, surtout que James n'est plus de ce monde. Mais je ne parviens pas à me débarrasser de l'anxiété qui m'accable chaque fois que quelqu'un s'approche de moi, même si cette personne n'est pas menaçante. S'il s'agit de quelqu'un que je ne reconnais pas immédiatement, j'ai envie de m'enfuir. Il n'y a encore pas si longtemps, j'avais même cette réaction face à un ami, bien que moins intense que vis-à-vis d'un inconnu, expliqua-t-elle.

Ellie prit une grande inspiration tremblante, puis reprit :

— Je sais que ça n'a aucun sens. Je savais très bien que cet homme était un journaliste. Mais quand il s'est approché de moi pour m'interroger, j'avais le sentiment que tout allait recommencer.

La mention de ce journaliste raviva la frustration de Zane.

— Ce type était un salaud excessivement insistant et envahissant, Ell. Et il est parfaitement normal que tu sois prudente. Bon sang, je te trouve même sacrément courageuse de sortir de la maison.

— Je sors parce que j'en ai envie. Je ne peux pas continuer à vivre dans la peur, Zane, dit-elle. Je veux me sentir normale. Dans cette ville, je suis chez moi. C'est ici que j'ai grandi. Je n'ai jamais rien vécu de traumatisant avant..., dit-elle avant de s'interrompre, comme si le simple fait de mentionner ce qu'elle avait subi lui faisait peur.

Dans l'obscurité, Zane tendit la main dans sa direction à la recherche d'un contact physique avec elle. Il était dévasté à l'idée qu'elle souffre seule. Il ne savait absolument pas comment l'aider à gérer sa peur, ni même comment maîtriser sa propre inquiétude à propos de sa sécurité.

Zane prit sa main dans la sienne et son cœur se serra en la sentant sursauter, mais elle glissa ensuite ses doigts entre les siens. Une tendresse douloureuse s'empara de lui lorsqu'elle agrippa sa main, comme pour lui indiquer qu'elle avait confiance en lui, que sa réaction initiale n'était que momentanée et instinctive.

Après quelques minutes de silence, Ellie demanda :

— Pourquoi ne m'as-tu pas dit que tu payais mon loyer ? Tu m'as dit que mon appartement était occupé par un nouveau locataire, ce qui est un mensonge.

Zane lui dit alors la vérité.

— Je voulais que tu puisses retrouver ton chez-toi. Je voulais que tu retrouves une vie aussi normale que possible à ton retour. Je ne savais tout simplement pas que je te retrouverais entre la vie et la mort. Quand tu as refusé de venir chez moi le temps de guérir, j'ai changé de plan afin que tu sois avec moi. Je sais que ce n'était pas honnête et je suis désolé de t'avoir menti. Mais je ne suis pas désolé que tu sois aujourd'hui avec moi, là où tu dois être. Pour l'instant, j'ai tout autant *besoin* de ta présence que toi de la mienne.

Bon Dieu ! Il était prêt à tout pour garder constamment un œil sur elle.

— Pourquoi ?

— Parce que j'ai besoin de savoir que tu es bel et bien vivante et que tu es en train de guérir, lui dit-il avec réticence. Toute cette histoire – ta disparition, les recherches, les jours sans fin à me demander où tu étais et ce qui avait bien pu t'arriver, à me demander si tu étais encore en vie – tout cela m'a hanté. Et même si je sais que tu es bien en vie, la peur n'a toujours pas disparu, expliqua-t-il.

Zane commençait même à se demander si ce sentiment finirait un jour par s'étioler.

Ellie resta silencieuse pendant un instant, puis elle répondit enfin :

— Je pense que tu as raison. Je crois que pour l'instant j'ai besoin d'être avec toi. Cette soirée en ville me l'a prouvé. Tant que je n'ai pas la force de vaincre mes démons, il faut que tu les combattes à ma place. Je sais que la peur t'a poussé à prendre les choses en main, et Dieu sait que je peux te comprendre. Mais s'il te plaît, n'essaie plus jamais de me mentir ou de me manipuler.

Ces quelques mots furent un tournant pour Zane. À cet instant précis, il comprit qu'il était complètement foutu.

— Je te le promets, répondit-il.

Zane tenait beaucoup trop à elle pour ne pas tenir cette promesse.

Chapitre 8

Le temps passa vite, et après quelques mois, Zane et Ellie avaient adopté une routine quotidienne. Il travaillait dans son laboratoire pendant la journée, puis il sortait de sa tanière à l'heure du dîner. De son côté, Ellie préparait les repas et réorganisait peu à peu toute la maison, sauf le laboratoire.

Zane ne retrouvait plus rien, ce qui ne manquait pas d'amuser Ellie. C'était déjà le cas *avant* son intervention, mais lorsqu'elle eut terminé, il était complètement perdu.

Ellie recommençait lentement à travailler sur son entreprise d'aromathérapie en fabriquant des bougies et des parfums qui la rendaient heureuse. Ses ventes en ligne n'étaient pas miraculeuses, mais elle gagnait suffisamment d'argent pour financer ses matières premières et dégager un petit bénéfice.

Elle avait fini par s'habituer à conduire la BMW que Zane lui avait achetée, même si elle trouvait encore cela un peu ridicule qu'une femme comme elle roule avec un véhicule aussi luxueux. Au fil du temps, elle craignait de moins en moins de quitter la maison, même sans être accompagnée de Zane. Avec l'aide du docteur Townson, elle retrouvait progressivement une vie normale, mais elle savait qu'il lui faudrait encore un certain temps avant d'être complètement rétablie...si tant est qu'elle y parvienne un jour.

Son corps avait retrouvé quelques formes, ce qui l'avait déjà obligée à acheter quelques vêtements supplémentaires. À ce stade, elle espérait simplement que sa faim incessante finirait par se calmer, ce qui n'était malheureusement pas encore le cas. Après avoir été privée de nourriture pendant si longtemps, Ellie avait bien conscience que son corps compensait pour les repas perdus. Ceci expliquait peut-être pourquoi elle dévorait actuellement une énorme assiette de nachos, à deux heures du matin. Après avoir été réveillée par un cauchemar – l'un des nombreux effets secondaires de son expérience traumatique – elle n'était pas parvenue à se rendormir. Ellie s'était donc levée et, une fois dans la cuisine, s'était empressée d'allumer toutes les lumières afin de chasser l'obscurité angoissante. Elle ne voulait pas que ses insomnies affectent le sommeil de Zane et s'était donc abstenue d'allumer les lumières du couloir. Dans la cuisine, elle n'avait pas perdu une seconde pour se lancer dans la préparation d'une portion généreuse de nachos. Elle savait d'ores et déjà que cela lui coûterait cher en brûlures d'estomac, surtout avec de telles quantités de piment et de salsa.

Ellie se trouvait désormais à l'autre bout de l'énorme demeure, dans le salon, où elle se détendait devant sa série policière préférée, assiette de nachos en main. Heureusement pour elle, Zane possédait un abonnement sur toutes les plateformes de vidéo à la demande, ce qui lui permettait de rattraper tous les épisodes manqués sitôt qu'elle en avait l'occasion.

— Ce n'est pas le mari, dit-elle avec frustration face à l'écran tandis que la police traquait le meurtrier d'une femme. Il n'a aucune raison de la tuer, il n'y a pas d'assurance-vie et son chagrin est réel, conclut-elle avant d'engloutir une autre bouchée de nachos.

— Mais qu'est-ce que tu fais ? retentit une voix masculine par-dessus le son de la télévision.

Ellie poussa un cri et renversa presque son assiette sur ses genoux, puis elle se tourna vers Zane.

— Oh mon Dieu. Je suis désolée. Je ne pensais pas que le son te réveillerait, dit-elle en regardant nerveusement autour d'elle à la recherche de la télécommande, en vain.

Ellie posa l'assiette sur la table située devant le canapé, puis elle commença à glisser ses mains entre les coussins en espérant y trouver la télécommande.

— Ellie...arrête, grogna Zane en la saisissant par les épaules. Tu ne m'as pas réveillé et la télé ne me dérange pas. Je me suis simplement levé pour aller boire un peu d'eau à la cuisine. Je me demandais ce que tu pouvais bien faire debout à une heure pareille. Tu t'es couchée tôt.

Elle poussa un soupir de soulagement et son cœur manqua un battement lorsqu'elle regarda droit dans ses yeux inquiets.

— J'ai fait un cauchemar. Je n'ai pas réussi à me rendormir. Ça m'arrive parfois et je sais qu'il me faut toujours beaucoup de temps pour retrouver le sommeil, alors je me suis juste levée pour regarder un peu la télé.

Zane hocha la tête comme pour lui indiquer qu'il comprenait parfaitement, puis il se laissa tomber sur le canapé, s'empara de l'assiette et attrapa Ellie pour la pousser à prendre place près de lui.

— Qu'est-ce que tu regardes ?

Ellie adorait la façon avec laquelle il acceptait tout ce qu'elle faisait et se joignait même à elle dans sa folie.

— Une série policière, répondit-elle difficilement, ses yeux rivés sur son torse nu sculpté à la perfection.

Zane ne se contentait pas de l'amuser, il suscitait chez elle un besoin physique de se rapprocher de lui. Il semblait parfaitement à l'aise, seulement vêtu d'un pantalon de pyjama en flanelle. Ellie n'avait jamais vu un homme aussi sexy que lui en ce moment même. Ses cheveux étaient artistiquement ébouriffés, comme s'il venait de se réveiller – ce qui était le cas. Aucun homme au monde ne pourrait être aussi séduisant que lui avec une chevelure aussi hirsute, ce qu'elle trouvait particulièrement injuste.

Ellie glissa ses doigts dans ses propres cheveux, consciente que sa tête devait faire peur à voir. Entre sa chevelure et son pyjama orné de la fée clochette, elle devait même être terrifiante.

Étrangement, Zane ne semblait pas avoir remarqué tout cela, ou alors il se fichait tout bonnement de son apparence débraillée.

Ellie le regarda discrètement du coin des yeux mais il portait désormais son attention sur l'écran de télévision. Ses sourcils se soulevaient de la manière la plus adorable qui soit chaque fois qu'il se concentrait.

— Tu as raison, dit-il en prenant une bouchée de nachos.

Il prit ensuite le soda d'Ellie pour en boire une gorgée.

— Ce n'est pas le mari.

Ellie se détendit et appuya confortablement son dos contre le dossier du canapé.

— Je sais que j'ai raison, répondit-elle en récupérant son soda. Il n'a aucune raison de la tuer.

Zane secoua la tête.

— Il n'y a pas que ça. Les preuves médico-légales ne l'incriminent pas. Ils feraient mieux de laisser tomber cette piste et de chercher le vrai coupable.

Ellie tendit la main en direction du plat de nachos tout en répondant :

— C'est ce qu'ils vont faire. Mais ils se sentent toujours obligés de commencer par le mari ou le petit ami dans cette série.

— Tu veux dire qu'il existe d'autres séries de ce genre ? demanda-t-il avec curiosité.

— Des tonnes, et je les ai toutes regardées, rit-elle. Je suis complètement accro. Je rattrape progressivement les épisodes que j'ai manqués.

Zane se mit à l'aise et regarda deux autres épisodes avec elle, tous deux s'amusant à commenter le déroulement des enquêtes. Ellie avait deviné le dénouement des deux épisodes et Zane était toujours d'accord avec elle.

À la fin du deuxième épisode, elle se leva et emmena son assiette vide ainsi que sa canette de soda à la cuisine. Après avoir éteint la télévision, Zane la suivit.

— Est-ce que tu te sens un peu mieux ? demanda-t-il doucement en s'appuyant contre le plan de travail de la cuisine.

— Ça va aller. Ce n'est pas la première fois que j'ai des difficultés à dormir, sourit-elle.

— Pourquoi ne m'as-tu jamais réveillé ? Je serais heureux de regarder quelques épisodes avec toi quand tu ne trouves pas le sommeil. Tu n'as pas à rester seule.

Ellie secoua la tête.

— Je ne voulais pas te déranger. Je ne veux pas que mes problèmes deviennent les tiens. Et je finis toujours par me remettre au lit.

En réalité, elle mourrait d'envie d'aller se réfugier dans les bras de Zane chaque fois qu'elle passait une nuit blanche, mais il était préférable qu'elle affronte ses insomnies toute seule. Zane était son employeur maintenant, et elle avait besoin de ce travail. Elle devait donc apprendre à surmonter son désir de s'agripper à son corps d'athlète et de le chevaucher avec abandon.

— La prochaine fois...réveille-moi, exigea-t-il en s'approchant lentement d'elle, la coinçant ainsi contre le plan de travail de la cuisine.

Son corps contre le sien, Ellie releva la tête et se tordit le cou afin de pouvoir le regarder.

— Pourquoi ? demanda-t-elle simplement.

— Parce que je tenterai de te faire oublier tes mauvais rêves.

— Comment ?

Les yeux de Zane brillaient comme de l'argent en fusion, ce qui fit immédiatement galoper le cœur d'Ellie.

Embrasse-moi. S'il te plaît, embrasse-moi.

Elle rêvait secrètement que Zane la dévore comme il l'avait fait le jour de leur arrivée chez lui. Sauf que si cela devait se reproduire, elle ne voudrait certainement pas qu'il s'arrête. Ellie se sentait de plus en plus proche de lui. Il ne manquait plus qu'une connexion physique.

Il se pencha, si près qu'elle put sentir son souffle chaud contre son visage.

— Bon sang ! Je ne peux pas faire ça ! grogna-t-il en écrasant son poing sur le plan de travail. Tu as besoin d'un ami. La dernière chose dont tu as besoin est d'un homme excité comme un animal et prêt à tout pour te prendre.

Avant qu'il ne relève la tête, Ellie enroula ses bras autour de son cou, abasourdie par ce qu'il venait de lui avouer.

— Tu veux...me prendre ?

Il hocha lentement la tête.

— J'aimerais que ça ne soit pas le cas, la situation serait plus facile. Mais j'en meurs d'envie. Je ne devrais pourtant pas en avoir envie. Tu es mon amie, mon employée, et tu te relèves encore d'un traumatisme que la plupart des gens sont incapables de comprendre. Je ne peux pas continuer à me raconter des histoires, mais je ne peux pas non plus changer ce que je ressens. Cela n'a probablement rien de rationnel, je veux m'enfouir en toi et m'abandonner à ce plaisir, confessa-t-il en glissant ses doigts dans les cheveux d'Ellie. . . Je veux t'entendre gémir de plaisir, je veux t'entendre crier mon nom, reprit-il. Je veux te prendre jusqu'à ce que tu ne te souviennes même plus de ton propre nom, je veux être cet homme pour toi.

Sa voix était dangereusement graveleuse, comme si chacun des mots qu'il prononçait provenait du plus profond de lui-même. Ellie frémit en sentant son corps musculeux contre le sien, son érection contre son bassin. — Tu serais le seul homme, murmura-t-elle, juste avant que Zane ne se penche rapidement pour capturer ses lèvres avec les siennes.

Il s'empara de sa bouche comme un homme affamé, comme si sa survie en dépendait. Ellie sentit un soubresaut entre ses cuisses tandis que leurs langues glissaient l'une contre l'autre, tous deux essayant désespérément de se rapprocher l'un de l'autre. Elle glissa ses mains dans les cheveux de Zane. Ce dernier lui accorda une seconde de répit pour reprendre son souffle. Il en profita alors pour mordiller délicatement sa lèvre inférieure, puis il l'embrassa de plus belle.

— Moi aussi j'ai envie de toi, avoua-t-elle en enfouissant son visage dans son cou, presque sur le point de pleurer en s'enivrant du parfum masculin de Zane.

— J'ai tellement envie de toi que c'en est douloureux, ajouta-t-elle.

Zane glissa ses mains sur son corps. L'une se posa sur ses fesses tandis que l'autre glissa sous l'élastique de sa culotte.

— Doux Jésus, Ellie, tu es très excitée. Sais-tu à quel point c'est difficile pour moi de me retenir de te prendre ?

Elle eut l'impression d'entrer en combustion et tout son corps se mit à trembler lorsque Zane commença à décrire des cercles sur son clitoris.

— Zane, haleta-t-elle, son corps bourdonnant de plaisir.

— Jouis pour moi, Ell. Je ne peux pas te prendre parce que tu es vierge, mais j'ai besoin de te voir jouir, murmura-t-il près de son oreille avant de glisser sa langue contre la peau sensible de son cou.

Ellie gémit de plus belle en sentant ses doigts l'envahir, lui faisant ainsi ressentir des choses qu'elle n'avait encore jamais ressenties. Elle agrippa vigoureusement ses cheveux et tira jusqu'à ce qu'il cède, il l'embrassa avec voracité sans jamais cesser de la tourmenter avec ses doigts.

Elle gémit contre les lèvres de Zane et toutes ses pensées quittèrent son esprit. Elle ne pensa plus qu'à *lui* ainsi qu'à ce qu'il faisait à son corps.

Sans réfléchir, elle lui sauta dessus et enroula ses jambes autour de sa taille, comme pour l'implorer de remplacer ses doigts par sa verge.

— J'ai besoin d'autre chose, supplia-t-elle.

— Je ne crois pas, bébé. Je crois que tu as juste besoin de jouir, contesta-t-il tout en continuant à la caresser tandis qu'elle faisait onduler ses hanches contre lui.

Ellie gémit en sentant le nœud de plaisir se délier dans son ventre. Cette sensation se propagea immédiatement entre ses cuisses. Elle se cramponna à Zane comme si sa vie en dépendait, puis elle laissa son corps prendre le contrôle, incapable de faire autre chose que de se laisser tomber dans le précipice.

Son corps tout entier se mit à trembler. Ellie serra ses poings dans les cheveux de Zane et hurla son nom.

— Zane. Oh mon Dieu. Je n'ai jamais ressenti ça.

— Laisse-toi aller à ton orgasme, ordonna-t-il. Je suis là. Je te protégerai, Ell. Je te le promets.

Ellie lui fit entièrement confiance et s'abandonna à son plaisir. Zane la souleva un peu plus haut, lui permettant ainsi de frotter sa vulve contre son ventre tout en muscles pour essayer de faire durer l'orgasme le plus incroyable de sa vie. Au sommet de sa jouissance, elle gémit d'un plaisir débridé, se cramponna à lui et enfonça ses ongles dans son dos.

Lentement, elle commença à revenir sur terre.

Elle se força à détendre ses mains afin de ne pas griffer le dos de Zane plus qu'elle ne l'avait déjà fait, puis elle laissa sa tête tomber son torse. Elle se sentait totalement épuisée, comme vidée de son énergie.

Zane la garda dans ses bras pour la porter jusqu'à son lit.

Ellie resta muette, son corps et son esprit encore sous le choc. Que diable pourrait-elle bien dire ? *Euh...désolée d'avoir joui en me frottant à ton corps parfait ?* Non. Ce n'était probablement pas la meilleure chose à dire dans cette situation gênante.

Zane la déposa sur le lit, l'enveloppa dans les draps et lui caressa tendrement les cheveux.

— Est-ce que tu penses pouvoir dormir maintenant ?

Ellie réprima un bâillement.

— Oui.

Zane s'assit sur le lit.

— Ellie, pourquoi ne m'as-tu jamais dit que tu es vierge ?

— Nous n'avons jamais abordé ce sujet, se défendit-elle.

Il s'agissait d'une chose très personnelle et d'une conversation qu'ils n'avaient jamais eue. En réalité, c'était même la seule chose dont ils n'avaient jamais parlé.

— Je suis content que tu me l'aies dit avant qu'il ne soit trop tard. Tu dois te réserver pour quelqu'un d'autre que moi.

Ellie fut dévastée de l'entendre dire cela.

— J'imagine donc que tu ne touches pas aux vierges ? demanda-t-elle.

— Non, répondit-il de façon énigmatique. Essaie de dormir.

Il éteignit la lampe de chevet, puis il se leva pour sortir de la chambre. Avec de s'en aller, il se retourna et lui dit d'un ton neutre :

— Je dois retourner à Denver demain pour un bal caritatif organisé par mon entreprise, j'y resterai ensuite quelques temps pour le travail. Est-ce que tu veux venir ?

Ellie déglutit pour se débarrasser de la boule qui obstruait sa gorge, décontenancée par son rejet suivi de cette invitation à l'accompagner à Denver.

— Bien sûr. Je suis ton assistante.

— Je ne te demande pas de m'accompagner au bal en tant qu'employée, précisa-t-il d'un ton sérieux. C'est plutôt un rencard. Est-ce que tu veux m'accompagner ?

Son cœur bondit de joie, mais elle ne savait trop que penser de l'attitude déroutante de Zane. La chambre était plongée dans l'obscurité, ce qui l'empêchait de voir son visage.

— Oui, répondit-elle doucement. J'adorerais t'y accompagner. Je ne suis jamais allée à un bal.

Cet aveu était peut-être pathétique, mais c'était la vérité. La mère de Chloé organisait souvent ce genre d'événement à la station. Ellie y était toujours invitée, mais ne s'y était jamais rendue.

— Bien. Voilà au moins une chose que je serai le premier à faire avec toi, répondit-il avec satisfaction avant de sortir pour regagner sa propre chambre.

Ellie soupira. Zane avait refusé d'être le premier homme à lui faire l'amour mais il était heureux de l'emmener avec lui à un bal ?

Elle secoua la tête en se demandant si elle parviendrait un jour à le comprendre. Zane avait beau être un génie, il était aussi un homme. Les hommes ordinaires pensaient-ils tous comme lui ?

Selon elle, c'était peu probable. Après avoir passé des années à écouter Chloé parler de ses frères, Ellie savait que Zane était unique. Plus jamais elle ne rencontrerait quelqu'un comme lui.

Sourire aux lèvres, ses yeux se fermèrent. Étrangement, elle se sentait plus heureuse que Zane lui ait proposé de l'accompagner à un bal plutôt que s'il avait répondu à ses désirs sexuels. Pour elle, c'était très significatif. Accablée par la fatigue, Ellie s'endormit en continuant à se demander ce que l'esprit de Zane pouvait bien renfermer.

Chapitre 9

Ellie ne s'était jamais sentie aussi peu à sa place de toute sa vie.

Cependant, elle refusait de laisser ses nerfs gâcher la soirée de ses fantasmes en compagnie du plus bel homme du bal.

Après leur arrivée à Denver, elle avait eu une journée pour se préparer à la soirée caritative organisée par l'entreprise de Zane. Fort heureusement, son domicile de Denver était beaucoup moins en désordre que celui de Rocky Springs, mais il y avait toutefois des tas de paperasses à trier.

Elle avait beau s'y attendre, la somptuosité de cette demeure était renversante. Contrairement à sa maison de Rocky Springs, les chambres étaient toutes à l'étage, faisant ainsi du rez-de-chaussée un lieu de vie très spacieux. Ellie n'avait probablement même pas encore eu le temps de découvrir toutes les pièces de la maison. Ils étaient arrivés sur place la veille, mais elle avait eu une journée très chargée.

Elle avait commencé par une visite chez un coiffeur pour tenter d'apprivoiser ses mèches rebelles dans un style élégant. Son maquillage avait également été confié à un professionnel, après quoi elle avait choisi une robe de cocktail noire – un vêtement simple d'apparence mais suffisamment onéreux pour lui donner des sueurs froides. Après avoir hésité de longues minutes, ne sachant trop si elle pouvait justifier de dépenser une telle somme d'argent sur une robe, elle avait fini par la prendre.

Après la robe, il lui fallait encore quelques accessoires. En tout, Ellie avait dépensé plus d'argent en une seule journée à Denver qu'elle n'en avait dépensé en plusieurs années de vie à Rocky Springs.

Mais étrangement, elle ne le regrettait pas.

Devant le miroir, ce n'est pas seulement le reflet de son physique qui avait changé. Certes, Ellie se trouvait plutôt jolie après cette préparation à grands frais, mais c'est surtout la façon dont elle se regardait qui avait changé. Elle se sentait plus forte et plus libre que jamais. Cela venait peut-être de l'expérience déchirante qu'elle avait vécue, mais elle avait plutôt le sentiment que Zane transformait peu à peu l'image qu'elle avait d'elle-même, et ce, de façon très positive. Il l'adorait. Il prenait soin d'elle. Il soulignait régulièrement tout ce qu'il admirait chez elle, ce qui la poussait à prendre conscience de certaines choses à son sujet qu'elle n'avait jamais vues auparavant.

Elle devenait plus forte.

Elle apprenait à gérer ses peurs.

Elle refusait de laisser ce qui lui est arrivé façonner sa vie.

Elle avait de l'amour pour son quotidien et de l'amour pour... elle-même.

En sortant des toilettes, Ellie soupira et s'empara d'une coupe de champagne supplémentaire, impatiente de retrouver Zane. Elle était accompagnée de l'homme le plus beau et le plus intelligent présent à cette soirée et elle n'avait aucunement l'intention de le laisser seul ou de le faire attendre.

Zane la traitait comme une princesse. Il ne manquait jamais une occasion de lui dire combien il la trouvait belle et il lui avait offert un beau bouquet de fleurs juste avant qu'ils ne quittent la maison.

Leur dîner fut également incroyable. Zane l'avait emmenée dans un steak house très chic où la cuisine était si bonne qu'Ellie avait passé tout le repas à réprimer des gémissements de plaisir. Non seulement elle avait beaucoup trop mangé, mais elle avait terminé par un énorme dessert.

Lors de leur arrivée dans la belle salle de réception, elle devait bien avouer s'être sentie un peu intimidée par la richesse qui l'entourait. Heureusement, Zane était là pour lui rappeler que tous ces gens avaient beau être fortunés, ils étaient encore humains, tout comme elle. Cette simple observation lui avait permis de se détendre un peu, mais tout cela était un tel contraste avec sa vie d'avant qu'elle ne pouvait contenir toute sa nervosité.

Ellie essaya de se grandir en se tenant sur la pointe des pieds, puis elle balaya du regard la salle de bal bondée à la recherche de son charmant cavalier. La totalité des hommes présents à cette soirée était vêtue d'un smoking, ce qui le rendait assez difficile à repérer dans la foule.

Bon Dieu, elle n'oublierait jamais cette image de Zane juste avant leur départ, son apparence parfaitement soignée et son corps enveloppé d'un smoking noir. Son visage était fraîchement rasé et ses cheveux étaient encore humides après sa douche. Il était tout bonnement irrésistible.

Juste après avoir englouti le reste de son champagne, elle aperçut Zane. Il était en train de parler avec une rousse pulpeuse. Personne d'autre ne le remarquerait, mais à en juger par quelques subtilités dans son comportement, Ellie pouvait voir qu'il était plutôt mal à l'aise.

Elle se faufila dans la foule et traversa la salle dans sa direction. Ne souhaitant pas interrompre sa conversation, elle avança d'un pas hésitant. En voyant l'inconnue aux cheveux roux glisser ses doigts sur le visage de Zane, le sang d'Ellie ne fit qu'un tour et elle comprit qu'il ne s'agissait certainement pas d'une conversation professionnelle.

Zane est avec moi, bon sang. J'ai l'impression d'être Cendrillon, sauf que je n'ai pas l'intention de m'enfuir.

Elle contourna tous les couples élégamment habillés pour se diriger vers Zane. En s'approchant de lui, elle fut rassurée de voir qu'il n'était pas du tout réactif aux avances de cette satanée rousse.

Ellie ne put s'empêcher de sourire en le voyant saisir le poignet de la femme pour l'éloigner de son visage, le tout avec calme et fluidité.

En arrivant à proximité d'eux, elle se figea en constatant que l'inconnue était à la fois très jeune et incroyablement belle.

Pourtant, Zane était d'une indifférence totale.

Ellie s'approcha d'eux à grandes enjambées, prit sa place à côté de Zane et enroula son bras autour de son gros biceps.

— Je suis vraiment désolée, lui dit Ellie avec un faux sourire éclatant qu'elle espérait convaincant. Les toilettes étaient occupées.

Zane se crispa l'espace d'un bref instant, puis il se détendit aussitôt en prenant conscience que la personne qui le touchait était Ellie.

— Tu vaux la peine d'attendre, répondit-il doucement en enroulant un de ses bras puissants autour de sa taille.

— Qui est-ce ? demanda l'inconnue avec dédain.

— Ma cavalière, répondit-il simplement, sans même prendre la peine de faire les présentations.

Ellie se présenta néanmoins à elle tout en lui tendant sa main, refusant de montrer à l'autre femelle qu'elle se sentait intimidée par sa beauté ainsi que par sa belle chevelure de feu.

— Je suis Ellie Winters, se présenta-t-elle.

Tout en ignorant la main tendue d'Ellie, la femme lança un regard noir à Zane.

— Tu ne m'as pas dit que tu avais une petite amie, s'insurgea-t-elle.

Zane haussa les épaules, puis il prit la main tendue d'Ellie pour glisser ses doigts entre les siens et l'inciter à abaisser son bras.

— Pourquoi te l'aurais-je dit ? répondit-il nonchalamment.

L'attitude séductrice de l'inconnue se transforma soudainement en colère capricieuse.

— J'essaie d'attirer ton attention depuis près d'un an et tu choisis quelqu'un comme *elle* plutôt que *moi* ?

Ellie regarda Zane. Les muscles de sa mâchoire étaient désormais contractés, signes révélateurs de son agacement.

Après avoir passé ces derniers mois à l'observer pour essayer de déterminer ce qu'il pensait, elle était devenue experte pour décrypter son langage corporel. Néanmoins, même s'il pouvait parfois ressentir de l'agacement, il ne perdait jamais son sang-froid. Zane prit une grande inspiration avant de s'exprimer.

— J'espérais que tu aurais compris que je ne suis pas intéressé, Elena. Ou peut-être que j'étais simplement refroidi par le fait que tu couches avec ton patron et qu'il semble sincèrement tenir à toi. Quoi qu'il en soit, cela n'a pas d'importance. Tu ne m'intéresses tout simplement pas.

Bouche bée, Ellie se tourna vers Zane et écarquilla les yeux un bref instant. Zane s'était exprimé sur un ton glacial qu'elle n'avait encore jamais entendu chez lui. Comme d'habitude, il était franc et ne cherchait pas à donner plus d'explication que ce qu'il jugeait nécessaire, mais cette fois, le ton de sa voix était particulièrement intimidant.

Elena ? En voilà un bien joli prénom pour une bien jolie femme, malheureusement dotée d'un cœur aussi froid que celui d'un reptile.

La tension était palpable tandis qu'Elena examinait ostensiblement Ellie avec suffisance.

— Crois-tu vraiment pouvoir rivaliser avec moi ? cracha Elena.

Ellie se força à lui jeter un bref regard dédaigneux avant de lui répondre:

— Aucune rivalité n'est nécessaire. J'ai déjà gagné, répliqua-t-elle d'un ton faussement bienveillant.

Après avoir lâché cette bombe sur Elena, Ellie agrippa délicatement la mâchoire de Zane pour déposer un doux baiser au coin de sa bouche. Au lieu de se contenter de cela, Zane la prit au dépourvu en l'embrassant passionnément. Perchée sur ses talons hauts, elle s'empressa alors d'enrouler ses bras autour de lui afin de ne pas s'écrouler.

Juste là, au beau milieu d'une soirée caritative, Zane Colter marqua son territoire avec un baiser long et intense, ne laissant plus aucun doute à Ellie quant à ses intentions.

Pendant quelques instants, elle ferma les yeux et se noya dans la sensation charnelle de ses lèvres glissantes sur les siennes, lui insufflant une énergie sensuelle qu'elle n'avait jamais ressentie auparavant.

Ce baiser n'était pas entièrement sexuel, mais plutôt une revendication inflexible qui ne manqua pas de faire palpiter son cœur.

Lentement, il ôta sa bouche de la sienne, puis ils se regardèrent. Ses yeux gris étaient tempétueux et avides. La réaction physique d'Ellie fut instantanée. Son désir de le toucher était si aigu qu'elle pouvait à peine respirer.

Enfin, elle s'efforça de regarder ailleurs.

— Elle est partie, murmura-t-elle en cessant de se cramponner à Zane.

— Je m'en fiche, répondit-il. Danse avec moi, ordonna Zane en la prenant à nouveau par la main pour l'entraîner vers la piste de danse.

Il la protégea en se frayant un chemin à travers la foule afin qu'elle n'ait pas à esquiver les autres invités pour le suivre. Une fois sur la piste de danse, elle tomba directement dans les bras de Zane, à bout de souffle.

— Je ne suis pas une très bonne danseuse, avoua-t-elle.

— Ce n'est pas mon cas. Contente-toi de me suivre, répondit-il en plaçant un bras autour de sa taille avant de commencer à bouger avec aisance au rythme de la lente mélodie jouée par l'orchestre.

— Détends-toi, indiqua-t-il en glissant doucement sa main dans le dos d'Ellie.

En suivant aveuglément sa gestuelle, elle sentit son corps fondre contre le sien. Elle appuya alors sa tête contre son torse. Ellie ne tarda pas à comprendre que Zane pouvait se mouvoir avec facilité au milieu des autres danseurs.

— Où as-tu appris à si bien danser ?

— Je suis un Colter. Ma mère organise ce genre d'événement depuis toujours. Elle nous a appris à danser. Nous essayons tous d'assister à ces manifestations par respect pour ce qu'elle fait, répondit-il.

Zane s'interrompit un instant avant d'ajouter :

— Sauf pour sa vente de milliardaires. La plupart d'entre-nous avons pu y échapper.

Ellie rit doucement, envoûtée par la sensation de sa voix profonde qui vibrait contre elle.

— Une vente de milliardaires ? demanda-t-elle, ne sachant trop ce dont il s'agissait.

— Oui. Elle est prête à tout pour faire connaître ce qu'elle défend au grand public.

— Dis-m 'en davantage, insista-t-elle.

Ellie était curieuse et voulait tout savoir de ces événements organisés par Aileen.

Zane céda, non sans réticence.

— Un jour, elle a décidé de proposer des hommes aux enchères, tous milliardaires. Le but était de les vendre, comme des objets. Juste pour une nuit. Juste pour un rencard. Non seulement cela lui a permis de lever une fortune, mais cette vente a également attiré beaucoup d'attention.

— Les frères Colter faisaient-ils partie des lots à vendre ? demanda Ellie en notant qu'il y avait fait allusion.

— Seulement Tate. Il était encore célibataire à l'époque. Pauvre de lui. Fort heureusement, il s'est retrouvé avec une femme qui avait environ quatre-vingts ans et qui voulait surtout lui parler de ses petits-enfants. Tout le monde voulait remporter cette vente. C'est Tate. Tu sais bien qu'il est capable de charmer n'importe quelle femme. C'était déjà le cas au lycée.

Zane semblait pensif, alors Ellie lui demanda :

— Aurais-tu pu avoir autant de succès que lui ?

Comme elle avait pu le constater, les femmes étaient vraisemblablement à ses pieds, mais pas pour les bonnes raisons.

Elle le soupçonnait de ne pas se sentir à la hauteur de ses frères.

— Je suis un scientifique asocial, Ellie. Je suis juste...différent. Je ne suis pas très doué pour faire la conversation alors que mes frères sont tous capables de charmer n'importe qui. Chloé est également dotée de ce pouvoir. Même si elle n'aime pas trop assister à ce genre de soirée, elle s'y trouve comme un poisson dans l'eau chaque fois qu'elle y est présente.

Ellie releva la tête pour le regarder. En découvrant l'acceptation totale sur son visage, elle sentit son cœur enfler dans sa poitrine.

— Tu n'as pas à être quelqu'un d'autre, lui dit-elle avec fermeté. Tu n'es plus ce gamin asocial. Tu as grandi et tu es devenu l'homme le plus sexy que j'ai jamais vu. Quel est le problème si tu n'as pas envie de parler de la pluie et du beau temps ? Ce genre de bavardages est ennuyeux et tu as des choses plus intelligentes à dire.

Zane la regarda en levant les sourcils.

— Tu me trouves sexy ?

Il le savait probablement déjà, pourtant Ellie était à peu près sûre qu'une petite part de lui-même parvenait encore à se dévaloriser par rapport à ses frères.

Ellie resserra ses bras autour de son cou. Le champagne qu'elle avait bu commençait à faire son effet et elle se sentait de plus en plus désinhibée. — Je trouve les hommes intelligents incroyablement sexy. Tu as des yeux magnifiques, un corps spectaculaire et un esprit que j'admire. Tu es persévérant et tu es la seule personne au monde qui a continué à me chercher alors que tout le monde me croyait morte. Tu es mon héros. Tous ces points te placent donc assez haut sur l'échelle du sexy, et cela n'a rien à voir avec ton argent.

Zane approcha ses lèvres de son oreille.

— Je ne suis pas ton héros. Je ne suis qu'un homme.

Ellie frémit en sentant la chaleur de son souffle lui caresser l'oreille, et sa voix rauque suscita chez elle une excitation telle qu'elle en trébucha. Zane l'empêcha de tomber et reprit aussitôt leur danse. Ellie lui répondit alors :

— Un homme incroyable.

— Je ne voudrais pas que ton attirance pour moi soit simplement alimentée par le fait que je t'ai sauvé la vie, gronda-t-il.

Surprise, elle s'empressa de lui répondre.

— Ce n'est pas le cas. Ça n'a jamais été le cas. Je t'ai toujours admiré, bien avant que tu ne me sauves la vie.

La chanson s'acheva à l'instant même où elle termina sa phrase. Zane la renversa en arrière avec grâce, puis il la ramena vigoureusement contre lui.

— Tu ne portes pas de soutien-gorge, remarqua-t-il avec agacement.

— Comment le sais-tu ? demanda-t-elle, sa voix étouffée contre son torse.

En réalité, elle ne portait vraiment pas grand-chose en matière de sous-vêtements. La robe avait de longues manches à épaules dénudées, ce à quoi elle n'avait pas pensé en achetant son ensemble. Après avoir découvert qu'elle n'avait pas de soutien-gorge approprié pour aller sous sa tenue, elle avait simplement décidé de ne pas en porter. Le tissu était suffisamment épais pour ne rien laisser transparaître et elle n'était plus vraiment du genre pulpeux.

— Tes mamelons sont durs. Je l'ai clairement vu quand le tissu s'est étiré contre ta poitrine, grogna-t-il.

La foule applaudit l'orchestre. Ellie se mit également à frapper dans ses mains tout en lui répondant :

— Alors peut-être que tu n'aurais pas dû me serrer contre toi et me susurrer des mots à l'oreille.

Elle se retourna pour quitter la piste de danse, mais Zane lui attrapa le bras avant qu'elle n'ait le temps d'aller bien loin.

— Est-ce que cette petite danse est la cause de ton excitation ?

En voyant un serveur passer aux abords de la piste de danse avec un plateau rempli de coupes de champagne, Ellie en prit une autre et avala une grande gorgée avant de lever les yeux vers lui.

— Ce n'est pas la danse. C'est danser avec *toi* qui m'a excitée. Sans rien dire, Zane la prit par la main et fendit à nouveau la foule jusqu'à atteindre une table vacante. Il tira une chaise et l'invita à s'asseoir.

— Reste ici. Je vais au bar.

Je crois que j'ai besoin d'un verre.

— Il y a des serveurs partout avec du champagne, lui rappela-t-elle.

— J'ai besoin d'une boisson plus forte que ça, répondit-il.

Zane glissa une main dans l'une des poches de son pantalon de smoking, puis il resta immobile un instant pour observer la robe d'Ellie. — Tu ne danses avec personne d'autre que moi ce soir. Que portes-tu exactement sous cette robe ?

Ellie avala le reste de son champagne puis, sourire aux lèvres, elle leva son index et lui fit signe de s'approcher. Avec méfiance, il se pencha afin qu'elle puisse lui chuchoter quelque chose à l'oreille.

— Je n'ai jamais porté de robe comme celle-ci, mais je ne voulais pas que ma culotte puisse se voir, alors j'ai acheté un adorable petit string noir orné d'un petit nœud rose, le tout avec des bas assortis. C'est tout. Je me sens presque...nue.

Le cœur d'Ellie se mit à marteler contre sa paroi thoracique lorsque Zane releva la tête pour la regarder dans les yeux. Son visage était si proche du sien qu'elle voulait agripper ses cheveux et le forcer à l'embrasser jusqu'à ce qu'elle ne puisse plus penser, jusqu'à ce qu'elle ne puisse plus respirer.

Ses yeux étaient désormais d'un gris très sombre qui lui rappelait la couleur d'un ciel orageux.

— Doux Jésus, Ellie ! Est-ce que tu essaies de m'allumer ou juste d'être honnête ? dit-il d'une voix rauque.

— Peut-être un peu des deux, confessa-t-elle. Je ne suis pas du genre à flirter. Du moins, pas habituellement, ajouta-t-elle.

Elle avait le sentiment que le champagne lui permettait en réalité de dire exactement ce qu'elle souhaitait. Ellie ne buvait que très rarement et toujours avec modération, sa résistance à l'alcool était donc plutôt faible.

Zane glissa sa main derrière la tête d'Ellie. Ce petit contact physique intime et possessif la fit frémir.

— Tant que tu ne flirtes avec personne d'autre que moi, menaça-t-il avant de déposer un baiser sur ses lèvres, puis de se redresser. Je reviens tout de suite, ajouta-t-il.

Ellie le regarda se diriger à grands pas vers le bar, envoûtée par sa démarche de prédateur sexy. Ses yeux restèrent rivés sur son dos massif jusqu'à ce qu'il disparaisse enfin dans l'océan de smokings noirs qui inondaient la salle.

— Ah, voilà quelqu'un que je n'ai pas encore eu la chance de rencontrer. Et tu es venue ici avec Zane. Bonsoir, femme mystère.

Un homme aux cheveux blond foncé s'assit à sa table. Ses lèvres arboraient un sourire, mais pour une raison qui lui échappait, Ellie ne retrouvait pas cette jovialité dans ses yeux sombres.

— Bonsoir, répondit-elle machinalement. Je m'appelle Ellie Winters.

L'homme tendit le bras au-dessus de la table.

— Sean Rycroft, répondit-il en lui serrant la main. Je suis directeur de recherche pour les laboratoires Colter. Zane est mon patron. Même si techniquement, je dirais qu'il est le patron de tout le monde.

— Je croyais que Zane occupait le rôle de directeur de recherche.

Sean éclata de rire.

— Certainement pas. Zane est le PDG de l'entreprise. Plusieurs directeurs s'occupent de ses laboratoires.

Ellie resta muette un instant en prenant conscience qu'elle ne savait pas grand-chose de son entreprise.

— Est-ce qu'il a des laboratoires partout dans le monde ?

Sean hocha la tête.

— Presque partout. Mais la plupart de ses sites sont des usines destinées à la production de ses innovations déjà commercialisées. Le laboratoire de recherche principal est ici, à Denver, répondit-il.

Il s'interrompit un instant avant de demander :

— Depuis combien de temps êtes-vous ensemble ? Zane n'a pas dit un mot à ce sujet. Elena m'a juste dit qu'il était venu ici accompagné.

La rousse ? Pourquoi a-t-elle parlé à cet homme ?

— Tu connais Elena ? demanda-t-elle avec curiosité.

— Je la connais même très bien. Elle est mon assistante.

C'est donc avec lui qu'elle couche. Manifestement, elle voudrait bien attraper un plus gros poisson en la personne de Zane, PDG de l'entreprise.

Ellie se sentit désolée pour l'homme assis devant elle. Il devait avoir une dizaine d'années de plus que Zane, mais il les portait sacrément bien. Il était charmant, même si son sourire n'atteignait pas tout à fait ses yeux. Son smoking lui allait à merveille et une certaine gentillesse se dégageait de lui. Comment pouvait-il *ne pas voir* que sa vipère d'assistante qui lui servait aussi de petite amie cherchait vraisemblablement plus d'argent que Sean en gagnait ? Pourtant, Ellie ne doutait pas que Zane versait un salaire généreux à ses directeurs.

— Je suis moi aussi son assistante. Nous nous connaissons depuis de nombreuses années, révéla-t-elle en lui souriant poliment.

Sean lui répondit par un autre de ses sourires lointains et courtois.

— Ah oui ? C'est génial. Ce qui veut dire que vous n'êtes pas vraiment ensemble ? Je comprends mieux pourquoi elle flirte avec Zane.

Ellie écarquilla les yeux, surprise par sa franchise.

— Mais toi et Elena, n'êtes-vous pas...

— Elle refuse de s'engager dans une relation sérieuse. Je crois qu'elle cherche quelqu'un de mieux que moi, l'interrompit-il avec un soupçon de tristesse et d'amertume.

Ellie sentit un frisson de dégoût lui traverser le corps. De toute évidence, cette opportuniste se servait de lui jusqu'à ce qu'elle trouve un homme plus fortuné. Cela la répugnait, d'autant plus que Sean semblait vraiment tenir à elle.

Ellie accepta une autre coupe de champagne proposée par un serveur de passage, puis elle lui répondit.

— J'ai du mal à comprendre comment il est possible de ne pas s'engager dans une relation sérieuse dès lors qu'on a des rapports intimes réguliers avec une personne, dit-elle.

Ce commentaire quitta ses lèvres sans même qu'elle s'en rende compte. Non seulement elle ne comprenait pas Elena, mais elle comprenait encore moins pourquoi Sean restait avec une femme qui le faisait clairement souffrir.

Il haussa les épaules.

— Certaines femmes sont inoubliables. Si elle veut mener la grande vie, alors je vais tout faire pour la lui donner. En attendant, elle est encore avec moi.

— Qu'est-ce que tu fous là, Rycroft ? Retentit la voix colérique de Zane dans le dos de Sean.

Ce dernier se leva.

— Zane, le salua-t-il avec un hochement de tête. J'étais en train de bavarder avec ta nouvelle assistante.

— Va-t'en, lui ordonna-t-il brusquement. Et ne t'avise plus jamais de passer une seule seconde seul avec Ellie sinon tu vas le regretter.

Sean leva les mains en signe de reddition.

— Je pensais qu'Ellie était ta nouvelle assistante.

Zane posa son verre sur la table puis, d'une seule main, il saisit le revers de la veste du smoking que portait Sean.

— Va-t'en. Immédiatement, insista-t-il d'une voix rocailleuse. . .

Il le lâcha et le poussa littéralement pour l'éloigner de la table.

Abasourdie, Ellie observa silencieusement les deux hommes se faire face. Le visage de Zane manifestait une telle colère qu'il semblait prêt à tout.

Elle retint son souffle jusqu'à ce que Sean recule, se retourne et s'éloigne sans rien dire. Ellie reprit enfin son souffle et leva les yeux vers Zane. Le regard qu'il lui lança alors était presque inquiétant.

Venait-elle de faire quelque chose de mal ? Ellie n'était pas vraiment familiarisée avec les usages à adopter lors d'une soirée comme celle-ci.

Elle prit une gorgée de champagne ainsi qu'une grande inspiration avant de lancer un regard interrogateur à Zane, prête à entendre tout ce qu'il avait à dire.

Chapitre 10

Zane ne savait pas trop ce qui n'allait pas chez lui.

Un sourire. Une simple courbure de ses lèvres adressée à un autre homme avait suffi à lui faire perdre la raison.

Il s'assit et engloutit son scotch en une seule gorgée. Son comportement faisait probablement peur à Ellie et il le savait. Zane la regarda et vit l'incompréhension sur son joli visage.

Ressaisis-toi, bon sang. Le fait qu'Ellie ait souri à un autre homme ne te donne pas le droit de devenir dingue.

Zane serra les poings sous la table en essayant de mobiliser sa personnalité rationnelle. La plupart du temps, il s'entendait bien avec Sean. Il le prenait pour un idiot de perdre son temps avec une fille comme Elena, mais après tout, cela ne regardait que lui. Zane devait une explication à Sean, mais pour l'instant, il s'inquiétait davantage de que pensait Ellie.

— Sean fait bien son travail, mais je ne le connais pas très bien sur le plan personnel. Son histoire avec Elena est parfois chaotique. Il s'est même servi de quelques employées pour essayer de la rendre jalouse, expliqua-t-il pour justifier maladroitement ce qui venait de se passer.

— Je ne cherchais pas à l'encourager, répondit-elle calmement. Est-il dangereux ?

En effet, leur conversation semblait plutôt innocente. C'est bien la seule chose qui avait permis à Zane de garder sa colère à peu près sous contrôle.

Il secoua la tête.

— Je n'en sais pas assez sur sa vie privée pour savoir comment il traite les femmes. Je n'ai jamais eu de raison de m'y intéresser. Il ne travaille pas pour moi depuis très longtemps. Tout ce que je sais, c'est qu'il est fou amoureux d'Elena, une femme qui passe son temps à chercher mieux que lui. Je ne comprends pas pourquoi il s'évertue à continuer dans cette relation.

— Zane, je sais que tu veux me protéger, mais je vais devoir recommencer à me confronter au monde réel. Dans un avenir très proche, lui dit-elle doucement en le regardant intensément avec ses jolis yeux bleus.

Non. Cette idée ne lui plaisait pas du tout. Pas après ce qu'elle avait traversé.

— Tu es dans le monde réel.

Ellie secoua la tête.

— J'ai toujours été seule, j'ai toujours su faire face à mes problèmes.

— Pourquoi recommencer à le faire ? Pourquoi voudrais-tu être seule maintenant que tu as besoin de soutien ? demanda-t-il.

Il est vrai que Zane ne voulait pas seulement être son ami, et cette situation devenait de plus en plus dure. Littéralement.

Ellie secoua la tête et cessa de le regarder pour s'intéresser à la coupe de champagne qu'elle manipulait entre ses mains.

Bon Dieu, même cela l'excitait. Il rêvait que ces mains caressent son corps.

En se souvenant de la raison de son absence pendant que Sean parlait à Ellie, il fourra sa main dans la poche de sa veste pour en sortir ce qu'il avait remporté aux enchères silencieuses.

— J'ai remporté un lot aux enchères. C'est pour toi, dit-il en poussant un écrin de velours blanc sur la table.

À vrai dire, il avait fait une offre très élevée pour s'assurer de remporter la vente. Il tenait absolument à ce que cet objet finisse entre les mains d'Ellie.

Elle le regarda avec étonnement, puis elle s'intéressa à l'écrin orné d'un lettrage doré.

— Mia Hamilton ? commenta-t-elle.

Zane hocha la tête.

— Tous les ans, elle offre une création spéciale pour ma collecte de fonds. La plus grosse partie des recettes de cette année sera reversée à une association d'aide aux victimes de violences conjugales fondée par la belle-sœur de Mia, Asha Harrison. . . Ils font un travail formidable. Mes frères et Chloé soutiennent également cette association.

Ellie hocha lentement la tête.

— J'en ai entendu parler. Lara y est aussi très impliquée.

— Les donateurs sont nombreux, partout dans le pays. Et les nombreux bénévoles permettent de maintenir les frais de fonctionnement au plus bas, expliqua-t-il.

Zane regarda l'écrin.

— Ouvre-le. J'espère que ça va te plaire.

— Zane, est-ce vraiment une création de Mia Hamilton ?

— Bien sûr, répondit-il.

— Je n'arrive pas à y croire. C'est rare, sur mesure et très onéreux. Je n'ai vu ses bijoux qu'en photo.

Zane sourit.

— Voilà une première de plus, répondit-il en s'emparant impatiemment de l'écrin pour l'ouvrir à sa place.

Le halètement stupéfait d'Ellie fut audible même dans la salle de bal bruyante.

— Oh. Mon. Dieu. Ellie se pencha en arrière comme si elle avait peur de toucher le bijou.

Zane n'avait vu que quelques-unes des créations de Mia, mais elle semblait s'être surpassée avec le collier et les boucles d'oreilles de cette année. Malgré une grande quantité de saphirs, de diamants et d'or, la parure était étonnement délicate, élégante et féminine. La chaîne du collier était constituée de petits diamants et de petits saphirs bleus avec une légère teinte violette. Le pendentif était également en forme de cœur, composé d'un gros saphir cerclé de diamants. Mia avait assorti ce collier à de simples boucles d'oreilles conçues avec les mêmes pierres précieuses.

— Je trouve cette parure plutôt jolie. Les saphirs sont assortis à tes yeux, lui dit un Zane vraisemblablement nerveux en attendant la réaction d'Ellie.

— Plutôt jolie ? Zane, ce sont les plus beaux bijoux que j'ai vus de toute ma vie. Est-ce que je peux les toucher ?

Zane prit la main d'Ellie et la posa sur le collier.

— Ces bijoux sont à toi. Tu peux donc bien évidemment les toucher, répondit-il.

Il était secrètement ravi qu'elle soit si enchantée par les créations de Mia. Avec une grande délicatesse, elle glissa la pulpe de ses doigts sur la chaîne, puis sur le pendentif en saphir.

— Tu sais bien que je ne peux pas accepter un tel cadeau, lui dit-elle d'un ton des plus sérieux. Mais je suis vraiment heureuse d'avoir pu les voir de mes propres yeux. Je ne savais pas qu'ils étaient proposés aux enchères.

Zane se leva et sortit le collier de son écrin. Il se positionna derrière Ellie, glissa la chaîne autour de son cou et enclencha le fermoir. Il ne toucha pas aux boucles d'oreilles puisqu'elle en portait déjà une paire qu'il n'avait pas l'intention de lui retirer.

Zane revint s'asseoir, puis il contempla le contraste saisissant des pierres précieuses colorées contre la peau laiteuse d'Ellie.

— C'est parfait, déclara-t-il, satisfait que ce collier soit enfin à sa place.

— Enlève-le, ordonna-t-elle d'une voix paniquée.

Zane la regarda avec un sourire en coin.

— En d'autres circonstances, j'aimerais entendre ces mots sortir de ta bouche, mais pas maintenant.

— Zane, je ne peux pas porter ça. Et si quelqu'un essaie de me le voler? Et si je le perds ? dit-elle en se penchant en avant pour lui parler sans attirer l'attention.

Il haussa les épaules.

— Ce ne sont que des bijoux.

— Des bijoux qui coûtent plus cher que la maison de la plupart des gens, répondit-elle avec insistance.

Zane commençait à s'agacer de voir que son objection portait uniquement sur la valeur de l'objet. Il comprenait son point de vue, mais il pouvait tout à fait se permettre de dépenser cet argent.

— C'est un cadeau, Ellie. Et l'argent sera reversé pour une bonne cause. Bon Dieu ! Ne peux-tu pas te contenter d'accepter un cadeau de ma part sans te soucier de l'argent ? Je veux que tu les portes. Non seulement ces couleurs mettent tes yeux en valeur, mais le saphir est ta pierre de naissance. Et il se trouve que c'est aussi la mienne.

Ellie baissa les yeux.

— Je suis désolée. C'est très attentionné de ta part, mais il faut que tu comprennes que je n'ai pas l'habitude d'accepter ce genre de cadeau.

— Je comprends. Mais il faut aussi que tu comprennes que j'ai l'habitude d'offrir ce genre de cadeau. Pas forcément des bijoux. Mais des cadeaux onéreux pour le commun des mortels. Pour moi, ce n'est pas si cher, lui rappela-t-il. C'est comme si tu envoyais des fleurs ou une carte postale à un ami.

Ellie éclata de rire, une douce mélodie qui saisit le cœur de Zane comme un étau.

— J'imagine que c'est vrai. Mais je crois que je serais plus à l'aise si tu m'offrais des fleurs, répondit-elle en touchant le collier. Et je sais que l'argent est reversé pour une bonne cause. C'est un cadeau que tu devrais garder pour quelqu'un qui t'est cher, conclut-elle en plaçant ses mains derrière sa tête pour tenter d'ouvrir le fermoir.

Zane se leva et saisit ses poignets.

— N'y songe même pas, lui dit-il d'un ton bourru. Je suis prêt à partir d'ici. Et toi ?

Elle hocha la tête.

— Oui, mais j'ai vraiment besoin de...

— Allons récupérer nos manteaux. Tu peux prendre les boucles d'oreilles avec toi ou bien les laisser sur la table. Je suis sûr que quelqu'un ne tardera pas à les trouver. De toute façon, je n'ai pas l'intention de les offrir à quelqu'un d'autre. En te les offrant, je les ai déjà offertes à un être qui m'est cher.

Zane tira sur le poignet d'Ellie pour la guider en direction du vestiaire. — Attend ! l'interpella-t-elle avec panique. Je ne peux pas les laisser ici.

Et j'ai besoin de mon sac à main.

Zane lâcha son poignet afin qu'elle récupère sa petite pochette noire suspendue sur le dossier d'une chaise, puis il fut satisfait de la voir fermer soigneusement le couvercle de l'écrin qu'elle glissa prudemment dans son sac à main.

— Ce n'est pas juste, lança-t-elle en lui passant devant.

— C'est toi qui as ouvert les hostilités en décidant de ne rien porter sous cette robe, répliqua Zane en prenant la main d'Ellie dans la sienne.

— Je ne vois pas le rapport, dit-elle sèchement sur le ton d'une institutrice sexy.

— Le rapport est étroit, répondit-il nonchalamment en la guidant en direction de la porte.

Son excitation était au plus haut point depuis qu'il l'avait vue vêtue de cette robe moulante. Ellie était si naturellement belle que son maquillage et sa coiffure étaient superflus.

Elle était à couper le souffle. Il avait même eu du mal à dissimuler son érection en voyant les contours de ses mamelons dressés à travers le tissu noir de sa robe.

Elle est à moi !

Ellie suscitait chez lui une réaction immédiate et irrévocable. Ils étaient faits l'un pour l'autre. Cependant, il était à peu près sûr qu'il avait beaucoup plus besoin d'elle qu'elle n'avait besoin de lui.

Après lui avoir révélé ce qu'elle portait sous cette robe, il souhaitait vérifier par lui-même si elle cherchait à le provoquer ou si elle disait la vérité.

Zane avait fini de jouer. La voir jouir une fois ne lui avait pas suffi. Il en voulait plus. Il avait besoin d'en voir plus, de l'entendre crier son nom. Curieusement, sa virginité ne l'intéressait pas, mais le fait d'être le premier homme à la prendre l'excitait profondément. Jusqu'à présent, il s'était abstenu de passer à l'action. Il souhaitait d'abord s'assurer qu'elle veuille vraiment de lui pour sa première fois. Zane savait désormais qu'il serait non seulement sa première fois, mais aussi, et surtout le seul et unique.

Ellie a toujours été la femme de sa vie. C'était assez clair les rares fois où il l'avait vue à Rocky Springs. Il n'avait jamais rien fait pour la séduire auparavant, ce qu'il regrettait aujourd'hui, mais il avait la ferme intention de remédier à cela.

J'ai bien failli la perdre.

Zane se sentait idiot d'avoir attendu qu'elle frôle la mort pour se sentir pousser une paire de testicules. Aujourd'hui, il était prêt à tout pour obtenir ce qu'il voulait.

Il n'avait plus l'intention de faire dans la délicatesse, ce qui serait considérablement plus satisfaisant pour eux deux.

Il ne leur fallut que peu de temps pour rentrer chez Zane. Il avait mobilisé sa limousine avec chauffeur qui les avait déposés directement devant sa porte.

Les effets du champagne qu'Ellie avait consommé commençaient à s'estomper, mais elle se sentait encore un peu ivre lorsqu'elle demanda à Zane :

— Est-ce que tu as faim ?

Dans la cuisine, elle lui tendit un soda, puis elle choisit un soda light pour elle-même.

Lorsqu'elle posa la canette sur le plan de travail pour l'ouvrir, Zane se positionna derrière elle et la prit au piège en plaçant ses mains de chaque côté de son corps.

— J'ai de l'appétit, mais pas vraiment pour de la nourriture. Je meurs d'envie de découvrir si tu as passé la soirée à me mentir, répondit-il.

Il glissa une main exploratrice sur ses fesses pour essayer de sentir la présence de sous-vêtements sous sa robe. Ellie retint son souffle lorsqu'il souleva le tissu léger du vêtement le long de ses cuisses.

— Doux Jésus ! Tu ne portes rien d'autre, n'est-ce pas ?

Elle agrippa le plan de travail devant elle et secoua la tête.

— Non. Je te l'avais bien dit.

— Retourne-toi, ordonna-t-il après avoir ouvert la fermeture éclair située dans son dos.

Ellie était si impatiente de sentir la peau de Zane contre la sienne qu'elle lui obéit sans hésiter.

— Je ne peux pas faire ça, protesta-t-elle faiblement en essayant de combattre les désirs de son corps avec la logique de son esprit. Malheureusement, son corps était en train de gagner la bataille. Elle avait envie de lui depuis si longtemps que toutes ses défenses étaient inefficaces.

Après lui avoir ôté sa robe – et l'avoir jetée négligemment par terre – Zane posa ses mains sur ses épaules.

— Tu m'as dit vouloir quelqu'un qui tient à toi. J'imagine que tu as préservé ta virginité pour cette personne. Et cet homme, c'est moi, Ellie. Je ne suis certainement pas vierge, mais j'ai néanmoins le sentiment de t'avoir attendue toute ma vie. Si tu veux faire machine arrière, fais-le maintenant, parce que je pense avoir atteint le point de non-retour.

Ellie leva les yeux vers lui. Les traits de son visage étaient tirés et il dévorait du regard son corps presque nu.

— Je crois que je t'ai toujours attendu, avoua-t-elle à voix basse en le regardant enfin dans les yeux lorsqu'il cessa de contempler son anatomie. Mais j'ai peur.

— Pourquoi ? demanda-t-il urgemment comme s'il était légèrement blessé. Je ne te ferais jamais de mal, Ell.

Elle secoua la tête.

— Ce n'est pas le problème. J'ai très envie de toi. J'ai très envie d'être intime avec toi. Mais une fois que ce sera terminé, je redoute d'avoir envie de toi tous les jours, expliqua-t-elle.

Zane posa ses doigts sur le magnifique collier autour de son cou, puis il glissa lentement sa main le long de son ventre jusqu'à atteindre sa culotte presque inexistante. Il la caressa à travers le petit carré de tissu soyeux, un plaisir que seul Zane pouvait lui procurer.

La raison pour laquelle Ellie n'avait jamais eu de relations sexuelles auparavant était simple : elle n'avait jamais voulu personne d'autre que Zane.

— Dans ce cas, aie envie de moi, Ellie. Bon sang, aie envie de moi autant que j'ai envie de toi, répondit-il en la couvrant de baisers.

Il embrassa d'abord son front, puis ses joues, puis sa bouche.

— Autorise-toi à avoir tellement envie de moi que tu en deviens folle. Je serai toujours là pour apaiser ton désir parce que je connais ce sentiment par cœur.

Devant lui, Ellie se sentait nue, aussi bien émotionnellement que physiquement. Elle passa ses bras à son cou et glissa ses mains dans ses cheveux épais, savourant la sensation de ses mèches entre ses doigts.

— Oui, répondit-elle simplement. S'il te plaît.

Ellie sentit Zane la soulever dans ses bras et la porter, ne sachant trop où jusqu'à ce qu'il la dépose au milieu de son propre lit.

— Je veux faire ça correctement, Ellie. Je ne veux pas que tu ressentes une seule seconde de douleur.

Elle se fichait de la douleur, du moment qu'elle pouvait sentir Zane en elle aussi vite que possible.

— Je m'en fiche. J'ai juste envie de toi.

— Je suis déjà là, grogna-t-il en commençant à se déshabiller. Et je n'ai pas l'intention de te laisser partir.

Ellie était nerveuse, mais l'idée de renoncer maintenant ne lui traversa même pas l'esprit. Bon Dieu, elle avait bien failli mourir aux mains d'un psychopathe. Elle souhaitait découvrir ce que c'était que d'être en compagnie d'un homme capable de prendre soin d'elle, un homme qu'elle désirait depuis si longtemps qu'elle ne savait même pas si ceci suffirait à l'apaiser.

Son manque d'expérience la rendait anxieuse.

— Je ne sais pas quoi faire, confessa-t-elle, assise les jambes croisées sur le lit pendant que Zane s'affairait à retirer son nœud papillon.

Ellie se lécha les lèvres avec appréhension en le regardant déboutonner sa chemise, révélant ainsi des abdos bien définis et un torse sculpté qu'elle était impatiente de toucher.

— Tu fais absolument tout ce que tu désires, Ellie. Tout ce qui te passe par la tête.

— J'ai besoin de te toucher, souffla-t-elle en le voyant se débarrasser de sa chemise pour de bon.

Zane se figea lorsqu'elle quitta lentement le lit pour se positionner debout devant lui.

Chapitre 11

Ellie suivit son instinct et déboutonna le pantalon de Zane, après quoi elle abaissa lentement la fermeture éclair de sa braguette. Elle avait beau ne jamais être allée plus loin avec un homme, elle avait déjà fait l'expérience des préliminaires.

Toutefois, il y avait bien longtemps que cela n'était pas arrivé. Elle saisit la ceinture de son pantalon de smoking et l'abaissa en emportant son caleçon noir dans le mouvement.

Elle se mit ensuite à genoux et continua d'abaisser le vêtement le long de ses jambes. Ellie ne put dissimuler sa surprise lorsqu'elle libéra sa verge fièrement érigée qui la frappa presque en plein visage.

— Elle est énorme, murmura-t-elle avec stupeur avant d'essayer d'enrouler ses doigts autour de son érection.

Zane émit un grognement et posa sa main sur sa tête.

— Bon sang. Je pourrais bien ne pas survivre à cette expérience.

Ellie ôta sa main de son sexe et continua à le débarrasser de son pantalon et de ses sous-vêtements. Pour l'aider, Zane leva docilement une jambe, puis l'autre.

— Je suis désolée. Est-ce que j'ai fait quelque chose de mal ? demanda-t-elle sans parvenir à cacher l'inquiétude dans le ton de sa voix.

— Non, bébé. Tu n'y es pour rien, répondit-il en l'aidant à se relever avant d'enrouler ses bras autour d'elle. Le fait de te voir à genoux avec les mains sur mon sexe est un véritable fantasme pour moi.

Ellie ne savait pas trop s'il s'agissait d'une bonne ou d'une mauvaise chose, mais elle était tout à fait disposée à recommencer.

— Je ne vois aucun inconvénient à réaliser n'importe lequel de tes fantasmes, dit-elle avec enthousiasme.

Zane écarta une mèche des cheveux bouclés qui cachait son visage et répondit :

— Fais attention à ce que tu promets, Ell. Mon imagination est sans limites en ce qui te concerne, répondit-il dangereusement.

Ellie sentit un frisson remonter le long de sa colonne vertébrale lorsqu'il glissa une main sur ses fesses nues tout en enfouissant sa main opposée dans ses cheveux.

— J'ai besoin de prendre mon temps, chérie. Ce n'est pas une simple partie de jambes en l'air pour moi.

Zane la souleva dans ses bras et la déposa à nouveau au milieu du lit, mais cette fois, il l'accompagna.

— Pour moi non plus, acquiesça-t-elle d'une voix tremblante.

Lorsque la peau chaude de son torse entra en contact avec ses mamelons sensibles, elle eut l'impression que son cerveau avait cessé de fonctionner.

Elle s'empressa de répandre ses mains sur son corps et de toucher chaque centimètre carré de peau qui lui était accessible. Elle commença par ses épaules, puis elle lui caressa le dos, puis elle remonta jusqu'à son cou. Ellie se noya dans ces sensations physiques enivrantes.

— Bon Dieu, c'est si bon, gémit-elle en enroulant ses jambes autour de Zane, comme si son corps réclamait déjà satisfaction.

— Et c'est sur le point d'être encore meilleur, grogna-t-il en roulant sur le côté pour s'allonger à droite d'Ellie.

Elle gémit de déception. L'interruption de ce contact physique lui était douloureuse...jusqu'à ce qu'elle sente les mains de Zane sur sa poitrine et ses lèvres s'emparer de l'un de ses mamelons dressés d'excitation.

Ellie avait connu des expériences similaires auparavant, mais Zane n'était pas n'importe qui. Zane était un homme mature qui savait exactement comment s'y prendre. En sentant sa bouche sur un de ses mamelons et ses doigts sur l'autre, elle commença à hyperventiler et à se tortiller de plaisir.

Il caressa, mordilla et lécha de façon si érotique qu'elle sentit des spasmes entre ses cuisses, la poussant à onduler son bassin de frustration.

— Zane. S'il te plaît. Je veux aller plus loin.

— C'est exactement mon objectif, dit-il en glissant une main le long de son ventre. Je veux que tu ressentes tout, bébé. Je veux que tu découvres tout.

Il glissa ses doigts sur le petit carré de soie qui couvrait sa vulve, la faisant frémir d'impatience.

— Je veux que tu me pénètres, voilà la seule chose que je veux découvrir pour l'instant, insista-t-elle sans détour.

Cela faisait si longtemps qu'elle attendait ce moment que son corps réclamait désormais le plat de résistance.

— Bientôt, répondit-il tout en continuant à se délecter de sa poitrine. Mais pas tout de suite. Zane plaça sa main entre ses cuisses.

— Ouvre-toi à moi, Ellie. Laisse-moi te toucher.

Zane était à la fois si exigeant et persuasif qu'elle s'exécuta immédiatement. Lorsqu'elle écarta les jambes, elle se sentit si vulnérable que c'en était presque effrayant.

Mais son appréhension s'étiola lorsque Zane glissa ses doigts sur ses lèvres intimes à travers le sous-vêtement soyeux, après quoi il agrippa le tissu qu'il tira vigoureusement, l'arrachant ainsi de son corps sans difficulté. Il jeta le sous-vêtement détruit au sol.

Totalement exposée, Ellie dut se retenir de serrer ses jambes, mais lorsque Zane commença à la toucher, elle se laissa complètement aller.

Ses doigts glissèrent facilement entre ses plis humides jusqu'à trouver son clitoris sensible.

— Oh mon Dieu. C'est si bon. *Tellement* bon, haleta-t-elle.

Ellie ferma les yeux et se cambra tandis que les doigts talentueux de Zane la stimulèrent jusqu'à la pousser au bord de la folie. Elle sentit Zane bouger au-dessus de son corps, ses cheveux effleurant parfois sa peau nue.

— Ce que je m'apprête à faire est encore meilleur, répondit-il d'une voix gutturale.

Ellie poussa un cri en sentant sa langue chaude et humide se poser sur son petit bourgeon de nerfs palpitant. Zane fut sans pitié et la dévora comme s'il n'avait pas mangé depuis des mois. Son visage enfoui entre ses cuisses, cet acte était charnel et bestial.

— Je ne vais pas tenir, Zane. S'il te plaît, gémit-elle en glissant ses doigts dans sa chevelure.

La menace d'un orgasme imminent pesait sur elle.

Elle souleva à nouveau son bassin et sentit les doigts de Zane trouver l'entrée de son vagin serré. Il expérimenta d'abord avec un doigt, puis il en inséra un deuxième dans son corps inexploré.

— Bébé, tu es tellement étroite, remarqua-t-il en relevant brièvement la tête.

Ellie était dans l'incapacité de lui répondre. Les parois de son vagin se resserrèrent autour de ses doigts. La langue de Zane glissa sur son clitoris, encore et encore, et cette fois, son orgasme s'empara d'elle en d'énormes vagues de soulagement et d'extase.

— Oui. Continu. S'il te plaît continu, supplia-t-elle en agrippant la tête de Zane pour le maintenir en place tandis que son bassin ondulait frénétiquement.

Ellie eut le souffle coupé par la puissance de son propre orgasme. Les spasmes musculaires donnaient l'impression qu'elle était prise de convulsions, mais le plaisir ressenti était si intense qu'elle aurait voulu que cet instant ne cesse jamais.

Elle se cramponna aux cheveux de Zane tandis qu'il continuait délicieusement à la torturer, comme pour être sûr d'avoir extrait tout le plaisir qui était en elle, après quoi il lécha goulûment le nectar libéré par son orgasme.

— Prends-moi, Zane. *S'il te plaît.* J'ai besoin de toi, gémit-elle en agitant sa tête de droite à gauche.

Ellie avait peut-être déjà joui, son corps et son esprit ne seraient pas entièrement satisfaits tant qu'elle n'aurait pas fusionné avec lui. Tant qu'elle ne l'aurait pas senti *en elle.*

— Ellie, chérie, je n'ai pas de préservatif.

Son visage se trouvait désormais au-dessus du sien. Ses yeux étaient sombres et sauvages. Le désir qu'elle vit dans son regard fit enfler son cœur.

— Je croyais que tous les mecs se baladaient avec des préservatifs sur eux, murmura-t-elle en enroulant ses bras autour de son cou.

— Non...ce n'est pas mon cas. Il y a longtemps que je n'ai pas été en compagnie d'une femme. Cela fait des années, grogna-t-il. J'ai abandonné l'idée d'une relation sérieuse après que mon ex petite amie soit allée voir si l'herbe était plus verte ailleurs. Si j'ai besoin de soulagement physique, alors je m'occupe de moi-même.

L'image de Zane se caressant jusqu'à l'orgasme était si érotique qu'Ellie dut fermer les yeux face à l'intensité de son regard.

— Prends-moi, Zane. Tu sais déjà que je n'ai jamais eu de rapports sexuels. Et lors de mon rendez-vous de contrôle à Rocky Springs, j'ai demandé au médecin de me prescrire une pilule contraceptive.

— Pourquoi ? l'interrogea-t-il.

— Je la prenais avant d'être séquestrée. Je souffrais de règles douloureuses. Aujourd'hui, je la prends pour me sentir en sécurité. Inutile de me demander une explication, je ne suis moi-même pas sûre de comprendre. Selon Natalie, il est normal de craindre que quelque chose de similaire se reproduise.

— Moi aussi je suis clean, l'informa Zane sans détour. Je veux que tu voies mes analyses médicales.

— Je n'ai pas besoin de les voir. J'ai juste besoin de toi, répondit-elle.

Ellie rouvrit les yeux et sentit une nuée ardente entre ses cuisses en découvrant le regard tourmenté de Zane.

— Je te fais confiance, murmura-t-elle.

Zane la regarda un instant, puis il se pencha pour l'embrasser avec un désir auquel son âme répondit immédiatement. Elle s'ouvrit à lui et lui permit d'envahir sa bouche aussi sauvagement qu'il le souhaitait. Non seulement elle voulait ressentir son désir, mais elle en profita pour lui rendre son baiser avec tout autant de vigueur.

Positionné au-dessus d'elle, Zane ne la prévint pas avant de la pénétrer, et il ne manifesta pas la moindre hésitation non plus. Il lui suffit d'un seul coup de reins pour s'enfouir complètement en elle, puis il s'immobilisa dans cette position pour permettre à Ellie de s'habituer à la taille de son sexe.

À bout de souffle, elle ôta sa bouche de la sienne.

— Tu es énorme.

Zane laissa échapper un grognement de plaisir avant de lui répondre : — Bébé, tu es si serrée et si mouillée que je ne vais pas tenir très longtemps. Bon sang, cette situation est tellement surréaliste.

Ellie était entièrement d'accord avec lui. Le fait d'accueillir en elle un sexe aussi imposant que le sien causât une douleur passagère qui ne tarda pas à s'estomper, après quoi son corps attendit avec impatience que Zane se mette à bouger. Elle enroula instinctivement ses jambes autour de sa taille, puis elle souleva son bassin, comme pour l'implorer de se laisser aller.

Lorsqu'il commença à bouger, Ellie se sentit euphorique. En sentant Zane se retirer d'elle puis la pénétrer à nouveau, encore et encore, comme si sa vie en dépendait, Ellie comprit qu'elle ne serait plus jamais la même. Ils partageaient une intimité physiquement explosive et merveilleusement émotionnelle.

Ellie s'abandonna à son coït possessif. Simultanément à chacun de ses coups de reins, elle souleva son bassin. Leurs corps ne formaient plus qu'une seule masse de chaleur et de désir sexuel.

Zane glissa sa main entre leurs corps luisants de sueur afin de trouver son clitoris.

— Jouis pour moi, Ellie. Je ne peux pas tenir plus longtemps. Pas cette fois. Il est hors de question que ton orgasme survienne après le mien, gronda-t-il.

Zane lui caressa vigoureusement le clitoris sans jamais cesser de la pénétrer, encore et encore.

Cette stimulation supplémentaire causa son explosion. Ellie fut alors frappée d'un nouvel orgasme tout aussi puissant que le premier, mais différent de tout ce qu'elle avait connu auparavant.

— *Oui. Oh mon Dieu. C'est trop.*

— Laisse-toi aller, bébé. Prends tout ce que tu veux, l'encouragea-t-il

Tout ce qu'elle voulait, c'était Zane, et c'était aussi le voir jouir. Elle s'agrippa à ses épaules couvertes de sueur. Leurs corps glissaient l'un contre l'autre avec une intensité sans cesse croissante, puis bientôt insoutenable.

— Zane ! cria-t-elle, submergée de sensations.

Il couvrit aussitôt sa bouche avec la sienne, comme s'il souhaitait revendiquer le plaisir d'Ellie. Son baiser fut brusque, avide, passionné et Ellie l'accueillit bien volontiers. Elle frémit d'extase et les parois de son vagin se resserrèrent autour de son sexe.

À la recherche d'un ancrage pour ne pas perdre pied avec la réalité, elle enfonça ses ongles courts dans le dos de Zane.

Il arracha subitement sa bouche de la sienne.

— Bon sang, grogna-t-il.

Zane prit appui sur ses avant-bras et renversa sa tête en arrière. Tous les muscles de son corps se contractèrent lorsqu'il se déversa en elle. Haletante, Ellie se sentait comblée, mais son cœur martelait toujours contre sa poitrine en contemplant la libération de Zane. Il était plus beau que jamais, son plaisir vraisemblablement si aigu que c'en était presque douloureux.

Enfin, elle sentit son corps se détendre contre le sien. Elle glissa tendrement ses doigts dans ses cheveux et serra sa tête contre sa poitrine tandis que tous deux luttaient pour reprendre leur souffle.

— Doux Jésus ! Est-ce que je t'ai fait mal ? S'il te plaît, dis-moi que je ne t'ai pas fait mal, souffla-t-il.

Ellie sourit tout en caressant sa chevelure irrésistible. Pour elle, tout était absolument parfait. Zane était parfait.

— Tu ne m'as pas fait mal. Tu valais bien la peine d'attendre, Zane.

Il releva la tête et la transperça avec un regard intense, comme s'il cherchait à déterminer si elle lui disait la vérité.

Tout en glissant ses doigts sur sa mâchoire ornée d'une barbe de trois jours, elle répéta :

— Tu ne m'as pas fait mal. Sincèrement. Je peux donc dire que ma première fois était merveilleuse, bien au-delà de mes plus grandes espérances. Merci.

— Bon Sang ! Ne me remercie pas d'avoir fait quelque chose dont j'ai désespérément envie depuis toujours. Ce n'est pas comme si je t'avais rendu un service, dit-il.

Zane roula sur le côté tout en emportant Ellie avec lui.

— Ça aurait dû être plus long et beaucoup plus doux, répondit-il avec déception tout en lui caressant le dos.

Dans cette nouvelle position, elle était désormais allongée sur lui.

Ellie soupira.

— C'était absolument époustouflant, contesta-t-elle.

Son corps était désormais parfaitement détendu et bourdonnait encore d'un plaisir euphorique post-coïtal.

— Tu n'es pas difficile, remarqua Zane d'une voix teintée d'un humour paresseux.

— Es-tu soucieux de tes performances sexuelles ? le taquina-t-elle.

— C'était une première pour moi aussi. Alors peut-être un peu, avoua-t-il sans honte. Mais je peux t'assurer que je n'ai jamais eu de problèmes auparavant.

Ellie ne put contenir son éclat de rire face à ce soudain aveu d'orgueil.

— Si ce qui vient de se passer est représentatif de tes performances précédentes, alors je veux bien te croire.

— Mes performances précédentes n'ont jamais eu la moindre importance pour moi, Ell, répondit-il d'une voix rauque. Cette fois, je voulais que tout soit parfait pour toi.

Avant de pouvoir lui répondre, Ellie dut déglutir pour se débarrasser de la boule d'émotions qui obstruait sa gorge.

— Je suis heureuse de l'avoir fait avec toi, lui dit-elle simplement.

Elle ne savait trop comment exprimer l'importance que cela avait pour elle.

Ellie a toujours su qu'elle attendait ce jour, cet instant. Elle avait attendu Zane Colter, même s'il n'était à l'époque qu'un rêve inaccessible dont elle ne pouvait se détacher.

— Et rien qu'avec moi, grogna-t-il en posant une main possessive sur ses fesses. Ce qui vient de se passer doit se reproduire. J'ai encore toutes ces pensées érotiques à ton sujet. Je dois les mettre en pratique.

Ellie réfléchit un instant avant de parler.

— Zane, je ne veux pas que tu te sentes obligé de faire quoi que ce soit, dit-elle.

Il avait déjà été blessé par une femme. Ellie ne voulait pas le contraindre à cette relation.

Zane se redressa vivement en position assise, emportant Ellie avec lui. Il agrippa fermement ses épaules nues et la regarda d'un air troublé.

— J'ai justement besoin de quelque chose, chérie, remarqua-t-il sombrement. J'ai besoin de *toi*. J'ai besoin que nous nous engagions tous les deux dans cette drôle de connexion que nous avons ensemble. Je ne peux plus l'ignorer, Ell, et je ne veux pas que tu l'ignores non plus. Si je n'ai pas pris la peine de chercher un préservatif, c'est parce que je n'ai jamais eu l'intention que ceci soit l'aventure d'un soir. Je sais que la situation est compliquée, mais je n'en ai plus rien à faire. Laissons cette situation devenir aussi compliquée que nous le désirons. S'il te plaît, explore tout cela avec moi, sinon je sais que nous le regretterons pour le reste de notre vie. En tout cas, je sais que *je* le regretterais.

Le cœur d'Ellie palpita face au visage inhabituellement expressif de Zane. Il afficha d'abord un air sombre et confus avant d'arborer un air obstinément déterminé. Zane voulait qu'elle soit...*sienne.*

— Monogame ? questionna-t-elle afin de bien comprendre ce qu'il voulait.

Zane hocha vigoureusement la tête.

— Pour nous deux.

Ellie sourit.

— Je n'ai pas attendu tout ce temps pour aller trouver un autre homme.

— Je ne sais pas ce que je ferais si c'était le cas. Je n'ai jamais ressenti ce que je ressens aujourd'hui. Bon Dieu ! Il suffit qu'un homme attire ton attention pour que je déborde de jalousie.

— À cause de ce qui m'est arrivé ? demanda-t-elle doucement.

Zane hésita un instant avec de répondre.

— Je ne sais pas trop. Quand tu as disparu, j'ai pris conscience que j'avais probablement perdu le chose la plus importante de ma vie. J'ai toujours été attiré par toi, mais je me disais que tu méritais bien mieux qu'un savant fou qui ne sait rien d'une véritable relation amoureuse. Et tu es la meilleure amie de Chloé. Bon sang, toute ma famille est presque une famille pour toi. La situation aurait été sacrément embarrassante si j'avais échoué à te séduire, expliqua-t-il.

Ellie sentit les larmes lui monter aux yeux face à un Zane si vulnérable. *Comment a-t-il pu imaginer qu'elle ne serait pas intéressée ?*

— J'étais amoureuse de toi quand j'étais au lycée. Je l'ai toujours été, même quand tu revenais à Rocky Springs pendant tes études. Mais tu étais si intelligent, si beau et si riche. Je me disais que quelqu'un comme toi ne pourrait jamais s'intéresser à une femme potelée et pauvre comme moi. Alors quand tu revenais à Rocky Springs, je veillais à garder mes distances pour éviter de me ridiculiser, confessa-t-elle.

Elle avait l'impression qu'un poing se resserrait autour de son cœur, et ses larmes coulaient désormais pour de bon.

— Ton corps avait des formes magnifiques qui ne manquaient jamais de m'exciter chaque fois que je te voyais, chérie, précisa-t-il en enroulant ses bras autour d'elle pour la serrer contre lui, comme s'il ne voulait plus jamais la laisser filer.

— J'adorais tes beaux yeux bleus et ta chevelure blonde. Tu es magnifique, Ell. Tu l'as toujours été. Mais ce que j'ai toujours aimé chez toi, c'est que tu m'as toujours accepté tel que je suis. Parfois, j'ai même l'impression que tu m'aimes tel que je suis, dit-il.

Zane inspira profondément avant de demander :

— Alors, pouvons-nous essayer ? Seras-tu heureuse avec un mec qui n'est pas vraiment du genre romantique et qui ne sait pas toujours comment s'y prendre quand tu pleures, comme maintenant ? D'ailleurs, pourquoi est-ce que tu pleures ?

Ellie lui sourit à travers ses larmes.

— Parce que, même si tu prétends ne pas être romantique, ce que tu viens juste de dire est probablement la chose la plus adorable que j'ai jamais entendue.

Chapitre 12

Ils restèrent à Denver pour quelques mois. Ellie était plus heureuse qu'elle ne l'avait été de toute sa vie. Elle passait le plus clair de ses journées à travailler dans l'immense bureau de Zane, situé dans la zone sécurisée de la gigantesque bâtisse.

Étrangement, elle n'avait jamais vraiment réalisé à quel point son entreprise était vaste et multinationale. Il lui avait également fallu un certain temps pour prendre conscience des responsabilités qui pesaient sur les larges épaules de Zane. De temps en temps, elle devait lui rappeler qu'il ne pouvait pas guérir et prévenir tous les problèmes de santé publique dans le monde.

Dernièrement, Zane était plus souriant et rieur que jamais. Elle chérissait chacun des sourires espiègles et éclats de rire qui quittaient sa bouche, ce qui était en contraste avec son attitude habituellement excessivement sérieuse.

Grâce à ses séances régulières avec Natalie, non seulement Ellie commençait à se remettre de son expérience traumatique – bien que certaines choses ne disparaîtraient probablement jamais –, mais elle commençait également à avoir une meilleure image d'elle-même. Elle ne se voyait plus comme une femme inintéressante et peu attirante.

Elle se voyait désormais comme une femme en évolution constante, ce qui aurait dû être le cas bien avant sa séquestration.

Avec la permission de Zane, Ellie avait installé un atelier dans son sous-sol aménagé, où se trouvait une cuisine qu'il n'utilisait jamais. Lentement, sa boutique en ligne se développait. Ellie explorait toutes les possibilités d'amélioration. Ses produits commençaient à plaire et tout le monde semblait soudainement vouloir essayer certains de ses parfums d'aromathérapie.

Chaque week-end, Zane et Ellie s'évadaient dans des lieux où elle n'était jamais allée auparavant, ce qui lui permettait enfin de découvrir le monde en dehors de Rocky Springs et même au-delà de Denver. Elle avait beau aimer sa ville natale perdue au milieu des montagnes, elle adorait le fait que Zane la surprenne chaque semaine avec une nouvelle destination.

Ainsi, ils avaient passé leur dernier week-end en Californie afin qu'elle puisse voir l'océan Pacifique. Pendant deux jours, ils avaient joué sur la plage comme des enfants.

Les nuits leur appartenaient et Zane s'était donné pour mission de lui montrer mille et une façons de lui donner du plaisir. Il ne lui avait pas menti, son esprit renfermait bel et bien de nombreux fantasmes à propos d'Ellie. Des fantasmes dont la mise en pratique la faisait crier de plaisir.

Ellie avait atteint son objectif de prise de poids, alors elle essayait désormais de rester aussi active que possible. Tout comme à Rocky Springs, Zane possédait une piscine intérieure à Denver, lui permettant ainsi de nager tous les soirs, en plus de ses séances sur le tapis de course. Jusqu'à présent, son poids était stable. Si elle devait être tout à fait honnête, ses ébats amoureux avec Zane constituaient probablement la véritable raison de sa condition physique. Il l'avait emmenée dans tous ses restaurants préférés, tous absolument délicieux.

Zane refusait qu'elle lui rembourse l'argent qu'elle lui devait. De surcroît, il refusait de la laisser payer quoi que ce soit ou de garder une partie du salaire qu'il lui versait chaque mois. En réalité, il niait même l'existence d'une quelconque dette. Il s'agissait là de leur seul sujet de dispute.

Contrairement à certains couples, la télécommande de la télévision n'était jamais un sujet de discorde. Elle adorait regarder des reportages scientifiques avec lui, et Zane était devenu presque aussi accro qu'elle aux séries policières. Ils ne manquaient presque aucun épisode de *Supernatural*, et quand cela se produisait, ils ne tardaient pas à rattraper leur retard. Leurs goûts télévisuels et cinématographiques étaient très similaires.

Ce soir, Ellie l'avait laissé seul devant un documentaire pendant qu'elle emballait quelques produits dans son atelier. Elle mettait un point d'honneur à ce que ses commandes soient livrées à temps.

— Tu m'as manqué, dit Zane dans son dos.

Ellie l'avait entendu descendre l'escalier, mais elle ne s'attendait pas à sentir son corps contre le sien.

Elle sursauta et fit presque tomber les bougies qu'elle était en train d'emballer, mais Zane fut assez rapide pour saisir le carton avant qu'il ne tombe par terre.

Son cœur comme un tambour dans sa poitrine, Ellie se retourna dans les bras de Zane.

— Tu m'as fait peur, lui dit-elle en passant ses bras à son cou.

— Ce n'était pas intentionnel, dit-il d'un air contrit.

— Je sais. Ce n'est pas de ta faute. Je crois que j'ai encore des réactions que je ne peux pas contrôler, répondit-elle.

Ellie n'aimait pas que son cerveau rationnel soit parfois si déconnecté de son corps.

Zane la prit par la main et la guida jusqu'au canapé du coin TV. Il se laissa tomber au milieu de l'assise et prit Ellie sur ses genoux.

— Est-ce que tu veux en parler ?

Non ! Non, surtout pas.

Chaque fois qu'il s'agissait d'exprimer de vive voix les souvenirs de son expérience avec James, elle préférait agir comme s'il ne s'était jamais rien passé. Natalie ne la laissait jamais s'en tirer aussi facilement, et certaines de leurs séances étaient atrocement difficiles, mais Zane n'avait encore jamais insisté.

Ellie secoua la tête et répondit :

— Je ne sais pas. J'ai parfois l'impression d'avoir enfin réussi à tourner la page, mais de temps en temps, je sens encore que les cicatrices en moi ne sont pas tout à fait guéries. Je ne sais pas si je parviendrai un jour à tourner la page pour de bon. Je sais que James est mort, mais il est mort quand j'étais encore enfermée.

— Ce salaud a choisi la facilité. Il ne t'a pas laissée le temps de le voir devant un tribunal et de le voir payer pour ce qu'il a fait, remarqua Zane avec colère.

Elle hocha la tête.

— Exactement. C'est comme s'il n'avait jamais existé. J'étais soulagée de le savoir mort, mais une part de moi-même était également en colère. C'est étrange.

— Ce n'est pas étrange, ma chérie. Je pense que c'est parfaitement naturel de ressentir cela, souligna-t-il.

Ellie soupira en prenant conscience qu'elle ne se sentirait jamais aussi proche de quiconque autre que l'homme qui la réconfortait en ce moment même. Elle ne voulait pas lui fermer sa porte. Ce n'est du moins pas ce qu'elle souhaiterait s'il avait subi une épreuve aussi difficile.

— Je ne sais même pas par où commencer.

— Commence où tu le souhaites, lui dit-il avec bienveillance. Parle-moi des choses qui te hantent le plus.

— Le fait que je n'ai pas réussi à m'enfuir avec son ordinateur portable le jour où il m'a enlevée. Je pense souvent à ce que j'aurais pu faire différemment. Peut-être aurais-je pu sortir du bureau plus rapidement. Peut-être que je ne me suis pas suffisamment défendue, retenue par l'espoir de parvenir à le raisonner. Peut-être que je n'aurais tout simplement pas dû chercher à m'enfuir. J'aurais pu prétendre n'avoir rien vu jusqu'à ce que l'occasion de lui voler son ordinateur se présente. Il y a tant de choses que j'aurais pu faire différemment et qui auraient pu nous épargner bien des souffrances, à moi et à Chloé.

Zane caressa distraitement ses cheveux bouclés, puis il répondit :

— Tu as fait de ton mieux face une situation difficile. Toutes les alternatives que tu viens de citer auraient pu échouer.

— Peut-être, acquiesça-t-elle. Mais je n'en saurai jamais rien. Après cela, je n'ai plus jamais eu la possibilité de m'échapper. Je crois que j'étais inconsciente pendant une bonne partie du trajet jusqu'au chalet. Je ne savais donc absolument pas où nous étions. J'étais désorientée et il m'a ligotée avant même que je ne retrouve complètement mes esprits.

— À quelle fréquence venait-il au chalet ? Est-il parti immédiatement après t'y avoir conduit ? demanda-t-il.

Malheureusement, Ellie aurait bien aimé que James la laisse seule.

— Non. Il est resté toute la nuit pour me faire du mal. Chaque fois que j'essayais de dire quelque chose, il me frappait. Ce fut une très longue nuit.

Ellie sentit le corps de Zane se tendre lorsqu'il demanda :

— Est-ce lui qui t'a déshabillée ou bien est-ce que tu l'as fait toi-même ?

— Il a utilisé un couteau pour couper tout ce que je portais. C'était probablement une tactique pour me faire peur, et ce fut un franc succès. J'avais peur qu'il me viole, qu'il me tue, ou les deux, raconta-t-elle.

Elle prit une grande inspiration avant de reprendre :

— Il m'a déshabillée dès la première nuit. Quand il est parti le lendemain matin, j'étais déjà bien amochée.

— Bon Dieu ! Si seulement j'avais eu des soupçons plus tôt à son sujet, j'aurais pu le placer sous surveillance. Quand je suis rentré à Rocky Springs, convaincu que James était responsable de ta disparition, il était trop tard.

— Tu n'avais aucun moyen de le savoir, le rassura-t-elle en glissant sa main contre sa joue. J'ai juste beaucoup de chance que tu sois un génie, sinon je serais morte.

— Pourquoi n'a-t-il pas laissé davantage de nourriture ? Il y avait tout juste de quoi te maintenir en vie.

Ellie haussa les épaules.

— Je suppose qu'il voulait m'affaiblir. Et il prenait un plaisir sordide à m'entendre le supplier de me donner à boire et à manger. J'essayais de ne pas lui donner ce plaisir, mais quand j'étais au bord de l'évanouissement, il m'arrivait parfois de le faire. J'étais constamment assoiffée et affamée.

— Ce mec était un sadique, un moins que rien, grogna-t-il.

— Très sadique, concéda-t-elle avec tristesse. Et quand je le suppliais, je lui donnais exactement ce qu'il voulait.

— Non, Ellie. Tu n'as pas à t'en vouloir. Chaque fois qu'il te faisait du mal, c'était par vengeance d'avoir vu Chloé partir avec Gabe. Walker l'a tirée d'une situation difficile.

— Dieu merci, commenta-t-elle avec soulagement. James ne m'en a jamais parlé. Il n'arrêtait pas de dire qu'il était sur le point de l'épouser. Je me sentais impuissante, incapable d'aider mon amie.

— Tu étais inquiète pour elle. De son côté, Chloé faisait tout pour te retrouver. Je n'ai jamais vu Chloé aussi désemparée que lors de ta disparition. Je pense qu'elle est restée longtemps dans le déni, certaine de pouvoir te retrouver. Quand elle a compris qu'elle n'y arriverait pas, elle était détruite, confia Zane.

— Mais nous sommes toutes les deux heureuses désormais, remarqua-t-elle avec mélancolie. Je ne vais pas laisser un homme mort détruire nos vies.

Zane la serra fermement dans ses bras et Ellie appuya sa tête contre son épaule. Il la berça tendrement et dit :

— Je le sais bien. Bon Dieu ! Tu es la femme la plus courageuse que je connaisse. Et tu as réussi à tenir bon jusqu'à ce que je te retrouve.

Ellie sourit contre le tissu doux de son t-shirt.

— D'une certaine manière, je crois que j'ai passé ma vie à t'attendre.

— Plus maintenant, gronda-t-il. Plus jamais. Je veillerai à ce que tu n'es plus jamais à attendre pour quoi que ce soit.

— Mmmm...et la nuit dernière alors ? Je me souviens pourtant bien que tu m'as fait attendre, le contredit-elle.

En réalité, il l'avait rendue complètement folle avant de finalement la faire jouir.

Zane ricana.

— C'est une situation totalement différente. En l'occurrence, je crois que l'attente en valait la peine. N'est-ce pas ?

Ellie frémit en se remémorant l'explosion de plaisir ressentie lorsque Zane avait enfin cessé de la taquiner pour lui donner ce dont elle avait véritablement besoin.

— Ça en valait la peine, mais c'était complètement injuste, répliqua-t-elle avec une fausse acerbité. Je crois donc que c'est désormais à moi de *te* faire attendre.

Zane tira doucement sur les cheveux d'Ellie afin de voir son visage.

— Bébé, je pourrais attendre une éternité si c'était nécessaire.

La sincérité dans le ton de sa voix enveloppa Ellie de tendresse. Il prétendait ne pas être romantique, mais sa sincérité la touchait plus que n'importe quelle belle parole. Face à la douceur de ses yeux gris, elle se lécha les lèvres. Tout ce qu'il lui disait était honnête, chacun de ses commentaires était sincère. Son corps l'implorait de s'emparer de cet homme et de savourer sa présence pour le restant de sa vie.

Zane était unique. Et il était rien que pour elle.

— Je dois préparer mes commandes, dit-elle d'une voix faible.

— Je suis venu t'aider, indiqua-t-il. Je viens aussi de recevoir des photos de la part de Chloé.

Ellie se redressa vivement et commença à le palper à la recherche de son téléphone.

— Laisse-moi voir, insista-t-elle avec enthousiasme en glissant ses mains contre les poches de son pantalon.

Zane saisit les poignets d'Ellie pour contenir ses mains baladeuses.

— On se calme, femme. Si tu n'arrêtes pas immédiatement, tu vas finir par trouver quelque chose de bien plus imposant que ce que tu cherches, la prévint-il d'une voix rauque.

— Ou alors je vais trouver exactement ce que je veux, répliqua-t-elle d'une voix lubrique.

— Combien de temps nous faut-il pour préparer ces commandes ? demanda-t-il avec désespoir.

— Ce sera fait en un rien de temps. Mais puis-je voir Chloé ? demanda-t-elle.

Ellie chérissait chaque photo de sa meilleure amie.

De temps en temps, Chloé lui envoyait une vidéo. Elle semblait si heureuse.

— Où est-elle ?

Zane fourra sa main dans la poche de son pantalon, puis il en sortit son téléphone portable.

— Ils sont aux Bahamas. C'est leur dernière destination. Nous pouvons rentrer à Rocky Springs ce week-end. D'ici là, ils seront de retour. Je suis désolé de ne pas avoir pu te prévenir plus tôt. D'après Gabe, ils ont tous les deux le mal du pays et sont impatients de rentrer.

Zane lui montra le dernier message de Chloé qui était accompagné d'une photo. Ellie sourit de toutes ses dents en découvrant son amie en compagnie de Gabe, un homme qu'elle ne connaissait encore pas beaucoup. Ils s'étaient croisés à plusieurs reprises, mais à chaque fois qu'elle voyait une photo de lui avec Chloé, elle l'appréciait de plus en plus. Il était clair que Gabe la rendait heureuse, et rien que pour cela, Ellie l'adorait déjà.

Le couple était souriant, cocktail coloré en main, comme s'ils portaient un toast au monde qu'ils venaient de découvrir. Le sourire de Chloé était sincère et contagieux, un grand sourire qui faisait briller ses yeux de joie. Le bras de Gabe était enroulé autour des épaules de sa femme et son visage était égayé comme si rien au monde ne pouvait perturber son bonheur.

— Il suffit de les regarder pour comprendre à quel point ils s'aiment.

— Et c'est encore plus évident en personne, crois-moi, précisa Zane d'un air amusé.

— Je n'arrive pas à croire que je vais enfin la revoir. J'ai l'impression que nous avons passé toute une vie sans nous voir. Il s'est passé tellement de choses.

— Hé, tu n'es pas nerveuse, n'est-ce pas ? demanda-t-il en plaçant ses doigts sous son menton pour l'inciter à le regarder dans les yeux.

— Un peu. Je ne voudrais pas gâcher son bonheur.

— Bon sang, Ellie. Tu ne sais donc pas à quel point elle t'aime ? Pour Chloé, tu es la pièce manquante du puzzle. Tu es tout ce qui manque à sa vie pour qu'elle soit entièrement comblée. Tu lui manques profondément et elle essaie vainement de faire son deuil alors que tu es vivante. Si quelqu'un doit avoir peur ici, c'est bien moi. Quand elle apprendra que je ne lui ai pas dit la vérité, elle va me tuer. Gabe va probablement avoir des ennuis aussi.

— Est-ce qu'il est au courant ? demanda-t-elle avec curiosité.

— Blake est son meilleur ami. Je pense donc qu'il est au courant, mais il a probablement pris la décision de ne pas en parler à Chloé. Elle me harcèle tous les jours à ton sujet. Je suis bien content qu'elle rentre à la maison. J'ai de plus en plus de mal à prétendre que la situation est désespérée. J'ai vraiment horreur de lui mentir.

Ellie sentit les larmes lui monter aux yeux à l'idée de revoir Chloé après tout ce temps.

— Je te préviens tout de suite, je vais certainement pleurer, mais ce seront des larmes de joie.

— Je m'y attendais, dit-il. Mais ne pleure pas tout de suite. Nous avons des projets pour la soirée, répondit-il avec un sourire diabolique.

Il lui arracha le téléphone des mains, se leva, puis il aida Ellie à se lever.

— Oui. Je dois préparer ces commandes, dit-elle en lui tournant le dos pour retourner en direction de son atelier.

Zane la retint en glissant un bras autour de sa taille, puis il la souleva par-dessus son épaule comme un sac de pommes de terre.

— Je m'en occuperai demain matin.

Ellie se retrouva tête en bas dans une position peu flatteuse.

— Repose-moi. Tu dois monter l'escalier, cria-t-elle d'une voix à la fois amusée et apeurée.

Elle craignait qu'il ne se blesse.

Zane grimpa rapidement les marches sans effort tout en ignorant les faibles coups qu'elle lui donna dans le dos pour l'inciter à la reposer.

Ellie cessa de lutter lorsqu'ils arrivèrent dans la chambre, déjà impatiente de sentir ses mains sur son corps.

Le lendemain matin, fidèle à sa parole, Zane se leva tôt pour préparer les commandes d'Ellie. Il chargea ensuite les cartons à l'arrière de son véhicule afin de les déposer au bureau de poste avant d'aller travailler.

Ellie ne fut pas surprise. Elle savait désormais qu'il ne prenait jamais rien à la légère. Pour un homme qui se disait peu romantique, il était pourtant très attentionné. Pour Ellie, le fait qu'il se soucie tant d'elle était particulièrement grisant et ses actes étaient incroyablement romantiques.

Chapitre 13

Le printemps pointait le bout de son nez. Dans le Colorado, cela signifiait que personne ne savait jamais vraiment s'il fallait opter pour un t-shirt ou bien pour un manteau épais.

Ce jour-là, à Rocky Springs, Gabe Walker était vêtu d'un t-shirt ainsi que d'un jean. Son épouse était habillée de façon similaire. Tous deux étaient assis par terre et contemplaient l'eau ruisselante d'une petite crique qui traversait la propriété de Gabe.

— Ça fait du bien d'être de retour, soupira Chloé. Ce voyage était incroyable, mais ma famille et notre maison m'ont manqué.

Gabe était à peu près sûr que les chevaux lui manquaient tout autant que sa propre famille, mais il ne fit pas de commentaire à ce sujet. Son esprit était trop préoccupé pour plaisanter. Il était terrifié à l'idée d'ériger un mur entre lui et la femme qu'il aimait plus que tout au monde.

Chloé s'était remise des souffrances émotionnelles que James lui avait infligées, mais ses blessures étaient profondes et il ne voulait certainement pas les rouvrir.

Peut-être que j'aurais dû lui en parler.

Il y avait pourtant longuement réfléchi, mais plusieurs raisons l'avaient poussé à ne rien dire. Gabe lui avait annoncé que James s'était suicidé, sachant que Chloé était suffisamment forte pour entendre cela.

Mais il avait gardé pour lui l'information la plus importante au monde pour elle : sa meilleure amie est saine et sauve.

— Chloé, j'ai quelque chose à te dire, et j'espère que tu sauras me pardonner, lança-t-il avec hésitation.

Elle tourna vivement la tête dans sa direction et le regarda avec inquiétude.

— Est-ce que tout va bien ?

— Tout va bien. Tout va même très bien. Mais j'ai une nouvelle à t'annoncer.

Le visage inquiet de Chloé se décomposa littéralement.

— À propos d'Ellie ?

Gabe déglutit difficilement et hocha la tête.

— Son corps a-t-il été retrouvé ?

Le chagrin dans la voix de son épouse lui brisa le cœur.

— Oui et non, répondit-il en regrettant aussitôt cette réponse horriblement évasive.

Il devait cracher le morceau et cesser de faire souffrir sa femme anxieuse.

— Chloé, elle est vivante. Zane l'a retrouvée.

— Oh mon Dieu ! Est-ce qu'elle va bien ? Où est-elle ? demanda Chloé en se levant comme si ses fesses étaient en feu. J'ai besoin de la voir, Gabe.

Il posa ses mains sur ses épaules afin de l'empêcher de bondir sur le dos de sa jument et de partir au galop pour aller retrouver son amie. Tous deux étaient arrivés ici à cheval, où Gabe avait choisi de s'arrêter afin de lui annoncer la nouvelle.

— Écoute-moi, ma chérie. Elle va bien. Elle est avec Zane, mais ils ne seront pas là avant cet après-midi. Ils arrivent de Denver.

Chloé regarda Gabe avec un froncement de sourcils.

— Mais où était-elle pendant tout ce temps ?

Il s'agissait là de l'une des questions les plus difficiles auxquelles Gabe ait jamais eu à répondre.

— Elle a été enlevée par James qui l'a enfermée dans une cabane de chasseur isolée. Elle était plutôt mal en point quand Zane l'a retrouvée. S'il était arrivé plus tard, Ellie ne s'en serait peut-être pas sorti.

— Mais James est mort depuis des mois, songea-t-elle en sentant l'agacement croître en elle.

— Zane l'a retrouvée peu de temps après notre départ en voyage, avoua-t-il enfin.

— Il ne m'en a jamais parlé. En réalité, il m'a même menti, se souvint-elle d'un air profondément blessé.

— Je sais. Nous t'avons tous menti. C'est Blake qui me l'a annoncé, mais je savais que tu avais besoin de temps pour guérir. Et surtout, Ellie ne voulait pas qu'on te prévienne.

— Pourquoi ? demanda-t-elle avec des sanglots dans la voix. Ellie est ma meilleure amie.

Gabe hocha la tête.

— Et c'est la raison pour laquelle Ellie ne voulait pas que tu sois mise au courant. Elle était très affaiblie et elle ne voulait surtout pas que tu te sentes responsable de ce qui lui est arrivé.

Chloé agita ses épaules pour se débarrasser des mains de Gabe.

— Ça lui ressemble bien…inquiète pour tout le monde, mais jamais pour elle-même. Vous étiez tous au courant. Il vous suffisait de m'en parler. Bon Dieu, elle avait besoin de moi. Elle avait besoin de mon aide.

— Zane a pris soin d'elle, Chloé. Elle n'a manqué de rien.

— Ça n'a pas d'importance. Vous auriez dû m'en parler. Gabe, tu m'as laissé croire qu'elle était morte ! Comment as-tu pu faire une chose pareille? Sais-tu à quel point j'étais affectée par sa disparition ?

— Oui. Mais je ne voulais pas que tu t'en veuilles.

Chloé lui tourna le dos et s'appuya contre un arbre.

— Bien évidemment que je m'en veux. C'est moi qui l'ai encouragée à travailler avec James. Je l'ai envoyée directement dans la gueule du loup, dit-elle.

Chloé inspira profondément avant d'ajouter plus calmement :

— Raconte-moi toute l'histoire.

Ses yeux rivés sur le dos de sa femme, Gabe lui expliqua tout ce qu'il savait. Chloé l'écouta attentivement, mais elle resta muette.

Lorsqu'il lui eut donné tous les détails à sa connaissance, elle se retourna et le regarda avec chagrin et déception.

— Tu as donc décidé que la pauvre petite Chloé n'était pas assez forte pour affronter la vérité.

— Nous avons tous jugé préférable de ne pas t'infliger ça, chérie, oui.

— Que craignais-tu ? Croyais-tu que j'allais m'effondrer ? Non, j'aurais été profondément heureuse, bon sang !

— Oui. Mais tu avais déjà suffisamment de choses à gérer. Je ne voulais pas que tu sois hantée par l'état physique d'Ellie. Et ce n'est pas ce qu'elle voulait non plus.

— Tu es mon mari, Gabe. J'ai une confiance aveugle en toi.

— Penses-tu que je ne le sais pas ? Crois-tu que c'était facile pour moi de te mentir ? Oui, je l'ai fait pour te laisser le temps de guérir, mais je l'ai aussi fait pour respecter les souhaits d'Ellie. Elle ne voulait pas que tu rentres à Rocky Springs pour t'occuper d'elle alors que tu avais tes propres blessures à soigner.

Frustrée et horrifiée, Chloé glissa ses mains sur son visage.

— Oh mon Dieu. Elle a vu ces horribles vidéos.

— Ça n'a pas d'importance. Ellie est ta meilleure amie, dit-il.

Ces vidéos n'avaient été visionnées que par une poignée de personnes dont Gabe faisait partie. Il essaya d'ignorer la colère accablante qu'il ressentait pour un homme désormais mort, puis il se concentra uniquement sur Chloé.

— Tout cela lui est arrivé parce qu'elle essayait de m'aider. Comment vivre avec une chose pareille sur la conscience ? Et comment vous pardonner de ne pas m'avoir dit qu'elle était vivante ? dit-elle d'une voix serrée et désemparée.

Gabe s'approcha d'elle, mais Chloé fit un pas en arrière, ce qui lui brisa le cœur.

— Tu vas devoir me pardonner, ma chérie. Et tu vas devoir pardonner à ta famille. Nous savions tous que tu étais assez forte pour faire face à la réalité, mais tu devais te concentrer sur toi-même.

Tu devais être ta propre priorité, et je ne m'excuserai pas d'avoir fait passer tes besoins en premier. Tu avais besoin de quitter Rocky Springs, tout comme Ellie a eu besoin de partir d'ici pendant quelque temps, expliqua-t-il.

Son cœur martelait contre sa paroi thoracique lorsqu'il ajouta :

— Sans toi, je n'ai aucune raison d'être, Chloé. Il faut que tu me pardonnes parce que je ne peux plus vivre sans toi.

— Je suis incapable de t'en vouloir, lui dit-elle avec colère.

Gabe eut envie de sourire, mais il se retint.

— Si tu avais dû prendre une telle décision, chérie, tu aurais fait exactement la même chose que moi. Tu aurais d'abord pensé à me protéger.

Chloé le regarda pensivement pendant un instant.

— Honnêtement, je ne sais pas ce que j'aurais fait à ta place, mais j'aurais eu beaucoup de mal à te mentir.

— Techniquement, je n'ai pas vraiment menti. J'ai juste gardé la vérité pour moi, se défendit-il.

Cet argument était lamentable, mais à ce stade, il était prêt à tout.

Chloé posa ses mains sur ses hanches et lui lança un regard agacé.

— Je ne pense pas qu'il y ait une grande différence.

Gabe poussa un soupir frustré.

— Je ne voulais pas le faire, Chloé. Mais si je devais recommencer, alors je ne changerais rien. Oui, je cherchais à te protéger. Je t'aime plus que tout au monde. Je ferais n'importe quoi pour continuer à te voir aussi heureuse que tu l'as été ces derniers mois.

Une larme coula sur la joue de Chloé, et cette minuscule gouttelette fut tout ce qu'il fallut pour mettre Gabe à genoux.

— Je n'arrive pas à croire qu'elle soit vivante, ajouta-t-elle avec hésitation, ses larmes coulants désormais pour de bon.

Gabe sentit son téléphone portable vibrer et le sortit de sa poche.

— Non seulement elle est vivante, mais elle est de retour à Rocky Springs. Zane me dit qu'ils viennent d'atterrir et qu'ils vont chez lui.

Chloé fut prise de sanglots sincères et douloureux qui provenaient du plus profond d'elle-même.

Gabe ouvrit ses bras et retint son souffle en la voyant hésiter, mais elle courut finalement dans sa direction pour se jeter contre lui. Il referma ses bras autour d'elle et la serra contre son corps en comprenant qu'elle lui avait déjà pardonné et que tout allait rentrer dans l'ordre. Tout en la tenant fermement contre lui, bien conscient que Chloé était tout pour lui, il se jura de ne plus jamais prendre le risque de la perdre. Pour elle, Gabe était un livre ouvert. Chloé savait tout de lui et connaissait tous ses secrets. À partir d'aujourd'hui, et maintenant qu'elle était plus forte, Gabe ne lui cacherait plus jamais rien.

Zane gara son véhicule dans le garage de sa maison de Rocky Springs, son estomac noué par l'appréhension. Gabe était déjà au courant de leur retour et il ne doutait pas que sa petite sœur et son mari viendraient leur rendre visite dans les prochaines heures. En réalité, ils avaient même convenu d'une heure de rencontre, en début de soirée. Bon sang, il savait déjà qu'Ellie fondrait en larmes, et il n'aimait pas la voir pleurer, quelle qu'en soit la raison. Bon. D'accord. Peut-être s'agirait-il de larmes de bonheur, mais Ellie et Chloé seraient bien obligées d'évoquer ce qu'elles avaient vécu.

Il inspira profondément, coupa le contact de sa voiture et referma la porte du garage. Ce fut une journée étrange. D'abord, Elena avait été portée disparue. Sean s'était empressé de contacter Zane pour l'accuser d'être responsable de son absence.

Il avait alors eu droit à une diatribe sans queue ni tête, mais sachant combien Sean était attaché à Elena, Zane s'était contenté de l'écouter avant de lui expliquer calmement qu'elle serait très certainement bientôt de retour.

Sean ne voulait rien entendre. Le pauvre homme semblait désemparé.

Il est probable qu'elle se soit trouvé un mec plus riche que lui.

Pour le poste occupé par Sean, Zane le payait très généreusement. Malheureusement, il avait habitué Elena à vivre dans le luxe, un luxe au-delà de ses moyens. Il ne pouvait probablement pas suivre les exigences d'une femme comme elle sans finir sur la paille.

Zane essaya de balayer cette étrange conversation avec Sean de son esprit, puis il sourit à Ellie.

Elle lui rendit un sourire hésitant.

Elle est nerveuse.

Zane déverrouilla la porte d'entrée, puis s'enfonça dans la maison avec Ellie. Ils arrivèrent dans la cuisine qui était plus immaculée que jamais, puis ils jetèrent un coup d'œil au salon.

— Oh mon Dieu. La maison est impeccable. Qu'est-ce que tu as fait ? demanda-t-elle d'un ton sensiblement impressionné.

Ellie avait fait beaucoup de rangement avant leur départ, mais pas à ce point-là. Zane avait le sentiment qu'elle n'avait tout simplement pas voulu fouiller dans ses affaires personnelles, ni trop intervenir sur la décoration de sa maison, alors il l'avait fait lui-même.

L'intérieur était parsemé de plusieurs bouquets de fleurs fraîches, une demande sur laquelle Zane avait insisté pour le retour d'Ellie. Les stocks de matières premières destinées à ses produits d'aromathérapie avaient été renouvelés et proprement rangés dans une pièce prévue à cet effet. Il n'y avait pas le moindre grain de poussière sur le sol. La décoratrice qu'il avait embauchée avait opté pour une décoration plus légère et lumineuse pour tout le rez-de-chaussée. Bien que très différent de l'ancienne décoration plus lourde et traditionnelle, il s'agissait là d'un style contemporain qui correspondait parfaitement à Ellie.

Et s'il devait être tout à fait honnête, Zane appréciait le changement. Lors de la construction de la maison, il n'avait donné aucune indication particulière concernant ce qu'il voulait pour son intérieur. À l'époque, il était plus intéressé par l'architecture, par la disposition des différentes pièces et surtout par l'aspect pratique du logement.

Il avait dit à la décoratrice initiale de veiller à ce que l'intérieur soit fonctionnel, ce qu'elle avait fait à merveille. Supposant probablement que cela plairait à un homme riche, elle avait également choisi un mobilier coûteux, massif et couvert d'ornements.

— Oh mon Dieu. Qu'est-ce que tu as fait ? répéta-t-elle avec émerveillement en tournant sur elle-même, comme pour essayer d'assimiler son nouvel environnement.

Ellie écarquilla les yeux en entrant dans le salon.

— Mes photos sont ici, remarqua-elle. Et même certains de mes vieux coussins.

Zane était au courant de tout cela. Il avait demandé à la décoratrice d'utiliser certaines de ses affaires avant que le reste ne soit stocké.

— Qu'est-ce que tu en penses ?

Ellie resta bouche bée en découvrant la série de photos suspendues au-dessus du canapé.

— C'est nous, s'exclama-t-elle en s'approchant pour mieux voir les photos.

Sans lâcher la main de Zane, Ellie le traîna derrière elle. Face au mur décoré, il hocha la tête, satisfait du résultat final. Chaque photo était parfaitement encadrée et la disposition des cadres donnait une impression de naturel.

— Je sais, répondit-il enfin. J'ai rassemblé toutes les photos que j'ai prises ces dernières semaines et j'ai demandé à ce qu'elles soient utilisées pour la décoration de ce mur.

Ellie se tourna enfin vers lui et le regarda d'un air interrogateur.

— Pourquoi ?

Zane haussa les épaules.

— Parce que tu étais toujours inquiète de ne pas avoir ton chez-toi. Je veux que ma maison soit ton chez-toi. Notre chez-nous. Je voulais que tes affaires se mélangent aux miennes puisque je ne suis pas le seul à vivre ici. Nous habitons ici ensemble, expliqua-t-il.

Zane inspira profondément avant de poser une question dont il redoutait la réponse.

— Ça ne te plaît pas ?

— C'est parfait, répondit-elle d'une voix tremblante. Cela fait de nous des êtres très...proches.

C'est précisément ce qu'il voulait. Il voulait lier sa vie à la sienne afin qu'Ellie ne veuille plus jamais partir.

— Je sais. C'est ce qui me plaît. Je t'avais bien dit que ce n'était pas une simple aventure pour moi, Ellie. Je veux que tu te sentes ici chez nous. Je veux sentir ton parfum dans toutes les pièces de cette maison. Je veux voir tes affaires à côté des miennes. Bon sang, j'aimerais pouvoir t'attacher à notre lit pour que tu ne puisses plus jamais partir.

Ellie le regarda, ses yeux bleus étincelants emplis de larmes.

— C'est aussi ce que je veux. Je n'arrive pas à croire que tu aies fait tout ça pour moi.

— Je l'ai aussi fait pour moi, avoua-t-il. Je suis un salaud égoïste qui veut veiller à ce que tu aies toutes les raisons de te sentir ici chez toi. Je veux que tu restes.

Émue, Ellie se jeta dans ses bras. Zane l'attrapa avec bonheur.

— Comment peux-tu croire que je voudrais partir, lui dit-elle avec stupeur. Attache-moi à ton lit. Je serais ravie de ne plus en bouger.

— Je ne plaisantais pas, lui dit-il. Mais jamais je ne te ligoterais, Ellie. Pas après ce que tu as vécu.

Bon Dieu ! En réalité, Zane fantasmait à l'idée d'avoir Ellie à sa merci, mais il s'agissait d'un fantasme qu'il ne souhaitait pas réaliser. Il allait donc devoir réprimer son instinct d'homme des cavernes.

Sexuellement, Ellie était prête à tout essayer. À vrai dire, le désir qu'elle manifestait pour lui le rendait dingue. Au lit, en plus d'être une véritable aventurière, elle était aussi dotée d'une grande imagination. Zane refusait néanmoins d'essayer le bondage.

— Zane, murmura-t-elle contre son oreille. Je te fais confiance. Si l'idée de m'attacher t'excite, alors je sais que la mise en pratique m'excitera aussi. Je te le garantis.

— Non, répondit-il simplement.

Il enroula fermement ses bras autour de sa taille.

Ellie lui offrit un sourire sensuel.

— Je croyais pourtant que tu aimais mettre en pratique tes fantasmes érotiques.

— En effet. Mais pas celui-là. Et arrête de me regarder comme ça, dit-il en poussant un soupir très masculin.

— Et comment est-ce que je te regarde ? demanda-t-elle innocemment.

Bon sang ! Elle était en réalité loin d'être innocente. Ce regard charnel et torride fonctionnait systématiquement sur lui.

Chapitre 14

Ellie prit la main de Zane dans la sienne et le guida jusqu'à la chambre d'un pas déterminé. Elle était profondément touchée par tout ce qu'il avait fait dans la maison pour qu'elle s'y sente chez elle.

Et elle refusait d'être paralysée par son passé. Sexuellement, tout ce que Zane lui avait fait jusqu'à présent avait été orgasmique. Elle ne voulait certainement pas refuser de s'amuser avec lui simplement parce qu'elle avait été la prisonnière d'un monstre.

Il s'agissait ici de Zane.

Un homme qui tenait à elle. Un homme...qu'elle aimait.

Voilà ! C'est dit. Elle l'aime.

Ellie ne saurait trop dire à quel moment cette simple amourette d'adolescence s'était transformée en cet amour qui animait aujourd'hui son âme. Toutefois, elle savait que la transition n'avait pas pris bien longtemps. La confiance qu'elle avait en lui était totale, son amour sans fin. Et aujourd'hui, elle voulait le prouver en lui offrant un contrôle total sur son corps ainsi que sur son cœur.

Si elle ne parvenait pas à lui avouer ses sentiments avec des mots, alors le ferait avec des actes.

— Ellie, je me fous de savoir si c'est excitant ou non, je ne peux pas le faire, grogna-t-il en entrant dans la chambre avec elle.

— Pourquoi ? demanda-t-elle avant de retirer la chemise légère qu'elle portait.

Elle s'empressa ensuite de retirer son soutien-gorge. Zane resta muet, mais elle pouvait sentir son regard lui caresser le corps. Ellie enleva son jean et sa culotte, pas du tout timide une fois complètement nue devant lui. Cela faisait des semaines qu'elle ne se sentait plus timide devant Zane. Il connaissait son corps par cœur. Il connaissait chaque cicatrice. Chaque imperfection. Et il semblait aimer ce corps exactement tel qu'il était.

D'un pas nonchalant, elle se dirigea vers le placard d'où elle sortit une cravate couleur crème et bleu marine qu'elle n'avait encore jamais vue portée par Zane, puis elle la lui tendit.

— Fais-le. Tu sais que tu en as envie, dit-elle.

Zane aimait être aux commandes, et elle était prête à les lui donner.

Elle s'allongea sur le lit, leva les bras au-dessus de sa tête et agrippa deux des barreaux qui constituaient la tête de lit.

— Ellie, dit-il dangereusement en commençant à se déshabiller lentement.

Il semblait néanmoins quelque peu déstabilisé.

— Je n'aurai jamais peur de ce que tu me fais, dit-elle.

En réalité, elle mourrait d'envie de le toucher en le voyant révéler son corps puissant.

Son regard, d'abord rivé sur son buste sculpté, fut ensuite attiré par une verge très excitée. Tout comme Ellie, Zane était désormais entièrement nu.

Il ne la quitta pas des yeux un seul instant et, face à la position provocante d'Ellie, son regard devint de plus en plus sombre. Il monta alors sur le lit. Avant de se déshabiller, Zane avait jeté la cravate à côté d'elle, mais il la récupéra et se positionna au-dessus d'Ellie.

— Tu es excité, remarqua-t-elle.

— Bon Dieu, Ell ! Avec toi, il suffit d'un rien pour m'exciter. Il me suffit de penser à toi pour être prêt à passer à l'action, lui dit-il. Je n'ai pas besoin de t'attacher à mon lit.

— J'aimerais pourtant que tu le fasses, l'encouragea-t-elle. Je sais ce que c'est que d'être ligotée par un homme dangereux. Et ce n'est pas le souvenir que je souhaite garder.

Zane était illisible, mais il sembla réfléchir à ce qu'elle venait de lui dire. Ils se regardèrent dans les yeux. Ellie essaya de lui communiquer ses sentiments en silence.

Soudain, il se pencha en avant, noua la cravate autour de ses poignets et attacha le tout à la tête de lit.

— Au moindre regard effrayé, au moindre sursaut, j'arrête tout, lui dit-il en la dévorant du regard.

— Je n'ai pas peur, Zane. Je suis excitée, précisa-t-elle.

Il y avait quelque chose de libérateur dans le fait de ne pas avoir à prendre la moindre décision dans cet acte. Elle était à sa merci et prête à être satisfaite.

Il se pencha sur elle en prenant appui sur ses mains, puis murmura :

— Tu es sur le point d'être encore plus excitée, prévint-il.

— Ne me fais pas attendre, le supplia-t-elle.

Zane l'embrassa, l'empêchant ainsi de parler. Comme un combustible, son baiser attisa la flamme qui brûlait déjà entre eux.

Instinctivement, Ellie voulut enrouler ses bras autour de son cou, mais elle tira vainement sur ses liens.

Lorsqu'il cessa de l'embrasser pour glisser sa langue le long de son cou, puis sur sa poitrine, elle était déjà sur le point de perdre la raison.

— S'il te plaît, le supplia-t-elle. Prends-moi.

Zane releva brièvement la tête afin de lui répondre :

— J'aime quand tu me demandes ça. J'aime te savoir impatiente de me sentir en toi.

— Je suis plus qu'impatiente, gémit-elle tout en enroulant ses doigts autour de la cravate qui retenait ses bras.

Il mordilla et lécha ses mamelons. Ellie se tortilla douloureusement, accablée par le désir de sentir tout ce qu'il avait à offrir.

En sentant les lèvres de Zane sur son ventre, elle frémit et souleva son bassin pour exprimer son envie sans parvenir à la verbaliser.

Alors qu'elle était sur le point de crier sa frustration, Zane ajusta sa position et lui écarta les jambes, son visage désormais entre ses cuisses.

— Dis que tu as envie de moi, Ellie. Dis-le, exigea-t-il.

Sa bouche était si près de sa vulve qu'elle pouvait sentir la chaleur de son souffle contre son clitoris.

— J'ai besoin de toi. Je t'en prie, Zane.

— De quoi as-tu besoin ?

— J'ai besoin que tu me fasses jouir. Tout de suite, insista-t-elle.

Ellie mourrait d'envie d'empoigner ses cheveux et de le contraindre à enfouir sa langue entre ses cuisses, mais elle en était dans l'incapacité. Son corps se mit à trembler, puis elle sentit la langue de Zane glisser lentement sur son sexe. Il agrippa ses cuisses et les releva afin d'avoir un meilleur accès entre ses cuisses, et même entre ses fesses.

En sentant sa langue contre son clitoris, Ellie fut prise de spasmes. Le plaisir qu'elle ressentait était douloureusement intense.

Sa bouche la dévorait, sa langue l'explorait. Elle gémit de plaisir en sentant la pression sur son clitoris croître en intensité.

— Oui. Oui, s'il te plaît. Continue, l'implora-t-elle d'une voix qu'elle-même avait du mal à reconnaître.

À l›instant même où elle était sur le point de jouir, Zane glissa deux doigts en elle et les bougea au rythme de ses coups de langue.

Ellie sentit tous les muscles de son corps se raidir, puis la boule de plaisir éclata en elle. Elle se laissa alors porter par les multiples vagues d'extase qui l'envahirent.

Son orgasme était puissant et incontrôlable.

— Zane ! hurla-t-elle en tirant sur la cravate attachée à la tête de lit.

Il veilla à faire durer cet orgasme aussi longtemps que possible tout en se délectant de son nectar comme un homme assoiffé.

Après la tempête, les membres inférieurs d'Ellie étaient encore tremblants. Zane releva la tête et la regarda dans les yeux.

— Doux Jésus, Ellie ! Tu es..., commença-t-il à dire, comme s'il cherchait ses mots.

— À moi, conclut-il avec joie.

Ellie essaya tant bien que mal de reprendre son souffle.

— Dans ce cas, prends ce qui t'appartient, haleta-t-elle. S'il te plaît, ajouta Ellie, désireuse de le sentir en elle.

Le regard de Zane était sauvage et territorial. Il se redressa, lui détacha les mains et la retourna pour l'inciter à se mettre à quatre pattes. Surprise, elle s'exécuta en comprenant qu'il souhaitait la prendre de la manière la plus primitive qui soit. Ils n'avaient encore jamais fait cela. Zane préférait généralement voir son visage pour la regarder jouir.

Il poussa un grognement et lui gifla vigoureusement les fesses.

— Voilà ce qui se passe quand tu me pousses à bout, Ellie, dit-il en écrasant sa main une fois de plus sur ses fesses avant de les caresser avec convoitise.

Après ces quelques caresses érotiques, il se présenta à l'entrée de son vagin.

Ellie poussa un gémissement lorsqu'il la pénétra enfin par derrière, s'enfouissant en elle de toute sa longueur. La sensation était si excitante qu'elle ne put s'empêcher de crier de plaisir.

Elle agrippa les draps lorsque Zane la prit par les hanches pour ne montrer aucune pitié. Il la pénétra, encore et encore, le tout en la tirant contre lui à chaque coup de reins.

— Oh mon Dieu, Zane ! Oui ! cria-t-elle.

Cette position lui permettait d'être profondément en elle. Ellie savait que Zane était actuellement tout aussi envoûté qu'elle par leur accouplement. Elle sentait la sueur se former sur sa peau. Une vague de chaleur s'empara de toute son anatomie, comme si elle brûlait de l'intérieur. Le claquement de leur chair et le bruit de leurs respirations haletantes emplissaient la chambre.

— Plus fort, gémit-elle.

— À vos ordres, grogna-t-il.

— Oui, cria-t-elle en poussant ses fesses en arrière.

Son désir pour lui était si intense que seul un coït bestial pouvait la satisfaire.

— Dis que tu es à *moi*, Ellie. Dis-moi que tu ne partiras jamais, gronda-t-il en resserrant sa prise sur ses hanches pour plus d'intensité, lui offrant ainsi précisément ce qu'elle réclamait.

Dans son désir de la réconforter et de l'aider dans sa convalescence, Zane avait lui-même souffert en silence.

— Je n'irai nulle part. Je ne te quitterai plus, répondit-elle pour essayer d'apaiser sa plus grande crainte.

Il a peur. Il a peur de me perdre une fois de plus.

Ce n'était pas une peur rationnelle, mais Ellie était bien placée pour savoir que nos préoccupations n'ont bien souvent aucun sens.

Elle implosa à l'instant même où elle sentit les doigts de Zane se poser sur son clitoris.

— Jouis pour moi, Ellie. Je ne peux plus attendre, insista-t-il d'une voix rauque.

Il n'avait pas besoin d'en dire plus. Zane sentit les parois de son vagin se contracter autour de sa verge en spasmes incontrôlables, lui indiquant qu'elle était emportée par un orgasme dévastateur.

— Bon sang ! Il n'existe pas de meilleure sensation que de te sentir jouir autour de moi, grogna Zane.

Vidée de son énergie, Ellie s'effondra et prit appui sur ses coudes. Et alors qu'elle était encore au sommet de son orgasme, Zane se vida au fond d'elle en poussant un grognement tourmenté.

Il se pencha ensuite en avant pour embrasser l'arrière de sa tête, puis les deux côtés de son visage, puis il appuya son front contre son dos. Ellie pouvait entendre et sentir sa respiration difficile, elle pouvait sentir son souffle chaud contre sa peau ainsi que les mouvements rapides et réguliers de sa cage thoracique contre son corps.

Ellie s'écroula pour de bon et Zane se laissa tomber à côté d'elle. Lorsqu'elle retrouva enfin l'usage de la parole, elle murmura :

— J'ai chaud.

— C'est surprenant, plaisanta-t-il en posant délicatement sa main sur les cheveux d'Ellie.

— Arrête de me taquiner, répondit-elle en lui donnant une tape sur le bras. Je transpire comme une cochonne.

— Moi aussi, reconnut-il avant de se lever. Allons-y.

Ellie secoua la tête.

— Tu m'as épuisée. J'ai besoin de quelques minutes pour récupérer.

Sans rien dire de plus, Zane la souleva dans ses bras et la porta jusqu'à la grande salle qui abritait sa piscine intérieure. Lentement

– afin de ne pas brusquer son organisme en surchauffe –, il entra dans l'eau tout en serrant le corps nu d'Ellie contre le sien.

Elle put alors poser ses pieds sur le fond carrelé de la piscine. Zane lui prit délicatement les mains afin d'examiner ses poignets.

— Dieu merci. Il n'y a pas de traces, marmonna-t-il avant de poser tendrement ses mains sur les fesses d'Ellie. Mais tes fesses sont un peu rouges, ajouta-t-il.

Zane ne se sentait pas particulièrement coupable d'avoir laissé une marque de son passage.

Elle passa ses bras à son cou et dit :

— Ça en valait la peine. Je n'ai jamais eu un tel orgasme.

Un grand sourire de soulagement égaya le visage de Zane.

— Je ne voulais pas te faire mal, Ell. Merci de me faire autant confiance.

— Je sais que tu ne me ferais jamais de mal volontairement, dit-elle en lui caressant la mâchoire.

— Je ne veux jamais te faire de mal, même de façon involontaire, répliqua-t-il en resserrant ses bras autour de sa taille.

Il baissa ensuite la tête pour l'embrasser.

Contrairement à la sauvagerie de leurs ébats amoureux, son baiser était doux et tendre, comme pour affirmer combien il souhaitait la chérir. Le cœur d'Ellie fondit en sentant les lèvres de Zane caresser les siennes.

Quand il releva la tête, elle poussa un soupir et appuya son visage contre son torse. L'eau qui enveloppait leurs corps les rafraîchissait progressivement.

— La maison est parfaite. Merci, murmura-t-elle.

Ellie ne saurait trouver les mots pour exprimer combien elle était touchée.

— Notre maison, la corrigea-t-il. Je veux que tu te sentes ici chez toi.

— C'est le cas, répondit-elle.

Ellie commençait à avoir le sentiment qu'elle serait chez elle n'importe où, du moment que Zane était à ses côtés.

— Bien, fit-il avec un hochement de tête. Moi aussi je me sens enfin chez moi.

Ellie fit un pas en arrière en plongea la tête sous l'eau pour se rafraîchir complètement.

En remontant à la surface, elle écarta ses cheveux mouillés de ses yeux et lui rappela :

— Cette maison a toujours été la tienne.

À son tour, Zane plongea sous l'eau et lui répondit après avoir fait surface.

— Peut-être. Mais je ne m'y suis jamais senti chez moi. Ceci explique peut-être pourquoi je me foutais du désordre qui régnait à l'intérieur. Pour moi, ce n'était qu'un logement qui me permettait d'être près de ma famille. Ce n'était qu'une maison.

Le cœur d'Ellie se mit à jouer du tambour dans sa cage thoracique.

— Et maintenant, tu t'y sens mieux ?

— Avec toi, oui. Je me sens chez nous.

En l'entendant dire cela, Ellie se jeta dans ses bras, elle se cramponna à son buste et enroula ses jambes autour de sa taille. Elle savoura cet instant d'intimité, tous deux blottis l'un contre l'autre.

Enfin, lorsqu'elle rouvrit les yeux, son regard se posa sur l'horloge murale.

— Oh merde ! Il est presque dix-sept heures. Gabe et Chloé vont bientôt arriver.

Gabe avait envoyé un message à Zane pour lui indiquer qu'ils seraient là vers dix-huit heures, mais Chloé avait toujours tendance à être en avance.

— Hé, ne t'inquiète pas, dit-il avec un sourire dans la voix. Il te suffira de lui dire que tu étais ligotée au lit.

Ellie lui donna une tape sur le bras.

— Ce n'est pas drôle. Oh mon Dieu. Elle va savoir. Chloé sait toujours quand je mens. Elle dit que je ne sais pas mentir.

Zane éclata de rire.

— Dans ce cas, inutile de mentir. Tu étais bel et bien ligotée à mon lit. Mais tu n'es pas obligée de lui dire que son frère te donnait du plaisir comme si sa vie en dépendait, même si c'est la vérité. J'étais physiquement incapable d'attendre plus longtemps pour être en toi.

— Oh mon Dieu. Je ne sais pas trop si le fait que je couche avec son frère va lui plaire.

— Cela ne la regarde pas, répondit-il d'un ton plus sérieux. Et je n'ai pas l'intention d'arrêter. Alors il va bien falloir qu'elle s'y habitue.

— Ça risque d'être...gênant, prévint-elle.

Zane secoua la tête.

— Non, ça n'aura rien de gênant.

— Il faut que j'aille prendre une douche et m'habiller, dit-elle nerveusement en se séparant de lui pour sortir de la piscine.

Zane la suivit, s'empara d'une serviette pour sécher Ellie, puis il essuya son propre corps avant de lui donner la serviette qu'elle lui réclamait pour se sécher les cheveux.

Zane fit un geste en direction de la porte.

— Arrête de t'inquiéter, ma chérie. Je reconnais bien l'inquiétude sur ton joli visage. Chloé est tout simplement impatiente de te voir. Allons prendre une douche.

— Il est hors de question que je prenne une douche avec toi, lui dit-elle d'un ton catégorique.

Ellie savait très bien ce qui se passerait si elle se retrouvait dans une cabine de douche avec lui. Ils étaient incapables d'être nus ensemble sans avoir envie de se toucher.

— Oh que si, la contredit-il avec nonchalance. Il est hors de question que je renonce à une opportunité de passer du temps avec toi, entièrement nue.

Ellie était secrètement ravie de l'entendre dire cela, mais elle lui lança néanmoins sa serviette dans un geste faussement agacé. Celle-ci atterrit directement sur sa tête.

— Pervers, accusa-t-elle.

— C'est de ta faute, rétorqua-t-il en contemplant ses seins avec un sourire séduisant.

Ellie gloussa comme une adolescente. Aussi surprenant que cela puisse lui paraître, elle adorait l'humour sexuel de Zane. Après lui avoir lancé sa serviette, elle partit en courant en direction de la salle de bain.

— Je vais fermer la porte à clé.

Zane s'élança à sa poursuite.

— Certainement pas !

Tous deux se poursuivirent entièrement nus dans la maison. Ellie arriva dans la salle de bain mais elle n'eut pas le temps de fermer la porte avant que Zane ne la rattrape. Bien évidemment, sa tentative de fuite était un échec parfaitement volontaire. Elle *voulait* qu'il la rattrape. Cependant, elle était déjà sacrément en retard pour être présentable avant dix-huit heures.

Chapitre 15

Blake Colter s'apprêtait à monter dans son pick-up lorsqu'il vit la Ferrari 458 Spider de Marcus s'engager dans son allée.

— Et merde ! jura-t-il.

Il était surpris de constater que Marcus avait sorti son véhicule le plus modeste. Son frère jumeau était un amoureux de la vitesse : voitures rapides, avions rapides et femmes rapides – car il ne restait jamais bien longtemps avec elles.

Blake ne classerait pas Marcus dans la catégorie de riche snob. Certes, il appréciait les belles choses, et il aimait surtout être plus rapide que les autres. Il pouvait comprendre pourquoi Marcus avait besoin de vitesse puisqu'il travaillait secrètement pour la CIA en parallèle de ses voyages professionnels à travers le monde. Blake ne pouvait s'empêcher d'être inquiet pour lui. Les affaires dans lesquelles il était impliqué mettaient directement sa vie en péril.

Debout devant la portière ouverte de son pick-up, Blake attendit que le véhicule racé de Marcus arrive à son niveau.

— Où vas-tu ? l'interrogea Marcus en s'arrêtant à côté de son frère.

— Je vais passer chez Zane. J'aimerais voir Gabe et Chloé, répondit-il. Marcus haussa un sourcil d'un air arrogant.

— Déjà ?

—Ils viennent de rentrer. Chloé et Ellie vont se voir pour la première fois depuis sa disparition, remarqua-t-il.

Marcus hésita un instant avant d'ajouter :

— Tu veux juste assister aux retrouvailles.

Blake parut gêné. Ce que Marcus disait était en partie vrai. Il souhaitait bel et bien voir Ellie et Chloé se retrouver pour la première fois depuis des mois. Chloé croyait sa meilleure amie morte, ces retrouvailles n'avaient donc rien d'anodin.

— Oui ? Et alors ? J'ai envie de les voir réunies. Elles ont vécu l'enfer. Mis à part le mariage de Gabe et Chloé, c'est le premier événement heureux depuis bien longtemps pour elles, expliqua-t-il.

Blake était sur la défensive, mais il s'en fichait complètement.

— Et Zane et Ellie ? demanda Marcus. Que se passe-t-il entre eux ? J'ai l'impression que Zane va bientôt intégrer la liste des Colter indisponibles.

— Tu penses qu'ils sont devenus si proches que ça ? demanda Blake. Selon lui, Zane avait beaucoup d'affection pour Ellie, mais il ne pensait pas leur relation si sérieuse. Son frère cadet avait toujours été du genre à prendre soin des autres. Son esprit brillant cachait un cœur tendre.

— Je pense qu'ils sont très...proches, répondit Marcus d'un air amusé. Blake ignora ce commentaire.

Si les choses étaient si sérieuses entre eux, alors tout le monde serait au courant.

— Es-tu venu jusqu'ici pour une raison particulière ? demanda-t-il.

Blake lui fit signe de monter dans son pick-up.

— Tu conduis, dit Marcus. Mais fais attention de ne pas percuter ma voiture en reculant.

Marcus descendit de sa Ferrari et se dirigea tranquillement vers la portière passagère du pick-up. Blake prit place derrière le volant et lança un regard suspicieux à son frère.

— Toi aussi tu veux assister à ces retrouvailles. Voilà pourquoi tu es ici.

Marcus haussa les épaules.

— Peut-être, répondit-il sans prise de risque.

Blake fut tenté de reculer son énorme véhicule directement sur la voiture de sport appartenant à son frère, rien que pour obtenir une réaction de sa part. Marcus était très froid et distant ces derniers temps. Cela avait probablement un lien avec son travail pour le gouvernement.

Ce changement de comportement était progressif, mais bien réel. Les deux frères s'étaient toujours compris l'un l'autre, mais malheureusement, Blake avait de plus en plus de mal à lire ses émotions. Comme si Marcus avait dressé un bouclier pour empêcher le monde extérieur de savoir ce qui se passait en lui.

— Est-ce que tu te souviens du jour où je me suis fait passer pour toi afin que tu n'aies pas à te rendre à une fête ? demanda Marcus avec prudence.

— Quelle fête ? demanda Blake.

La dernière fois qu'ils avaient joué à ce petit jeu, ils étaient adolescents.

— Une fête d'anniversaire organisée par une fille que tu disais être aussi autoritaire qu'un sergent instructeur.

Blake regarda son frère avec étonnement.

— Nous avions huit ans, Marcus, et je disais qu'elle ressemblait à Cruella, ce qui était totalement vrai.

Blake se souvenait encore de sa déception en apprenant que la sœur de Cruella ne serait pas présente à cette fête d'anniversaire, refusant donc lui-même catégoriquement de s'y rendre.

— Je dois avouer que j'aimais bien cette petite Cruella, songea Marcus. Quoi qu'il en soit, tu avais dit que tu me rendrais un jour la pareille en faisant la même chose pour moi. Tu es toujours partant ?

— Tu veux que je me fasse passer pour toi ? Nous avons la trentaine passée et tu me demandes de faire une chose que je t'avais promise quand nous avions huit ans ? Bon sang, j'avais même oublié cette histoire.

— Je n'oublie jamais rien. Et je n'ai pas besoin que tu le fasses tout de suite, le rassura-t-il. Mais peut-être à l'avenir.

— Qu'est-ce qui se passe, Marcus ? demanda Blake.

Il se doutait que cette étrange requête cachait quelque chose.

— Je ne peux pas t'en parler pour le moment, l'informa Marcus avec un soupçon de culpabilité dans le ton de sa voix. Tant que tu occupes la fonction de sénateur, je ne peux pas te parler de mes activités personnelles.

— Je sais déjà ce que tu fais pour la CIA, lui rappela Blake en empruntant l'itinéraire en direction de la maison de Zane.

— Ça ne concerne pas la CIA, répondit-il pensivement. Du moins, pas directement.

— Alors qu'est-ce que ça concerne ? demanda Blake en sentant poindre son anxiété.

Il tenait à savoir ce que son frère pouvait bien manigancer cette fois.

— Je te le dirai un jour. J'en parlerai à toute la famille. Fais-moi confiance, je ne peux vraiment rien te dire pour l'instant. J'ai simplement besoin de savoir si je peux compter sur ton aide.

— Bien sûr que oui. Tu n'as même pas besoin de me poser cette question. Tu es mon frère, répondit Blake.

Il était agacé que Marcus refuse de lui en dire davantage, mais il répondrait toujours présent pour lui.

— Bien.

Blake comprit qu'il devrait se contenter de cette réponse en un seul mot. — Sais-tu quand tu pourrais avoir besoin de moi ?

— Je ne sais même pas si cela se produira un jour. Mais je préfère connaître toutes mes options.

— Évite simplement de te mettre en danger et tu n'auras jamais besoin de mon aide, suggéra Blake d'un ton bourru.

— Je n'ai pas l'intention de me mettre en danger, répondit-il avec arrogance.

Blake n'avait pas de réponse à ce commentaire. Il souhaitait que chaque membre de sa famille soit heureux et en sécurité.

Les frères jumeaux parcoururent le reste du trajet en silence. Blake était perdu dans ses pensées, se demandant pourquoi Marcus aurait un jour besoin qu'il se fasse passer pour lui.

— Tu vas quelque part ? demanda innocemment Tate Colter à sa femme.

Lara venait tout juste de rentrer de sa journée de cours et elle était déjà changée et prête à prendre sa voiture pour repartir. En réalité, Tate savait précisément où elle allait.

— Je m'apprêtais à aller chez Zane pour voir Chloé, répondit-elle en prenant son sac à main sur la table de la cuisine.

Tate se positionna derrière elle et enroula ses bras autour de sa taille.

— Tu as surtout envie d'assister aux retrouvailles entre Ellie et Chloé, soupçonna-t-il avant de déposer un baiser dans son cou. Envisages-tu de jouer la psychologue avec elles ?

Lara pivota sur elle-même et le fusilla du regard.

— Bien sûr que non. Je ne suis même pas encore diplômée. Je veux tout simplement veiller à ce que ma belle-sœur et sa meilleure amie aillent bien. Et Chloé me manque beaucoup. Qu'y a-t-il de mal là-dedans ?

Tate regretta soudain d'avoir dit cela. Il craignait que ses plaisanteries n'aient en réalité blessé Lara.

— Il n'y a absolument rien de mal, mon cœur. Je ne faisais que plaisanter.

S'il y avait bien une chose qu'il aimait par-dessus tout chez elle, c'était sa capacité à se soucier des autres. Certes, elle avait parfois tendance à s'oublier dans l'équation. Surtout le jour où elle s'est livrée à un terroriste rien que pour sauver les fesses de Tate. Lara était ainsi, et il ne voulait rien changer chez elle. À ses yeux, elle était absolument parfaite.

— Alors tu n'es pas très drôle aujourd'hui, grommela-t-elle.

— Je t'aime, répondit-il avant de l'embrasser sur le front.

Lara enroula ses bras autour de son cou.

— Bon Dieu, je déteste quand tu fais ça.

— Quand je fais quoi ? Quand je t'aime ?

— Quand il te suffit de prononcer deux mots pour me faire oublier que je suis en colère, murmura-t-elle contre ses lèvres en se mettant sur la pointe des pieds pour lui offrir un doux baiser.

Comme d'habitude, ce simple contact physique suffit à lui donner une érection. Bon sang, le simple fait d'entendre sa voix ou de la regarder suffisait. Il était totalement fou de sa femme. Il l'avait toujours été. Il le sera toujours.

— Je ne voulais pas te mettre en colère. Mais c'est plutôt amusant puisque j'étais justement sur le point d'aller chercher maman. Je venais te le dire quand je t'ai vue prête à partir.

Lara se pencha légèrement en arrière afin de mieux le regarder.

— Pourquoi ?

Tate haussa les épaules.

— Nous pourrions aller chez Zane tous ensemble. Tu n'es pas la seule à vouloir voir Chloé. Maman déborde d'excitation.

Son épouse le regarda avec un sourcil levé.

— Et ce n'est pas ton cas ?

— Bon. D'accord. Je suis curieux de voir leurs retrouvailles. Ou peut-être tout simplement inquiet. Chloé et Ellie ont subi tellement de choses.

Lara prit le visage de Tate entre ses mains et dit :

— Elles sont fortes, Tate. Tout va bien se passer. À vrai dire, tout se passe déjà plutôt bien. J'ai beaucoup d'admiration pour elles.

— Pourquoi ? demanda-t-il avec curiosité.

— Malgré tout ce qu'elles ont traversé, elles ont toutes les deux survécu à leurs souffrances émotionnelles et physiques. Je ne sais pas si j'y serais arrivé à leur place.

Tate la regarda d'un air étonné.

— Tu es la femme la plus forte et la plus solide que je connaisse. Tu étais un agent infiltré du FBI, Lara. Comment veux-tu être plus dure que ça ?

— C'était juste une façade pour mon travail. Je n'ai jamais été confrontée aux mêmes choses qu'elles. Certes, j'ai eu une relation destructrice, mais pas comme ça. Pas comme elles.

— Tu aurais été tout aussi forte qu'elles, répondit Tate avec fermeté.

Lara n'avait peut-être jamais été mise à l'épreuve comme Ellie et Chloé, mais il n'avait aucun doute qu'elle pourrait survivre à n'importe quoi.

— J'aurais veillé à ce que tu t'en sortes.

— Je n'en doute pas, rit-elle. Tu es beaucoup trop têtu pour me laisser sombrer. Le soutien des proches est très important et elles ont toutes les deux pu s'appuyer sur un homme bien.

— Gabe a beaucoup aidé Chloé, reconnut-il.

Au début, il trouvait cette relation un peu prématurée. Mais depuis, il avait changé d'avis. Gabe Walker s'était révélé être exactement ce dont sa petite sœur avait besoin.

— Dieu merci, c'est un mec bien.

— Je ne doute pas que Zane a également beaucoup aidé Ellie, remarqua Lara. Elle semble aller beaucoup mieux, comme si elle ne craignait pas du tout de sortir et de vivre à nouveau sa vie.

Tate acquiesça d'un hochement de tête.

— J'imagine qu'ils sont devenus de très bons amis.

Lara ricana.

— Si tu penses qu'il n'y a rien d'autre entre eux, alors tu te trompes. Ellie semble sur un nuage chaque fois qu'elle parle de Zane et le ton de sa voix ne laisse que peu de place au doute.

Tate n'était pas sûr de bien comprendre ce que sa femme essayait de lui dire. Pour d'obscures raisons, il avait du mal à imaginer Zane dans une relation sérieuse.

— Il est marié à son laboratoire, Lara. Bon Dieu, on ne le voit presque jamais. Il est comme ça depuis toujours.

— Les gens changent, Tate. Peut-être qu'il attendait juste de trouver la bonne personne. Moi aussi j'étais mariée à ma carrière. Jusqu'à ce que je rencontre un beau frimeur qui m'a fait prendre conscience que le travail n'est pas la seule chose importante dans la vie.

Tate n'avait pas l'intention d'admettre qu'il était un frimeur, même si c'était probablement le cas. Au lieu de cela, il répondit :

— C'était avant ou après notre rencontre ?

— Petit malin ! rétorqua-t-elle en lui donnant une tape sur le bras.

Lara enroula ses bras autour de lui et appuya sa tête contre son torse.

— Tu sais que tu me rends folle parfois. Mais c'est exactement ce dont j'ai besoin. *Tu es* exactement ce dont j'ai besoin.

Tate resserra ses bras autour d'elle, profondément reconnaissant de l'avoir rencontrée. Avant de trouver la femme qui est aujourd'hui son épouse, il ne se rendait pas compte à quel point il était seul, et il était déterminé à ne jamais lui donner une raison pour cesser de l'aimer.

— Tu es aussi ce dont j'ai besoin, ma chérie. Et tu le seras toujours.

Ils restèrent ainsi pendant un moment, blottis l'un contre l'autre, puis Lara demanda :

— À quelle heure doit-on récupérer ta mère ?

Tate releva la tête et jeta un œil à l'horloge.

— Maintenant, sourit-il. Nous ferions mieux d'y aller. Je suis surpris qu'elle ne m'ait pas encore appelé. Elle doit être sacrément enthousiaste.

À l›instant même où il ouvrit la porte pour quitter la maison, son téléphone portable se mit à sonner dans la poche de son jean.

Il échangea un sourire avec sa femme, il ferma la porte à clé, puis tous deux se précipitèrent en direction de leur voiture.

Chapitre 16

— Ils sont en retard. Tu penses que tout va bien ? demanda nerveusement Ellie en regardant par la fenêtre pour la cinquième fois en l'espace de deux minutes.

— Ellie, arrête ! insista Zane depuis le canapé du salon. Viens t'asseoir avec moi. Les attendre à la fenêtre ne va pas les faire arriver plus vite.

— Je suis bien ici, le rassura-t-elle en se sachant incapable de rester assise.

L'excitation mettait tous les nerfs de son corps sous tension.

— J'espère juste qu'elle n'est pas en colère. J'ai choisi de ne pas la prévenir de ma survie, mais je ne sais pas si j'ai fait le bon choix.

Zane se leva et attrapa Ellie par les épaules.

— Tu avais le droit de gérer la situation comme bon te semblait. C'est toi qui as vécu un traumatisme. La décision te revenait donc entièrement, Ell. Tu avais parfaitement le droit de faire ce qui te semblait être le mieux.

— Chloé est ma meilleure amie, répondit-elle avec mélancolie. C'était peut-être égoïste de ma part mais je voulais que personne ne me voit dans cet état. J'avais besoin de temps. Et je ne voulais pas qu'elle revienne ici à cause de moi.

— Oui, tu avais le droit de vivre ta convalescence en paix, insista Zane. Tu avais besoin de penser à toi. Bon Dieu, tu as frôlé la mort.

— Tu ne m'as pas vraiment laissé être convalescente en paix, lui rappela-t-elle avec un petit sourire. Tu étais obstiné, manipulateur et autoritaire.

— Seulement lorsqu'il s'agissait de ta sécurité, grommela-t-il. Je voulais que tu retrouves ta joie de vivre. Tu avais le droit d'être seule, mais tu n'étais pas obligée de l'être.

— J'avais besoin de toi, concéda-t-elle en enroulant ses bras autour de lui. Je ne voulais tout simplement pas l'admettre. Tu sais, tu ne m'as pas sauvé la vie qu'une seule fois. Sans Chloé, je n'avais personne d'autre. J'ai beau avoir vécu toute ma vie à Rocky Springs, je n'avais pas d'autres véritables amis. Heureusement que j'ai Chloé.

— Je. Suis. Là. dit Zane en passant ses bras autour de sa taille. Et les vrais amis ne sont pas faciles à trouver, surtout quand quelqu'un est aussi occupé que toi. Quand tu ne travailles pas pour moi, tu travailles sur ta boutique en ligne. J'ai passé tellement de temps dans mon laboratoire que je n'ai jamais vraiment développé de véritables amitiés non plus. J'ai des collègues de travail, mais à part ma famille, je n'ai personne sur qui compter en cas de besoin.

— Si, je suis là, dit-elle à son tour.

— Crois-moi, je me rends compte que j'ai beaucoup de chance de t'avoir, dit Zane avec sincérité.

Comme chaque fois qu'il lui disait ce genre de choses, Ellie dut retenir ses larmes.

Avait-il vraiment de la chance d'avoir une femme comme elle, une femme qui lui avait causé plus d'inquiétude que de joie ?

Elle réfléchit un instant, puis elle s'efforça de mettre un frein à ses pensées négatives. Malgré ses souvenirs douloureux, sa vie avec Zane était très joyeuse et tous deux étaient aujourd'hui heureux. Les difficultés feraient toujours partie de sa vie, mais les bons moments l'emportaient sur tout le reste. En réalité, Ellie avait parfois le sentiment que sa vie ne pourrait être plus parfaite.

Certes, elle était encore parfois tourmentée par ses cauchemars et ses vieilles habitudes, mais Zane l'avait aidée à retrouver sa liberté. Sa vie était désormais bien différente. *Elle* était différente, grâce à Zane Colter. Même avant d'être séquestrée par James, son monde était très restreint. Zane lui avait permis d'élargir son univers, et qu'importe ce qui se passerait entre eux à l'avenir, elle lui en serait reconnaissante pour l'éternité.

Je t'aime !

Ellie mourrait d'envie de lui dire ces mots en le regardant droit dans les yeux, mais elle hésita. Ils avaient beau former un couple, Zane ne lui avait jamais parlé d'amour. Croyait-il en l'amour ? Croyait-il en la monogamie ? Pour elle, Zane était son âme sœur, l'homme de sa destinée. Un homme de science comme lui aurait probablement du mal à accepter une telle théorie.

La sonnette retentit soudainement, extirpant Ellie de ses pensées.

— Chloé, murmura-t-elle avec stupeur, comme si sa meilleure amie était une rockstar.

— Je vais ouvrir, proposa Zane.

— Non. Allons-y ensemble.

Zane se leva avec elle, puis il glissa ses doigts entre ceux d'Ellie, comme pour la soutenir en silence. Tous deux se dirigèrent ensuite vers la porte d'entrée. Zane ouvrit le verrou et tira la lourde porte en bois massif.

Ellie découvrit alors le sourire d'une Chloé heureuse et plus belle que jamais. Son amie avait toujours été très belle, mais elle était aujourd'hui incroyablement radieuse.

Ellie la regarda avec incrédulité, puis elle se jeta sur elle.

Elle enroula un bras autour du cou de Chloé et l'attira à l'intérieur en se mettant à sangloter.

— Oh mon Dieu. Je ne pensais pas te revoir un jour.

Ses larmes se mirent à couler à flots tandis que les deux femmes s'accrochèrent l'une à l'autre et tombèrent à genoux.

— Je suis si désolée, Ellie. Tellement désolée, s'étrangla Chloé à travers ses larmes en serrant sa meilleure amie contre elle aussi fort que possible.

— C'est fini maintenant. Je suis là. Le passé n'a plus d'importance.

Ellie était désormais contente de ne rien lui avoir dit plus tôt. Elle n'osait imaginer sa réaction si elle l'avait vue dans son état squelettique, incapable de marcher seule. Une telle image de son amie aurait hanté Chloé pour toujours.

— J'avais tellement peur de ne plus jamais te revoir, balbutia Chloé entre deux sanglots de soulagement. Je t'aime tellement ! s'exclama-t-elle.

— Moi aussi je t'aime, répondit immédiatement Ellie.

Les hommes présents dans la pièce les aidèrent à se relever. Les femmes ne remarquèrent pas leurs yeux étrangement humides. Ils restèrent tous muets, seulement capables de partager la joie qu'elles avaient de se retrouver.

Enfin, Chloé rompit leur étreinte et posa ses mains sur les épaules d'Ellie.

— Laisse-moi te regarder. Oh mon Dieu. Tu es si belle. Tu as perdu du poids et j'adore ta nouvelle coupe de cheveux.

Ellie lui offrit un sourire sans préciser ce qu'elle faisait pour maintenir un poids normal. Elle ne fit également aucun commentaire sur ses cheveux courts. Sa chevelure avait bien repoussé, mais il faudrait des années pour qu'elle retrouve sa longueur habituelle. Là encore, elle n'était pas sûre de vouloir retrouver sa tête d'avant. Non seulement cette nouvelle coupe lui plaisait, mais cela représentait beaucoup moins d'entretien.

À son tour, Ellie examina son amie et, à l'exception des larmes de joie qui coulaient sur son visage, elle remarqua à quel point Chloé semblait insouciante et détendue.

— Tu as l'air heureuse, dit-elle simplement.

Cela résumait parfaitement ce qu'elle voyait.

— Je le suis. Oh, je te présente Gabe, mon mari.

Ellie regarda le bel homme grand et brun qui se tenait à côté de son amie.

— Nous nous sommes croisés plusieurs fois. Félicitation, Gabe. Tu as épousé la femme la plus merveilleuse du monde, lui dit Ellie en accompagnant sa main tendue d'un clin d'œil.

Gabe sourit et hocha la tête tout en lui serrant la main.

— J'en suis bien conscient, répondit-il d'une voix traînante. Et si je l'oubli, elle ne manque pas de me le rappeler.

— Certainement pas, répliqua Chloé avec une fausse indignation.

Après lui avoir serré la main, Ellie remarqua que le sourire de Gabe s'étendait jusqu'à ses yeux, les faisant pétiller de malice. Bon Dieu, sa meilleure amie avait bel et bien trouvé l'homme parfait. En les regardant, elle comprit que Gabe et Chloé passaient leur temps à rire ensemble.

Après ces présentations, Gabe et Zane se serrèrent la main et se tapèrent dans le dos.

Chloé se tourna ensuite vers son frère et le serra dans ses bras.

— Comment s'est passée cette lune de miel prolongée ? demanda Zane comme pour essayer d'alléger l'atmosphère chargée en émotions. Allons dans le salon, ajouta-t-il en passant devant.

Ellie et Chloé suivirent, bras dessus bras dessous, comme si elles craignaient de se perdre une fois de plus.

— C'était merveilleux, s'exclama Chloé. Le retour à la maison l'est tout autant. Je n'arrive toujours pas à croire qu'Ellie soit ici. Je pense qu'il va me falloir un certain temps pour m'y habituer.

Ensemble, les deux amies prirent place sur le canapé du salon et se tournèrent l'une vers l'autre.

— Est-ce que tu vas vraiment bien ? demanda Chloé d'un ton hésitant.

Ellie hocha la tête.

— Je ne vais pas te mentir. J'ai encore quelques problèmes persistants, mais j'y travaille. Zane m'a sauvé la vie.

— Est-ce que tu avais froid ? Ce salaud te donnait-il à manger ? Est-ce qu'il t'a fait du mal ? demanda Chloé sans parvenir à dissimuler son désespoir.

— J'avais froid et il ne m'a laissé que très peu d'eau et de nourriture. Juste assez pour survivre jusqu'à ce que Zane me trouve, répondit-elle.

Ellie ne pouvait pas lui mentir, mais elle espérait néanmoins que son amie ne lui poserait pas trop de questions.

Les deux hommes s'étaient assis sur les fauteuils situés face au canapé. Chloé tourna immédiatement la tête en direction de Zane.

— Merci de l'avoir sauvée. Mais tu ne m'as pas prévenu qu'elle était en vie, alors j'ai encore un peu envie de te tuer.

— Non, l'interrompit Ellie. Cette décision venait entièrement de moi. J'avais besoin de temps pour retrouver mes esprits. Zane et Gabe se sont contentés de respecter ce choix. Si tu es en colère, alors tu ne peux t'en prendre qu'à moi. J'ai insisté pour qu'ils ne t'en parlent pas. Je crois que nous avions toutes les deux besoin de temps pour guérir.

— Je ne t'en veux pas, Ellie, et je ne suis pas vraiment en colère contre Zane. Comment pourrais-je l'être ? Il t'a sauvée.

La sonnerie de l'interphone retentit. Ellie regarda Zane d'un air interrogateur.

— Est-ce que nous attendons quelqu'un d'autre ?

Zane leva les yeux au ciel d'un air faussement exaspéré.

— Tu plaisantes ? Nous attendons tout le monde. Je devrais peut-être laisser le portail ouvert.

— Qui donc ?

— Ma famille. Croyais-tu vraiment que ma mère et mes frères manqueraient cet événement ?

Chloé poussa un cri de joie en se levant pour répondre à l'interphone.

— Je ne sais pas comment les laisser entrer, mais je suis contente qu'ils soient ici. J'aurais juste aimé qu'ils nous laissent davantage de temps pour discuter, dit-elle.

En réalité, Ellie était soulagée. Même si elle mourait d'envie de passer du temps seule avec son amie, elle ne se sentait pas encore prête à répondre à certaines des questions que Chloé pourrait lui poser.

Zane se leva, puis il ouvrit le portail sans prendre la peine de répondre à l'interphone.

Avant même que la voiture n'atteigne le bout de l'allée, il dû rouvrir le portail pour laisser un autre véhicule entrer sur sa propriété.

— Bon sang, j'espère que certains d'entre eux sont venus avec une seule voiture, grommela-t-il.

Marcus et Blake entrèrent ensemble dans la maison, suivis de près par Tate, Lara et Aileen.

Cette dernière avait apporté à dîner pour tout le monde, alors les hommes s'occupèrent de décharger la voiture de Lara.

Alors qu'Ellie s'apprêtait à passer du salon à la cuisine, Zane lui attrapa le bras.

— Bébé, je suis désolé de te faire ça maintenant, mais Sean vient de m'appeler. Il y a une urgence au laboratoire.

— Aujourd'hui ? Un week-end ? demanda-t-elle.

Ellie savait que certains employés travaillaient le week-end, mais ce n'était pas souvent le cas des directeurs de laboratoire.

Sean passait généralement ses week-ends avec Elena, et non au travail. — Elena l'a quitté. Il voulait se changer les idées, alors il est allé travailler. L'un de nos projets est très prometteur, mais certains équipements ont cessé de fonctionner. Je dois y aller afin que tout soit opérationnel d'ici lundi matin.

— Alors vas-y, l'exhorta-t-elle. Je vais rester ici avec Chloé.

Zane acquiesça à contrecœur.

— J'aimerais t'emmener avec moi, mais je n'ai pas l'intention de t'éloigner de ton amie aujourd'hui. Je serai de retour demain.

Ellie passa ses bras à son cou et l'embrassa, juste là, devant toute la famille. Zane approfondit son baiser. Il glissa ses mains dans ses cheveux et lui dévora la bouche jusqu'à ce qu'elle soit à bout de souffle.

— Tu vas me manquer, déclara-t-elle d'un ton solennel.

— Toi aussi tu vas me manquer. Amuse-toi bien avec Chloé.

Zane disparut sans tarder, laissant derrière lui les visages interrogateurs de sa famille. En se retournant, Ellie prit conscience que tout le monde la regardait.

Marcus était le seul qui ne semblait absolument pas surpris.

— Nous...nous sommes ensemble, balbutia-t-elle nerveusement.

Marcus croisa les bras sur son torse et lui offrit un sourire diabolique.

— Je l'espère. Sinon je vais devoir lui expliquer les modalités d'une amitié.

Chloé se jeta sur Ellie avec enthousiasme et lui fit un gros câlin.

— Je suis si heureuse pour vous deux. Merci.

Ellie lui rendit son étreinte.

— Merci pour quoi ?

— Merci de rendre mon frère heureux. Il suffit de le regarder pour comprendre qu'il tient à toi. Et je suis heureuse de constater que ce sentiment est réciproque.

— Très réciproque, rit Ellie.

— Je sais que tu avais le béguin pour lui quand tu étais plus jeune, et je me suis toujours demandé si ce n'était pas encore un peu le cas aujourd'hui. Tu posais beaucoup de questions à son sujet.

Les joues d'Ellie se mirent à rougir.

— Je suis désolée. Je ne cherchais pas à être indiscrète. Je voulais juste...

Bon. D'accord. En réalité, elle demandait souvent de ses nouvelles afin d'obtenir autant d'informations que possible à propos de lui et de sa vie. Mais ce n'était pas vraiment intentionnel.

— Ne t'inquiète pas. Il passait lui aussi son temps à m'interroger à ton sujet, la rassura Chloé. Je suis juste heureuse que vous soyez enfin ensemble. Est-ce que tu l'aimes ?

Cette question la prit au dépourvu. Ellie hocha la tête.

— De tout mon cœur. J'ai souvent voulu le lui dire, mais je ne veux pas gâcher ce que nous avons ensemble.

— Tu ne gâcheras rien du tout. Il t'aime aussi, répondit Chloé.

Ellie voulut lui demander comment elle pouvait le savoir et si elle le pensait vraiment, mais Chloé fut distraite par Aileen qui l'entraîna en direction de la cuisine pour lui parler.

— On se parle plus tard, dit rapidement Chloé.

Ellie hocha la tête, puis elle se tourna vers Blake qui souhaitait savoir où était parti Zane. Son cœur se serra lorsqu'elle lui expliqua qu'une urgence l'avait contraint à se rendre au travail.

Aussi pathétique que cela puisse paraître, Zane lui manquait déjà.

Chapitre 17

La réunion familiale impromptue dura des heures, avec de nombreux éclats de rire et de nombreuses conversations, le tout saupoudré d'une nourriture délicieuse et de boissons rafraîchissantes. Aileen était heureuse de voir toute sa famille réunie à Rocky Springs, ce qui était rare.

Aileen avait également laissé entendre qu'elle était heureuse que Zane ait enfin quelqu'un dans sa vie pour l'extirper de son laboratoire de temps en temps.

Il était tard lorsqu'Ellie reçut l'appel téléphonique qui lui donna l'impression que le monde s'écroulait tout autour d'elle.

La majeure partie de la famille s'était installée dans le salon, plus spacieux, lorsqu'Ellie entendit la sonnerie réservée aux appels de Zane sur son téléphone portable. Elle se leva vivement et se précipita vers la cuisine où elle fouilla son sac à main pour en sortir son téléphone.

— Allo, répondit-elle enfin.

— Ellie ? demanda une voix qui n'était pas celle de Zane.

Il lui fallut quelques secondes pour la reconnaître.

— Sean ? Qu'est-ce qui se passe ? Où est Zane ? demanda-t-elle avec crainte.

Si Sean utilisait le téléphone de Zane, cela signifiait certainement que quelque chose n'allait pas.

— Il est là, mais il est ligoté. Littéralement. Je ne saurais dire s'il apprécie le fait que je pointe une arme sur sa tête, mais je m'en fous complètement.

Le cœur d'Ellie manqua un battement en entendant la folie dans sa voix. Elle avait déjà eu affaire à ce genre d'individus et savait donc de quoi ils étaient capables.

— Pourquoi ? Sean, pourquoi ferais-tu une chose pareille alors qu'il t'a choisi pour être à la tête de son laboratoire de recherche ? Il t'a embauché. Zane a toujours été un mentor pour toi et il te fait confiance pour occuper un poste à responsabilités.

— Crois-tu vraiment que cela fait de moi quelqu'un d'important ? Certainement pas. Je n'ai pas les moyens financiers de Zane, et ça ne sera jamais le cas à moins de me servir directement à la source. Ton petit ami est né avec une cuillère en argent dans la bouche. Ce n'est pas mon cas. Tout ce que je voulais, c'est Elena, et elle vient de me quitter pour un homme plus riche. Je veux qu'elle revienne. Mais j'ai d'abord besoin d'être riche pour l'en convaincre. Et tu vas m'aider à y parvenir, expliqua-t-il.

Ellie entra dans le salon. L'intégralité de la famille Colter se tut en découvrant son visage blême. Elle posa son index sur ses lèvres pour leur indiquer de rester silencieux.

— Je te donnerai tout ce que tu veux si tu me promets de ne faire aucun mal à Zane. S'il te plaît.

Tate se leva, marcha dans sa direction et approcha son oreille du téléphone afin d'écouter la conversation.

Sean poussa un grognement.

— Ce n'est pas tout. Zane fait des recherches à titre personnel, il travaille sur un projet indépendant qui n'appartient pas à l'entreprise. Je veux les résultats de ces recherches.

— Je...je ne sais même pas de quoi tu parles. Qu'est-ce que c'est ?

— Il a un laboratoire souterrain chez lui. Je veux l'ordinateur portable qui s'y trouve.

— Je n'ai pas...

Tate posa rapidement un doigt sur sa bouche et secoua la tête. *Lui indiquait-il de ne surtout pas dire à Sean qu'elle n'avait pas accès au laboratoire ?* Très probablement.

— Je ne sais pas vraiment où se trouve cet ordinateur, mais je vais le trouver, lui dit-elle d'un ton convaincant.

Zane avait raison. Si elle lui avouait ne pas être en mesure de lui donner ce qu'il réclamait, alors il risquerait bien de tuer Zane.

— Dépêche-toi. Je veux cet ordinateur et l'argent d'ici dix heures demain matin, sinon je me débarrasse de ton petit ami. Tu comprendras alors peut-être ce que c'est que de perdre quelqu'un que tu aimes, menaça Sean.

— C'est le week-end. L'argent n'est peut-être pas accessible, contesta-t-elle.

— Nous parlons de la famille Colter, cracha-t-il avec dégoût. Ces ordures peuvent obtenir tout ce qu'ils veulent. Je veux un million de dollars en petites coupures *et* l'ordinateur portable du laboratoire de Zane.

— Est-ce que quelqu'un d'autre est avec toi au laboratoire ? demanda Ellie.

À côté d'elle, Tate hocha la tête.

— Non. Tout le monde est en week-end. Il n'y a que moi et le salaud qui a attiré l'attention de ma femelle avec sa fortune.

Les mains d'Ellie étaient de plus en plus tremblantes. Pour l'aider, Tate prit le téléphone et le maintint contre son oreille. Elle voulait tenter de raisonner Sean, elle voulait lui dire qu'Elena n'en valait pas la peine et que Zane ne s'était jamais intéressé à elle, mais elle se retint de le faire. Elle savait pourtant que Zane n'avait jamais cherché à encourager Elena dans ses tentatives de séduction. Mais il était impossible de raisonner un homme ayant déjà sombré dans la folie. Malheureusement, elle l'avait appris à ses dépens.

Bien que rassurée de savoir qu'il ne pourrait faire de mal à aucun autre employé du laboratoire, elle était terrifiée pour Zane.

— Je veux lui parler. Je veux savoir qu'il est toujours en vie.

Ellie entendit du bruit à l'autre bout de la ligne, suivi de la voix désespérée de Zane.

— Ellie, ne vient pas ici. Appelle la police et laisse-les s'occuper du reste. Si tu viens, il ne nous laissera pas sortir vivants. Il nous tuera tous les deux.

À cet instant, Sean dû bâillonner Zane pour le faire taire.

— Il se trompe. Si tu suis mes instructions, je le laisserai partir. J'aurai de quoi devenir un homme riche avec son argent et ses résultats de recherches. Si tu appelles la police, ou si j'aperçois la moindre voiture de flic devant le bâtiment, c'est fini. Apporte ce que je réclame d'ici demain matin, et viens seule. Si tu ne respectes pas ces consignes, ton petit ami est mort, dit-il.

Ellie paniqua en l'entendant raccrocher.

— Sean ! Attends ! S'il te plaît !

Tate raccrocha à son tour et posa le téléphone portable sur la table du salon.

— Je suppose que c'est un employé mécontent ? demanda-t-il.

Ellie leur expliqua rapidement ce qu'elle savait de Sean et d'Elena, c'est-à-dire vraiment pas grand-chose, puis elle s'empressa de leur faire un résumé de sa conversation téléphonique avec Sean.

— Tout ça à cause d'une petite prétentieuse qui n'en vaut même pas la peine ? commenta Marcus avec dégoût.

— Je ne sais pas quoi faire, avoua Ellie. Je ne sais même pas comment accéder au laboratoire de Zane ici. Il a toujours voulu m'y inviter, mais nous n'avons pas encore eu l'occasion de le faire puisque nous rentrons à peine de Denver.

— Sais-tu quelque chose du projet sur lequel il travaille ? l'interrogea Blake.

— Oui. Pas en détail, mais je sais qu'il travaille sur un vaccin pour une maladie qui touche le monde entier. Ce projet est voué à durer plusieurs années, alors il l'a commencé en parallèle de son travail habituel. Je ne sais pas où il en est, mais ce serait désastreux que ces recherches tombent entre de mauvaises mains, surtout si le seul objectif est de gagner de l'argent. Zane ne cherche pas à en faire un produit pharmaceutique, mais plutôt un outil de prévention. Voilà pourquoi il n'en a parlé à personne. Il est méticuleux et veut être sûr de ses résultats avant d'annoncer une découverte. Il a probablement jugé bon d'en parler à Sean, qui est le directeur du laboratoire de Denver. Sean est censé être un homme de confiance.

— Où est son labo ? demanda Tate avec urgence.

— Au sous-sol. Mais il est sécurisé.

Tate sourit.

— Ce n'est pas un problème. Montre-moi simplement où est l'entrée, dit-il.

D'un ton plus sérieux, il ajouta :

— Marcus, peux-tu trouver l'argent ?

Il était déjà au téléphone.

— J'y travaille.

Ellie guida ensuite Tate jusqu'à l'entrée du laboratoire. Devant la porte, il examina le dispositif de sécurité.

— C'est un lecteur d'empreintes digitales, observa-t-il devant la porte massive.

— Alors nous ne pourrons pas entrer sans les empreintes de Zane ?

— Normalement, non. Sauf s'il a configuré le lecteur pour tes empreintes aussi.

— Non, répondit-elle avec tristesse en regrettant de ne pas avoir insisté pour découvrir son laboratoire. Je crois qu'il ne voulait pas trop que je vienne ici seule. Selon lui, il y a trop de substances dangereuses.

— Ne t'inquiète pas, Ellie. Je pense pouvoir intervenir sur le lecteur. J'ai juste besoin de quelques outils, et ça risque de prendre un certain temps. Aucun système de sécurité n'est infaillible, il suffit de les connaître.

Ellie savait que Tate était probablement la seule personne capable d'ouvrir cette porte.

— D'accord. Que puis-je faire d'autre ? Devrais-je appeler la police ?

— Certainement pas, répondit Blake en se joignant à eux. La police encerclerait immédiatement le bâtiment. Si ce salaud voit une voiture de flic, Zane a peu de chances de s'en sortir.

— Il a raison, confirma Marcus qui avait suivi Blake. Les flics vont suivre la procédure, ce qui veut dire qu'une équipe des forces spéciales sera mobilisée en plus de toutes les autres choses qui conduiront à la mort de Zane. Une fois que Tate sera entré dans le laboratoire, nous pourrons secourir Zane nous-même.

— Je viens avec vous, s'empressa de dire Ellie avec fermeté. Sean m'a dit de venir seule. S'il vous voit, la situation pourrait mal tourner. En plus, je connais le bâtiment. Je sais comment y entrer sans être repérée. J'ai les codes des alarmes et je sais où se trouvent la zone de recherches ainsi que les bureaux.

— C'est hors de question, insista Tate. S'il t'arrivait quelque chose, Zane ne nous pardonnerait jamais. Bon Dieu ! Tu viens juste de te remettre de sept mois de séquestration.

— Si vous ne m'emmenez pas avec vous, j'irai par mes propres moyens, dit-elle avec obstination.

Il était hors de question qu'elle reste à l'écart.

— Je viens aussi, intervint Marcus. Aucun de vous n'est entraîné pour faire face à une prise d'otage. J'irai avec Tate afin que personne ne soit blessé.

Ellie croisa les bras et fusilla les trois hommes du regard.

— Je n'ai pas le choix. Je dois y aller. Sean s'attend à me voir. Comment avez-vous l'intention de lui expliquer votre présence au lieu de la mienne ? Votre seule chance est de le prendre par surprise.

— Elle n'a pas tort, songea Tate. Mais Zane va être furieux de te voir là-bas.

Blake haussa les épaules.

— Mieux vaut qu'il soit en colère que mort.

— Je n'aime pas ça, gronda Marcus. C'est trop dangereux pour Ellie.

Frustrée, Ellie s'en alla pour retourner dans le salon où elle espérait trouver un peu de soutien. Les trois hommes la suivirent.

— Nous te savons capable de le faire, Ellie, dit Tate en entrant avec elle dans le salon.

— Alors dis-moi quel est le problème, parce que je vais y aller, que tu le veuilles ou non. Pour l'instant, c'est notre seul espoir de récupérer Zane vivant. S'il vous voit tous les deux, il risque de le tuer, dit-elle vivement. Elle prit ensuite une grande inspiration pour essayer de se calmer.

— Tu dois comprendre que nous ne pouvons pas te laisser mettre ta vie en danger. Je serais prêt à tuer quiconque cherchant à faire du mal à un membre de ma famille, répondit Tate avec agacement.

— Moi aussi je vous accompagne, déclara Lara d'un ton neutre. Vous pourriez bien avoir besoin d'une professionnelle qualifiée et armée.

— C'est hors de question, répliqua Tate en lançant un regard menaçant à son épouse.

Ellie était assise sur le canapé aux côtés d'une Aileen en larmes. La situation était déjà catastrophique, mais cette agitation soumettait toute la famille à une grande pression.

— Ça suffit ! dit Ellie en haussant le ton pour se faire entendre malgré le bruit.

Ce n'était vraiment pas le moment de débattre.

— Vous devez tous comprendre que rien ne m'empêchera d'aller dans ce laboratoire demain matin. Zane m'a sauvé la vie. Il ne m'a jamais laissé tomber alors qu'il avait toutes les raisons de le faire. Je n'ai aucunement l'intention de le laisser tomber. Je préfère mourir en essayant de lui venir en aide plutôt que de vivre dans un monde sans lui, expliqua-t-elle avec des yeux emplis de larmes.

— Nous savons que tu tiens à lui, dit Blake d'un ton calme.

— Non. Je l'aime, insista-t-elle. Je l'aime plus que tout au monde.

Elle regrettait tellement de ne pas avoir dit cela à Zane. Craindre sa réaction lui paraissait désormais bien futile.

— Allons-nous établir un plan ? Ou continuer à nous disputer ? demanda Marcus d'un ton sec.

Ils décidèrent unanimement qu'il serait préférable d'échafauder un plan d'attaque.

Chapitre 18

Zane savait qu'il allait mourir, il ne savait tout simplement pas encore à quel moment Sean déciderait d'en finir. Il se consolait en se disant qu'Ellie n'était pas avec lui et que ses frères sauraient veiller sur elle.

La nuit fut très longue. Zane étant ligoté, Sean en avait profité pour dormir un peu.

Ses liens étaient si nombreux et si serrés qu'il n'était pas parvenu à se libérer. Et bon sang, il avait pourtant bien essayé. Encore et encore. Chaque fois qu'il commençait à faire un peu trop de bruit, Sean se réveillait et se levait pour le frapper au visage. Fort heureusement, Zane pouvait actuellement entendre les ronflements de son ravisseur installé derrière lui dans une chaise de bureau.

Il y avait quelque chose de plutôt ironique dans le fait d'être prisonnier dans sa propre entreprise et aux mains d'un employé qu'il avait lui-même embauché tout récemment. Il regrettait désormais de ne pas avoir placé son directeur dans un cagibi plutôt que de lui avoir donné un bureau aussi spacieux.

Après avoir reçu de nombreux coups sur la tête, Zane essaya de ne pas faire de bruit lorsqu'il retrouva lentement ses esprits. Il souhaitait être en pleine possession de ses moyens au cas où la police pointerait le bout de son nez. Peut-être parviendrait-il alors à sauver sa peau. En réalité, il était surpris que la police ne soit pas encore là.

La nuit arrivait à son terme, et à en juger par la position du soleil levant, l'aube était derrière eux.

Merde ! Il redoutait qu'Ellie réponde aux demandes de Sean. Si elle vient ici avec ce qu'il réclame, ce salaud n'hésitera pas à les tuer tous les deux. Le cœur de Zane se glaça.

Quels que soient les problèmes de Sean, Zane n'en faisait pas partie. Il était juste devenu l'obsession de son employé, une cible qui n'existait que dans sa tête.

Pourquoi ne l'ai-je pas vu venir ? Comment a-t-il pu cacher cet aspect de sa personnalité pendant si longtemps ?

Pourtant, Zane savait que ce genre de choses pouvait arriver. Il n'y avait pas si longtemps, il avait vu un reportage à propos d'un père de famille vraisemblablement normal, sans casier judiciaire, qui s'était lancé dans une tuerie de masse.

Le départ d'Elena était peut-être à l'origine de ce passage à l'acte, mais quoi qu'il en soit, Sean souffrait manifestement de problèmes mentaux qui étaient déjà là avant, en sommeil. Il avait beau être doté d'un esprit scientifique brillant, certaines zones de son cerveau étaient très sombres.

Lentement, Zane tourna la tête pour regarder l'horloge.

Il est presque neuf heures !

Il commençait à être nerveux, inquiet de ne pas encore avoir entendu parler de la police. Ellie était-elle vraiment sur le point d'apporter ce que Sean exigeait ?

Par pitié, non !

C'est impossible. Je ne lui ai jamais donné accès à mon laboratoire de Rocky Springs.

Cependant, Zane savait qu'elle aurait besoin de la famille Colter pour rassembler une telle somme d'argent, et ses frères pouvaient être carrément dangereux. Avec les compétences de Tate et de Marcus, Zane ne doutait pas qu'ils pourraient tenter d'intervenir eux-mêmes. Il s'agissait là de la seule théorie pouvant expliquer l'absence des forces de l'ordre.

Bon sang ! Je ne veux pas qu'ils soient blessés.

Toutefois, si Tate et Marcus préparaient une intervention, Zane avait peut-être une chance de s'en sortir. Et en réalité, il avait envie de vivre. Il ne voulait pas laisser Ellie seule sur cette terre. Il souhaitait être là pour elle. Ils avaient encore tant de choses à vivre ensemble. Zane n'était pas prêt à mourir.

Je ne lui ai jamais dit combien je l'aime.

C'était son plus grand regret. Il n'était peut-être pas du genre romantique, ni très doué pour exprimer ses sentiments, mais bon sang, il n'y avait pourtant rien de difficile à lui dire qu'il l'aime, qu'il était prêt à tout pour la faire sourire. . .

De toute évidence, c'était difficile pour lui, sinon il le lui aurait déjà dit. Il ne voulait pas la faire fuir en déversant le contenu de son cœur d'un seul coup. Aujourd'hui, il regrettait de ne pas avoir pris le risque.

Les ronflements de Sean cessèrent soudainement. Zane ferma les yeux. Il préférait faire semblant d'être inconscient jusqu'à ce que quelque chose se produise, ce qu'il savait imminent. Connaissant ses frères, Zane savait qu'ils ne confieraient pas son sort à la police. Surtout que Sean avait menacé de le tuer s'il apercevait ne serait-ce qu'une voiture de police. Ce n'était donc plus qu'une question de minutes. Sa famille mijotait certainement quelque chose, il ne savait tout simplement pas quel était leur plan.

Ellie attendit que Tate, Marcus et Lara accèdent au système de ventilation. Elle les avait aidés à s'introduire dans le bâtiment par l'entrée réservée aux livraisons. Pour ce faire, elle avait utilisé sa clé avant de taper le code permettant d'interrompre le système d'alarme, puis elle avait verrouillé l'entrée lorsque tous les trois furent à l'intérieur.

Blake étant sénateur, il avait été exclu du groupe. Leur plan ne serait certainement pas approuvé par le système judiciaire. C'est donc à contrecœur qu'il avait renoncé à les accompagner, d'autant plus que son manque d'expérience sur le terrain ne ferait que les ralentir.

Je dois être patiente. Je dois leur laisser le temps de traverser le système de ventilation avant de me présenter seule à l'entrée principale.

Ellie n'avait pas fermé l'œil de la nuit, mais elle était loin d'être fatiguée. En se dirigeant vers l'entrée principale du bâtiment, ses nerfs étaient à vif et ses mains tremblantes. Elle avait peur, mais cette peur concernait surtout la vie de Zane.

Et s'il est déjà mort ?

Ellie devait se calmer, prendre une grande inspiration et repousser ses pensées négatives. Elle ne parviendrait jamais à mener cette opération à bien si la panique s'emparait d'elle.

En sentant un frisson glacial parcourir sa colonne vertébrale, Ellie comprit qu'elle était observée. Les fenêtres du bureau de Sean donnaient sur l'entrée des locaux. Elle se doutait donc qu'il surveillait désormais ses moindres faits et gestes.

Tout en soulevant son sac au-dessus de sa tête pour lui montrer qu'elle avait l'argent en plus de l'ordinateur portable qui était sous son bras, elle poussa la porte et entra dans les locaux de Colter Labs.

En jetant un rapide coup d'œil au panneau de contrôle des alarmes, elle constata que le système était désactivé pour cette partie du bâtiment. Soit Sean n'avait pas réinitialisé les alarmes du bâtiment principal, soit il les avait tout simplement désactivées avant qu'elle n'entre. Elle sursauta lorsque la sonnerie de son téléphone retentit.

Ellie s'empressa de poser son sac ainsi que l'ordinateur sur le comptoir de la réception, puis elle sortit son téléphone portable de la poche de son jean.

— J'ai ce que tu veux. Faisons l'échange, dit-elle d'une voix étonnamment ferme.

Son courage était nourri par sa colère.

— Monte dans mon bureau, seule, prévint-il.

— Je *suis* seule, répliqua-t-elle. J'arrive. Et je veux voir Zane.

— Il est ici mais il ne semble pas très content, répondit joyeusement Sean.

— Que lui as-tu fait ? demanda-t-elle avec colère avant de prendre conscience que Sean venait de raccrocher.

— Merde ! murmura-t-elle.

Ellie glissa son téléphone dans la poche de son pantalon, récupéra le sac et l'ordinateur, puis elle se dirigea vers les ascenseurs qui menaient aux bureaux.

À présent, Tate, Lara et Marcus devraient être en position. Ellie ne savait pas vraiment ce qui avait finalement convaincu Tate d'emmener Lara avec lui. Mais avant qu'ils n'entrent dans le bâtiment, Ellie l'avait entendu parler à sa femme d'une promesse qu'elle lui aurait faite avant leur départ. Elle avait donc compris que Tate ne voulait certainement pas que Lara se mette en danger.

Dans l'ascenseur, Ellie essaya de maîtriser sa respiration chaotique avant d'arriver à l'étage où se trouvait Sean. Sa plus grande peur était de ne pas parvenir à sauver Zane.

Il ne m'a jamais abandonnée. Je ne l'abandonnerai jamais.

Ces mots constituaient son mantra, sa force. Elle n'hésiterait pas à échanger sa propre vie contre celle de Zane. Elle craignait simplement d'arriver trop tard pour le faire.

La porte du bureau de Sean était ouverte. Ellie sentit son cœur marteler dans sa cage thoracique. Lentement, elle s'enfonça dans l'espace de travail, les yeux écarquillés à la recherche de Zane.

— Où est-il ? demanda-t-elle en découvrant le sourire diabolique de Sean qui l'accueillit à l'entrée de son bureau.

Elle mourrait d'envie de s'en prendre à lui physiquement pour lui faire perdre ce sourire.

— Je te débarrasse de tout ça, grogna-t-il d'un air menaçant en s'emparant de son sac ainsi que de l'ordinateur portable.

Le regard d'Ellie fut attiré par les mouvements d'une chaise de bureau. — Zane ! s'exclama-t-elle en ignorant le ravisseur pour se précipiter vers la chaise.

Sean s'empressa d'examiner le contenu du sac afin de veiller à ce que l'argent soit bien réel.

En découvrant la tête ensanglantée et le visage meurtri de Zane, Ellie sentit la fureur envahir son corps. Zane était solidement attaché à la chaise. Les liens qui le retenaient s'étendaient de son cou à ses genoux.

— Espèce d'enfoiré, jura-t-elle en se tournant vers Sean. Il est blessé.

— Je n'ai jamais dit que je n'en profiterais pas pour m'amuser un peu, répondit-il avec nonchalance.

Il sortit alors une arme de poing de sa ceinture et la pointa dans leur direction.

— Tu as dit que tu voulais faire un échange, dit-elle.

Ellie essaya de ne pas montrer sa peur tandis que Sean agitait négligemment son arme à feu devant Zane et elle. Elle se tenait désormais entre lui et Zane. S'il souhaitait le tuer, il devrait commencer par elle.

— Je sais bien que tu n'es pas aussi naïve, Ellie, répondit-il. Que se passera-t-il si je vous laisse partir ? Je serai en cavale pour le reste de ma vie. Ce n'est pas vraiment ce que j'ai prévu. En revanche, si je vous tue tous les deux, j'aurai quitté le pays bien avant que vos corps soient retrouvés. Un avion m'attend et je peux vendre ces découvertes scientifiques partout dans le monde. Et avec un million de dollars, j'ai bien assez d'argent pour me trouver un coin tranquille où personne ne pourra me trouver.

— La famille de Zane te traquera sans relâche. Ils iront te chercher à l'autre bout du monde si c'est nécessaire, cracha-t-elle.

— Il existe des lieux que même la famille Colter ne peut atteindre. De surcroît, rien ne prouvera que votre mort ne découle pas d'une petite dispute conjugale ayant mené à un meurtre passionnel suivi d'un suicide. Je suis un expert de la mise en scène.

— La police sait déjà que Zane est victime d'une prise d'otage.

— Ils devront prouver que je vous ai tué. Crois-moi, je sais couvrir mes traces.

Sean pointa son arme sur eux pour mettre ses intentions meurtrières en pratique.

Sans hésiter, Ellie se jeta sur la chaise de Zane avec tant de force et de vitesse que tous deux tombèrent au sol. Le coup de feu retentit mais l'esquive fut un succès. Au lieu de les toucher, la balle fit éclater la vitre de l'une des fenêtres du bureau. Au sol, Ellie releva la tête et s'empressa d'analyser la situation. Au même instant, la lourde grille métallique du conduit de ventilation se décrocha du plafond et tomba sur le crâne de Sean, lui faisant presque perdre connaissance. Marcus en profita pour sortir du conduit et lui sauter dessus pour le neutraliser. Tate le suivit et se jeta dans la mêlée. Lara fut la dernière à atterrir sur la moquette du bureau, après quoi elle dégaina son arme à feu.

Sachant que Marcus, Tate et Lara étaient parfaitement capables de s'occuper de Sean, Ellie porta son attention sur Zane. Elle fouilla les tiroirs de son bureau et trouva des ciseaux ainsi qu'un canif afin de couper ses liens.

Elle commença d'abord par ôter le morceau de ruban adhésif qui couvrait sa bouche, ce qui fut une erreur grossière.

— Qu'est-ce que tu fous ici ? Je t'ai dit d'appeler la police. Tu aurais pu te douter qu'il n'avait aucune intention de nous laisser sortir d'ici vivants.

Pourquoi es-tu venue ici, Ellie ? Je t'ai demandé de ne pas le faire, dit-il.

Zane était manifestement furieux, mais son regard contenait aussi de la peur.

Ellie s'affaira à dénouer et à couper la corde qui était enroulée autour de son corps.

— Je te jure que si tu dis un mot de plus, je te bâillonne pour te faire taire, prévint-elle en redoublant de vigueur pour le libérer.

Dans sa vision périphérique, elle vit que Tate et Marcus n'avaient eu aucune difficulté à maîtriser Sean. Une équipe de policiers arriva en courant dans le bureau.

— Juste à temps, marmonna Tate en voyant les agents de police procéder à l'arrestation de Sean.

— Dis-moi juste pourquoi. J'étais prêt à mourir aux mains de cet enfoiré, mais je ne voulais pas qu'il te touche, grogna Zane.

Tout en luttant avec une longueur de corde particulièrement serrée, Ellie lui répondit :

— Et bien, je ne voulais pas qu'il te touche non plus. J'aurais eu l'impression de mourir avec toi. Même si tu es actuellement très grincheux, j'aime ton obstination, Zane Colter, et je n'avais pas l'intention de t'abandonner. Toi, tu ne m'as jamais abandonnée, dit-elle en espérant ne plus jamais avoir à répéter ce mantra.

La dernière corde céda enfin, libérant ainsi Zane de sa prison. Ayant passé toute une nuit immobilisé, son corps devait être engourdi.

Une fois Sean menotté et escorté hors du bureau, Marcus, Tate et Lara se précipitèrent vers Zane.

— Est-ce que ça va ? demanda Marcus avec un froncement de sourcils en découvrant son visage meurtri.

— Tu viens de dire que tu m'aimes ? demanda Zane, son regard figé sur Ellie.

— Oui. Je suis fatiguée de garder ça pour moi, alors je vais le répéter. Je t'aime, Zane Colter, voilà pourquoi je ne pouvais pas rester les bras croisés.

— Je t'aime aussi, répondit-il. Mon seul regret était de ne pas te l'avoir dit.

— Marcus vient de te demander si tu vas bien, lui rappela-t-elle en voyant qu'il ignorait complètement son frère. Est-ce que tu peux te lever ?

— Bien sûr que oui, répondit-il avec arrogance en commençant à pousser sur ses jambes pour sortir de sa chaise.

Mais une fois debout, Zane s'écroula immédiatement. Heureusement, Tate et Marcus l'empêchèrent de tomber et l'aidèrent à s'asseoir par terre.

— Désolé. Je crois que j'ai des vertiges, marmonna Zane, les yeux fermés.

Marcus examina les blessures de son frère.

— Il est salement blessé à la tête. Je crois que nous avons besoin d'une ambulance. Il a probablement un traumatisme crânien.

— L'ambulance est en route, répondit Lara tout en glissant son téléphone portable dans sa poche après avoir manifestement appelé les secours.

— Je vais vous passer un sacré savon dès que je me sentirai mieux, balbutia Zane. Ellie et Lara n'ont rien à faire ici. En réalité, aucun membre de ma famille n'aurait dû intervenir. Vous auriez dû appeler la police. Et d'ailleurs, comment diable as-tu pu récupérer mon ordinateur portable ?

— Tu as un frère qui faisait partie des forces spéciales, un autre qui travaille pour la CIA et une belle-sœur qui était agent du FBI. La situation aurait été sacrément triste si nous n'étions pas parvenus à récupérer ton ordinateur portable, remarqua Lara d'un air amusé.

Zane fronça les sourcils sans ouvrir les yeux, ce qui fit sourire Ellie. Il était probablement agacé d'apprendre que son système de sécurité n'était pas totalement infaillible.

Un instant plus tard, il rouvrit les yeux et balaya du regard sa famille agenouillée près de lui.

— Ellie m'aime. Cela ne fait-il pas de moi le mec le plus chanceux du monde ?

— Il ne va pas bien. Ses propos sont incohérents, observa Tate avec humour.

— Je dirais plutôt qu'il sait très bien ce qu'il dit, et je suis d'accord avec lui, déclara Marcus en regardant Ellie. Merci pour tout. Nous n'y serions pas arrivés sans toi et rien ne t'obligeait à le faire.

Elle lui offrit un sourire. La personnalité de Marcus ne se résumait vraisemblablement pas à ses voitures de sport et à son mode de vie de milliardaire.

— Oui, je devais le faire. Je l'aime.

Lara et Tate sourirent. Marcus lança un regard satisfait à Ellie.

— Je sais.

Zane prit la main d'Ellie dans la sienne.

— Tiens bon. L'ambulance est arrivée.

— Je devrais survivre, insista-t-il en s'apprêtant à se lever.

Ensemble, Tate et Marcus le poussèrent à rester par terre. Au même instant, les secours entrèrent dans la pièce pour l'examiner.

Ellie s'écarta pour laisser place au personnel médical. Lara passa son bras autour de ses épaules pour manifester son soutien.

— Il est tiré d'affaire. Les frères Colter ont la tête dure. Il a reçu des coups assez violents, mais il s'en remettra.

Ellie regarda la fenêtre brisée, puis elle porta à nouveau son attention sur Zane.

— J'imagine que ça pourrait être pire.

— Tu as eu un sacré réflexe en te jetant sur lui, remarqua Lara.

— C'était purement instinctif, répondit Ellie.

— C'était de l'amour, contesta Lara avec un sourire.

— Il m'aime. Zane m'aime vraiment, répondit Ellie en lui rendant son sourire. . .

Soulagée d'avoir entendu ces mots dans la bouche de Zane, elle se sentait néanmoins un peu idiote.

— Je sais, dit Lara comme pour répéter les mots de Marcus. Voilà un Colter en moins sur le marché du célibat.

— Il reste encore Blake et Marcus, lui rappela Ellie. Ensemble, elles suivirent les ambulanciers une fois Zane attaché sur une civière.

— Blake est marié à son poste de sénateur, quant à Marcus..., dit Lara avant de s'interrompre.

Elle resta muette quelques secondes, puis reprit :

— Quelle femme pourrait bien le supporter ? Il faudrait une femme capable de lui botter les fesses.

Dans l'ascenseur, Ellie prit la main de Zane qui lui serra faiblement les doigts.

Voilà le seul Colter qu'elle était heureuse de retirer du marché du célibat pour de bon. Jamais plus elle ne cacherait ce qu'elle ressentait pour lui. La vie était bien trop courte. Si sa propre expérience le lui avait déjà démontré, ce dernier incident ne faisait que le confirmer.

Ellie avait l'impression d'avoir attendu Zane toute sa vie, et elle n'avait plus l'intention d'attendre.

Chapitre 19

Ellie était heureuse que Zane n'ait passé qu'une seule nuit à l'hôpital. D'autant plus qu'il était probablement le pire patient du monde. Elle trouvait amusant qu'il se soit montré si catégorique à propos de son désir de quitter l'hôpital

Il avait commencé à se plaindre dès lors que le médecin avait jugé nécessaire de le garder en observation pour la nuit à cause du traumatisme crânien subit.

Zane était rentré chez lui avec des agrafes dans la tête. Toute sa famille lui rendait visite de façon régulière. Une famille inquiète.

Aujourd'hui, trois jours après sa sortie de l'hôpital, Chloé et Gabe étaient à ses côtés. Gabe et Zane regardaient un match de football à la télévision pendant que Chloé et Ellie essayaient de démêler tout ce qui leur était arrivé.

— J'ai parfois l'impression que c'était il y a une éternité, songea Ellie, assise à la table de la cuisine en compagnie de son amie. Je suis encore affectée par ce qui s'est passé, mais ces mauvais souvenirs sont de moins en moins présents dans mon esprit. Ceci s'explique probablement par le fait que j'ai pu construire de nombreux bons souvenirs avec ton frère pour compenser.

Chloé soupira.

— Moi aussi, j'ai parfois cette impression. Nos retrouvailles sont encore fraîches, mais ma vie avec Gabe me permet progressivement de réparer les dommages causés par James.

— Tu es vraiment heureuse ? demanda Ellie.

Elle fut hésitante à poser cette question, car il était assez évident que Gabe et Chloé étaient fous l'un de l'autre.

— Très heureuse. Il m'a sauvé la vie. Pas de la manière dont Zane a sauvé la tienne, mais sans son soutien et son amour, je ne sais pas ce que je serais devenue, répondit-elle.

Chloé se tut un instant, puis elle demanda :

— Alors, c'est pour quand le mariage ?

Ellie secoua la tête.

— Pas de sitôt. Nous n'en avons même pas parlé.

— Ça ne saurait tarder, rit Chloé. Quand il veut quelque chose, Zane n'est pas du genre à attendre. Et maintenant qu'il sait combien tu l'aimes, il ne va pas perdre de temps pour passer une bague à ton doigt.

— Je ne suis pas pressée, dit-elle hâtivement.

— Je le suis, rétorqua Chloé. Je veux être ton témoin de mariage avant de tomber enceinte.

Ellie écarquilla les yeux face à sa meilleure amie.

— Vous essayez d'avoir un enfant ?

— Pas encore. Mais c'est prévu. Gabe veut attendre que je sois prête. Et je crois que j'y suis presque. Je ne veux pas tarder à avoir notre premier enfant. Et j'espère que nous en aurons plusieurs.

Ellie n'avait aucune difficulté à imaginer Chloé devenir mère. Une mère incroyable.

— J'espère bien que je serai l'une des premières informées quand tu tomberas enceinte.

— Tu sais bien que oui. Je serai incapable d'attendre pour te l'annoncer. Mais pour le moment, j'attends ton mariage avec impatience.

— Ne sois pas trop pressée, la prévint-elle.

Bien que Zane et Ellie professaient désormais quotidiennement l'amour qu'ils avaient l'un pour l'autre, elle ne se sentait pas encore prête à franchir le pas.

Chloé se leva lorsque Gabe et Zane entrèrent dans la pièce.

— Prêt à partir ? dit-elle.

— Quand tu le seras, répondit tendrement son époux. Nous ne pouvions plus regarder le match. La défaite est monumentale.

— Nous devons y aller de toute façon. Je dois m'occuper de quelques chevaux, dit Chloé à son mari.

En voyant son amie parler à Gabe, Ellie comprit qu'ils étaient faits l'un pour l'autre. L'entente tacite qui régnait entre eux était évidente et l'amour qui semblait unir leurs âmes emplissait l'atmosphère.

Avant le départ de Gabe et Chloé, les deux couples se dirent au revoir, puis le calme revint dans la maison.

— Dieu merci, lâcha Zane en verrouillant la porte derrière eux. J'ai l'impression que nous n'avons pas eu une seule seconde de tranquillité depuis que je suis sorti de l'hôpital.

En effet, ils avaient reçu de nombreuses visites, principalement de la part de sa famille.

— Tu es censé te reposer, remarqua-t-elle.

Zane avait encore des agrafes et des points de suture sur le crâne, mais la plupart des hématomes sur son visage s'étaient résorbés.

— Je *suis* reposé, riposta-t-il en se dirigeant vers le salon.

Ellie le suivit.

— Non, tu ne l'es pas. Assieds-toi pendant que je prépare le dîner.

— Je préférerais te dévorer pour le dîner, dit-il en l'attrapant avant qu'elle ne puisse retourner dans la cuisine. J'ai besoin de toi, Ellie. J'ai tellement besoin de toi que je ne peux plus attendre. Je veux te dire combien je t'aime pendant que je suis en toi.

Ellie se laissa absorber par son regard, impatiente de se faire prendre. Elle voulait exactement la même chose que lui, mais elle ne voulait pas retarder son rétablissement.

— Je n'aime pas seulement le sexe, Zane. C'est toi que j'aime.

— Et je partage ce sentiment. C'est toi que je veux, Ellie.

Il semblait la supplier et elle se sentait incapable de lui refuser quoi que ce soit. Elle prit la main de Zane dans la sienne et le guida jusqu'au canapé. Elle s'empressa de saisir les boutons de son jean et le débarrassa rapidement de ses vêtements, puis elle le poussa sur le canapé. Zane était maintenant entièrement et majestueusement nu.

Déterminée à prendre la situation en main, Ellie essaya de ne pas se laisser distraire par son corps parfaitement sculpté. Avec un homme aussi sexy que Zane Colter, cela n'avait rien de facile. Surtout que son corps athlétique était à portée de main. Étrangement, le fait qu'il soit incroyablement sexy ne l'intimidait pas du tout. Probablement parce qu'elle aurait tout autant envie de lui-même s'il n'était pas aussi irrésistiblement beau.

— Ne bouge pas. Je m'occupe de tout, lui dit-elle sévèrement.

Les yeux affamés de Zane étaient rivés sur elle, sa verge fièrement dressée tandis qu'Ellie se déshabillait lentement devant lui.

Elle n'arrivait toujours pas à croire que Zane puisse la regarder avec autant de désir, comme si elle était l'une des plus belles mannequins au monde, séduisante à tous points de vue. Il ne semblait voir aucun de ses défauts physiques. Lorsqu'il la regardait, Zane la voyait à travers les yeux d'un homme amoureux. Pour elle, c'était un véritable miracle, et le simple fait de savoir qu'il l'aimait exactement telle qu'elle était lui donnait les larmes aux yeux. Ellie avait toujours rêvé d'une telle relation sans jamais vraiment espérer la trouver un jour.

— Tu vas finir par me tuer, grogna-t-il en la regardant ôter le dernier morceau de textile qui habillait son corps : sa petite culotte.

Elle s'avança ensuite vers lui et eut du mal à se retenir de le toucher, ne serait-ce que pour vérifier d'elle-même que Zane était bien sain et sauf malgré ses blessures.

Ellie s'agenouilla entre les cuisses de Zane. Elle posa ses mains sur ses épaules et glissa lentement ses doigts sur son torse musculeux, puis sur ses abdominaux saillants, savourant la chaleur et la dureté de son corps. Enfin, elle prit sa verge en érection dans sa main et la caressa. Son sexe était à la fois d'une grande douceur et d'une grande fermeté.

— Ellie, je ne vais pas tenir bien longtemps si tu n'arrêtes pas, la prévint Zane d'une voix serrée.

— Je m'en fiche, répondit-elle d'un ton sensuel. Ce n'est pas un concours d'endurance. Je t'aime. Et j'ai bien failli te perdre. Cet instant est le nôtre.

Elle baissa la tête et glissa lentement sa langue contre l'extrémité de son érection. Ellie profita un instant de ce premier contact, puis elle le prit entièrement dans sa bouche. En entendant les grognements érotiques de Zane, elle sentit une inondation entre ses cuisses. Le simple fait de lui donner du plaisir mettait son propre corps dans un état d'excitation intense.

Zane glissa ses doigts dans les cheveux d'Ellie, comme pour guider les mouvements de sa bouche autour de sa verge.

Sa respiration devint lourde et difficile, ses gémissements de plus en plus intenses. Ellie se délecta de cet instant charnel tandis que Zane semblait réclamer un rythme plus rapide.

Enfin, il tira délicatement sur sa chevelure pour la pousser à arrêter.

— Merde, non ! Il est hors de question que je jouisse dans ta bouche maintenant. Ce n'est pas ce dont nous avons besoin, dit-il en la prenant par la main pour l'attirer sur lui. Chevauche-moi, Ellie. J'ai besoin de sentir ton corps contre le mien. J'ai besoin de te sentir jouir autour de mon sexe. Ça fait des jours que j'attends ce moment.

Ellie en avait tout autant envie que lui, mais...

— Je ne voudrais pas te faire mal, dit-elle avant de se positionner prudemment sur lui.

Dieu que j'en ai envie. Il sent si bon.

— Si tu ne le fais pas, je ne suis pas sûr de survivre, dit-il d'une voix chargée de frustration. Embrasse-moi, insista-t-il avec autorité.

Ellie posa ses mains sur le dossier du canapé, puis elle se pencha délicatement sur lui pour déposer un tendre baiser sur ses lèvres, après quoi elle le regarda droit dans les yeux et dit :

— Je t'aime, Zane Colter. Je ne veux plus jamais hésiter à te le dire. Je ne veux plus jamais avoir de regrets à ton sujet. Si la situation avec Sean avait mal tourné, je n'aurais pas supporté de ne jamais te l'avoir dit.

Zane enroula ses bras autour d'elle et glissa tendrement ses mains dans son dos, puis sur ses fesses.

— Si quelque chose venait à t'arriver, je pense que je n'aurais tout simplement plus la force de vivre, avoua-t-il. J'ai ressenti la même chose que toi, Ellie. Quand j'étais persuadé que Sean allait se débarrasser de moi pour de bon, mon seul regret était de ne jamais t'avoir dit ce que je ressens vraiment pour toi.

Les mains de Zane remontèrent le long de son dos jusqu'à sa nuque, puis il la tira lentement vers lui pour l'embrasser. Leur baiser fut doux et vigoureux, tendre et passionné.

Ellie gémit et, de façon inconsciente, son bassin se mit à onduler contre son sexe. Elle était incapable d'arrêter. Elle aimerait pouvoir se réfugier dans son cœur et ne plus jamais en sortir.

Zane glissa ses lèvres dans son cou puis, d'une voix rauque, il murmura:

— Maintenant, laisse-moi glisser en toi avant que je ne perde la raison.

Ellie ajusta sa position, puis elle agrippa Zane d'une main et le positionna à l'entrée de son vagin avant d'abaisser son bassin aussi délicatement que possible.

— Doucement, gémit-elle.

— Chérie, je crois qu'aucun de nous deux n'a envie de délicatesse, contesta-t-il.

Ainsi, il posa ses mains sur ses hanches pour l'immobiliser et, simultanément, il souleva son bassin pour s'enfouir profondément en elle. — Oh, bon Dieu, oui, grogna-t-il. Tu es parfaite. Tellement douce, chaude et serrée, Ellie. Tu es à moi. Tu as toujours été faite pour moi.

Sans ménagement, Ellie prit appui sur les épaules de Zane et gémit de plus belle en sentant sa bouche s'emparer de l'un de ses mamelons. La chaleur de sa langue associée aux mouvements de leurs corps en parfaite synchronie lui fit tout oublier.

— Dis-moi que tu m'aimes, dit-il en soulevant son bassin avec plus de vigueur encore. Dis que tu es à moi. Dis que tu as tout autant besoin de moi que j'ai besoin de toi.

À bout de souffle, accablée par le plaisir, elle répondit :

— Je t'aime. J'ai besoin de toi. J'ai toujours été faite pour toi, et tu seras toujours l'homme de ma vie.

À cet instant précis, Ellie éprouvait les mêmes émotions de possessivité immodérée que lui.

Elle s'abandonna complètement à l'extase charnelle qui contrôlait actuellement son corps. Non seulement son orgasme était en approche, mais celui-ci semblait sur le point de la percuter comme un train de marchandises. Elle enfonça ses ongles courts dans les épaules de Zane et renversa sa tête en arrière. Ce changement de position subtil généra un frottement contre son clitoris palpitant et, incapable de tenir plus longtemps, elle se laissa emporter par son orgasme. Les muscles de son vagin se contractèrent violemment autour de Zane.

— Oui, chérie. Jouis pour moi, l'encouragea-t-il. Bon Dieu, Ellie, je t'aime. Je t'aime tellement !

Ce qui se passait dans son corps, ajouté au bonheur d'entendre sa déclaration d'amour, constituait assurément l'expérience la plus satisfaisante et la plus érotique qu'elle ait jamais connue. Zane passa alors sa main derrière sa tête pour l'embrasser avidement. Ellie continua à bouger pour faire durer son orgasme aussi longtemps que possible en comprenant que Zane était sur le point de trouver sa propre libération.

Il arracha sa bouche de la sienne, agrippa fermement les fesses d'Ellie et se laissa consumer par sa délivrance sans oublier d'emporter Ellie avec lui.

Chapitre 20

Ellie quitta les genoux de Zane sitôt qu'elle eut repris son souffle.

— Je croyais pourtant t'avoir dit de ne *pas* bouger, dit-elle, soucieuse de ses blessures.

L'éclat de rire profond et spontané de Zane retentit dans le salon.

— Croyais-tu vraiment que j'allais rester immobile ?

— Oui, répondit-elle avec un soupçon de naïveté. Tu aurais pu te contenter de te laisser faire.

Zane passa son bras autour du corps nu d'Ellie, puis il la serra contre lui et l'incita à appuyer sa tête contre son épaule.

— Ça n'arrivera jamais, chérie.

— Pourquoi ?

— Parce que tu m'attires beaucoup trop pour que je puisse rester passif.

Zane aimait être aux commandes. Cela venait peut-être de son propre manque d'expérience, mais Ellie était à peu près sûre que cela faisait tout simplement partie de la nature de Zane.

— Est-ce que ça va ? demanda-t-elle avec inquiétude. Cette petite session d'amour fut particulièrement intense pour un patient en convalescence.

— Non. Tu m'as bien secoué, se plaignit-il avec bonhomie.

Ellie ne put contenir le sourire qui égaya son visage. À en juger par le ton de sa voix, il allait très bien.

— Comment te sens-tu à propos de ce qui s'est passé avec Sean ? demanda-t-elle.

Zane avait été trahi par son meilleur employé. La situation était on ne peut plus sérieuse.

— J'avais envie de le tuer. J'ai beaucoup de chance de m'en être sorti, alors je préfère ne pas avoir de regrets. J'aurais peut-être dû voir venir cet incident, mais aucun signe n'a jamais attiré mon attention. En réalité, c'est un peu surréaliste.

Ellie hocha la tête.

— Je suis bien d'accord. Je suis désolée qu'il t'ait fait du mal, dit-elle en pensant aussi bien à sa souffrance physique que psychologique.

— Honnêtement, je n'en ai plus rien à faire. Il va pourrir en prison pendant que nous mènerons une vie heureuse. Cela dit, tu as mis ta vie en danger. Je pense que nous devons en discuter.

— Non, il est inutile d'en discuter. Je suis prête à tout pour toi, répliqua-t-elle. Fin de la conversation.

— Cette conversation était plutôt courte, la taquina-t-il tout en lui caressant tendrement les cheveux.

— Tu aurais fait exactement la même chose pour moi.

— En effet, concéda-t-il. Mais Tate et Marcus auraient dû vous laisser en dehors de tout ça, toi et Lara.

Ellie leva les yeux vers lui avec un regard noir.

— Pourquoi ? Parce que nous sommes des femmes ?

— Pas du tout. Je pense que ni Tate ni moi ne serions capables de vivre sans la femme que nous aimons. Je n'aurais pas supporté que Sean te fasse du mal, Ell. Et je sais qu'il en aurait été de même pour Tate. Je ne sais vraiment pas comment Lara l'a convaincu de l'accompagner.

— Je crois qu'ils ont trouvé une sorte d'accord. Son rôle dans notre opération de sauvetage devait être une implication limitée. Lara travaillait pour le FBI. Elle sait donc se défendre et se servir d'une arme à feu. Je crois qu'elle a insisté pour venir. Tate ne voulait probablement pas s'y opposer et prendre le risque qu'elle intervienne seule. Elle tenait tout simplement à nous aider, comme d'habitude. Elle ne pouvait pas rester les bras croisés alors qu'elle a toutes les compétences nécessaires pour faire face à une telle situation.

— Oui, tu as probablement raison, acquiesça-t-il à contrecœur. Je suis reconnaissant que vous m'ayez sauvé la vie, mais je ne voulais pas que l'un d'entre vous soit blessé à cause de moi.

Ellie lui caressa tendrement le cou.

— Le seul à avoir été blessé, c'est toi.

— Je devrais survivre, rit-il. Je suis presque guéri.

— J'espère que tu as prévu de te reposer avant de retourner au travail.

— J'ai demandé au directeur adjoint de prendre le poste de Sean. Je n'ai donc pas l'intention de me précipiter. Ils peuvent très bien se débrouiller sans moi pendant quelques temps.

— Veux-tu que je retourne à Denver pour voir si le remplaçant de Sean a besoin d'aide ? demanda-t-elle.

Ellie n'avait aucune envie de quitter Zane, mais elle préférait cela plutôt que de le voir retourner au laboratoire de façon prématurée.

— Certainement pas, objecta-t-il farouchement. À ce sujet, j'envisage de te licencier.

— Quoi ? lâcha-t-elle en relevant vivement la tête pour le regarder. Pourquoi ? Je t'ai aidé à t'organiser et à optimiser ton temps de travail. J'ai fait du bon boulot.

— Je suis tout à fait d'accord, concéda-t-il avant de déposer un baiser sur son front. Mais ton entreprise a de plus en plus de clients et je veux que tu te concentres sur ton propre projet. Je pourrai t'aider, et de ton côté tu pourras m'aider à rester organisé. Cela te laissera le temps de développer ton entreprise. Tu serais beaucoup trop occupée si tu venais au bureau tous les jours.

— Zane, j'ai besoin d'un travail. Je dois gagner ma vie pendant que je développe mon entreprise.

— Non, tu n'as pas besoin de gagner ta vie, contesta-t-il.

Zane se leva, ramassa son pantalon et fouilla les poches avant d'en sortir ce qu'il cherchait.

Ellie le regarda avec curiosité en se demandant ce qu'il faisait.

Zane revint vers le canapé et s'agenouilla près d'elle.

— Ce n'est pas vraiment ce que j'avais prévu. J'ai pensé à toutes les façons les plus romantiques de le faire, mais j'ai le sentiment que c'est le moment opportun, même si nous sommes tous les deux nus et couverts de sueur.

Le cœur d'Ellie fondit lorsqu'il ouvrit un écrin à bijou contenant un énorme diamant. En comprenant ce qui était en train de se passer, son cœur se mit à palpiter.

— Épouse-moi, Ellie. S'il te plaît. Je ne vaux rien sans toi, et je promets de t'aimer pour toujours et d'être le meilleur homme possible pour toi.

Zane ne pourrait jamais être un homme meilleur qu'il ne l'était déjà. Les larmes d'Ellie se mirent à couler face au scintillement de la bague nichée dans son écrin de velours signé Mia Hamilton. Elle essaya de parler, mais elle en était incapable.

— Ne dis pas non, s'empressa-t-il de dire face à son mutisme. Si tu as besoin de temps pour y réfléchir, ce n'est pas grave du tout. Mais s'il te plaît, ne dis pas non tout de suite.

Ellie tendit la main et toucha prudemment le bijou en glissant ses doigts sur la pierre précieuse centrale ainsi que sur les diamants qui l'entouraient. — C'est...c'est magnifique. J'ai envie de dire oui.

— Alors, dis-le, bon sang, grommela Zane sans ménagement tant son anxiété le paralysait.

Ellie réprima le vieux sentiment tenace qu'elle n'était pas assez bien pour lui, qu'il ne pouvait pas vraiment aimer une femme comme elle.

Pourtant, il l'aimait sincèrement.

Et personne ne l'aimerait et ne chérirait son amour comme Ellie le ferait.

Ainsi, elle prit conscience que la seule personne au monde qui l'empêchait de réaliser ses rêves n'était autre qu'elle-même.

— Oui, répondit-elle dans un sanglot de bonheur. Oui. Oui. Oui.

Zane sortit la bague de son écrin et la glissa à son doigt.

— Tu as hésité, souligna-t-il avec prudence.

— Mes vieux démons ont voulu m'en empêcher, confessa-t-elle. Mais je crois que je les ai exorcisés.

Zane hocha la tête comme pour lui indiquer qu'il comprenait bien ce qu'elle ressentait. Ils arrivaient parfois à ressentir mutuellement leurs émotions d'une manière presque mystique.

— Il n'y a rien au monde que je désire plus que d'être ta femme, déclara-t-elle.

Ellie l'attira contre elle et l'embrassa avec tout l'amour et toute la joie qu'elle ressentait actuellement.

Lorsqu'ils durent reprendre leur souffle, Zane la serra contre lui.

— Laisse-moi t'aider à développer ton entreprise, Ellie. Le laboratoire, c'est *mon* rêve. Je veux que tu te concentres sur le tien.

À bien des égards, *Zane* était son véritable rêve. Mais elle tenait vraiment à ce que son entreprise fonctionne.

— Beaucoup d'entreprises font faillite, lui rappela-t-elle.

— Ellie, tu auras les plus grands esprits du monde des affaires pour te venir en aide. Et je serai là aussi. Je suis peut-être un rat de laboratoire, mais je te rappelle que mon entreprise dégage des bénéfices plus que favorables. Puis il y a Marcus, Gabe, Chloé et tout un tas d'autres amis qui ont réussi dans l'entrepreneuriat et qui seront heureux de te conseiller.

— Je vais tout de même garder un œil sur ton organisation, le prévint-elle.

— Tant mieux. C'est ta force, et j'en ai besoin. J'espère que tu sauras aussi t'appuyer sur mes forces.

À travers ses larmes, Ellie lui offrit un sourire. Zane oublia de préciser que le succès de son entreprise n'avait pas vraiment d'importance puisqu'il était outrageusement riche. Mais il croyait en elle et ne minimisait pas ses ambitions.

— J'ai besoin de tout ce qui te constitue, murmura-t-elle d'une voix tremblante.

— C'est à toi, répondit-il. Maintenant que tu as dit oui et que cette bague est à ton doigt, tu es officiellement coincée avec moi.

Elle hocha la tête, sourire aux lèvres.

— Ça me va, dit-elle.

Zane l'embrassa alors avec tant de tendresse et d'adoration qu'elle ne put s'empêcher de pousser un soupir de joie immédiatement après cet acte d'amour.

Ellie se blottit ensuite contre lui, submergée par un sentiment de sécurité qui était parfaitement nouveau pour elle, surtout après ce qu'elle avait enduré. Elle était habituée à être seule et à s'occuper d'elle-même, jusqu'à ce que Zane la sauve et lui montre ce que c'est que de donner et de recevoir un amour véritable.

Ses doutes et ses insécurités appartenaient désormais au passé. Zane était son avenir.

Pour la première fois de sa vie, Ellie s'endormit sans se soucier de ce que lui réservait le lendemain. Maintenant que Zane était à ses côtés, elle possédait la seule chose dont elle avait toujours rêvé. Qu'importe ce que l'avenir lui réservait, elle savait qu'elle serait toujours aimée.

Épilogue

Six mois plus tard...

En regardant Ellie prononcer ses vœux de mariage devant Zane, Blake Colter se sentait fébrile. Non pas qu'il n'était pas heureux pour lui, il était sincèrement content que son frère cadet ait trouvé la femme de sa vie.

Ellie et Zane méritaient tous les instants de bonheur dont ils jouissaient actuellement.

Elle était magnifique et ses cheveux blonds relevés révélaient un visage rayonnant d'amour pour son fiancé. Chloé se tenait à côté d'elle, élégamment vêtue de sa robe de témoin de mariage. Marcus, le témoin de Zane, se tenait à côté de lui.

Blake avait du mal à imaginer ce que pouvait être l'expérience d'un tel engagement envers une autre personne, comme Tate et Chloé l'avaient fait, et comme Zane le faisait actuellement. Même s'il parvenait un jour à trouver une femme qui ne serait pas intimidée par son statut de sénateur et de milliardaire, ses ambitions politiques ne laissaient pas beaucoup de place pour une relation amoureuse.

Et quand il était de retour chez lui, il devait s'occuper du ranch.

Blake savait néanmoins que sa vie professionnelle n'était qu'une bonne excuse pour justifier son célibat. En réalité, il n'avait encore jamais rencontré une femme dont il ne pourrait plus se passer.

Les femmes se servaient de lui pour son argent et son influence politique.

De son côté, il se servait d'elles pour satisfaire ses besoins sexuels.

À vrai dire, personne ne l'avait jamais regardé de la façon dont Chloé regardait Gabe, ou de la manière dont Zane regardait Ellie.

Ces deux femmes étaient radieuses et heureuses. Tout comme dans leur enfance, les deux meilleures amies étaient souvent ensemble, et maintenant, Lara faisait aussi partie de leur cercle. Toutes les trois étaient très impliquées dans la fondation d'Asha. Il était émerveillé de voir que deux femmes ayant connu l'enfer venaient aujourd'hui en aide à d'autres femmes en difficulté. Quant à Lara, avec sa formation de psychologue, elle complétait le trio à merveille.

La cérémonie de mariage se termina rapidement et tout le monde suivit les mariés jusqu'à la salle de réception qui se trouvait être au même endroit : dans le complexe hôtelier de leur mère.

Aileen Colter fut ravie d'apprendre que Zane et Ellie étaient sur le point de se marier.

La mère d'Ellie ne pouvant être présente pour s'occuper de l'organisation, c'est bien volontiers qu'Aileen avait tout pris en charge.

Les invités entrèrent sans encombre dans la grande salle de bal. Blake suivit la foule, impatient de trouver quelque chose à manger. Il n'avait rien avalé depuis son arrivée tardive la nuit précédente.

Avant même de pouvoir atteindre le buffet, Marcus lui fit signe de le rejoindre à l'extérieur. Blake le suivit sur le balcon.

Son frère jumeau n'était pas du genre à s'encombrer des politesses. Il allait toujours droit au but.

— Tu te souviens quand je t'ai demandé si tu serais prêt à me rendre un certain service, si nécessaire ?

— Oui, répondit Blake avec méfiance.

— J'ai besoin de ce service.

— Maintenant ? demanda Blake d'un air grognon.

Bon sang, il venait tout juste d'arriver à Rocky Springs où il pouvait enfin se détendre un peu.

— Je suis désolé. Je sais que ce n'est vraiment pas le bon moment, mais des vies sont en jeu, répondit Marcus d'un air sombre.

— As-tu l'intention de me dire ce qui se passe ? demanda Blake.

Si son frère comptait l'aider, Marcus ne pouvait pas le laisser dans l'ignorance.

— Oui, accepta Marcus. Mais je vais seulement te dire ce que tu as besoin de savoir.

Blake secoua la tête.

— Je veux tout savoir. Marcus, je sais qu'il se passe quelque chose. Il y a longtemps que je le sens. Dis-moi toute la vérité. Je sais que ça ne concerne pas seulement tes affaires avec la CIA.

— En réalité, ça n'a rien à voir avec la CIA. Écoute, *j'aimerais* pouvoir t'en parler, mais tu es en pleine campagne électorale, et je sais que tu ne mentirais jamais à tes électeurs. Il serait donc préférable que tu n'en saches pas trop. Cela te permettrait de dire honnêtement que tu ne savais pas.

— Que je ne savais pas quoi ? Si je dois t'aider, je veux tous les détails, dit-il.

Le visage grave, Marcus se retourna et fit nerveusement les cent pas sur le petit balcon.

— D'accord. Si c'est nécessaire pour avoir ton aide, alors je vais tout te dire.

Blake écouta attentivement les explications de Marcus. Dire qu'il était sidéré par les aveux de son frère jumeau serait un euphémisme. Marcus menait une vie secrète dont personne n'était au courant dans la famille Colter.

À quel moment s'étaient-ils ainsi perdus *de vue ? Que se passait-il exactement dans sa vie ? Habituellement, ils se disaient tout.*

— Pourquoi ne m'as-tu rien dit plus tôt ?

— Parce que j'ai promis de ne jamais rien dire.

— Ton plan ne fonctionnera jamais.

— Ce plan *doit* fonctionner. L'échec n'est pas une option. Les conséquences seraient catastrophiques.

Son frère avait raison. Si ce plan échouait, des vies seraient perdues.

— Vous deux, venez donc manger, intervint Aileen Colter depuis la porte-fenêtre du balcon. Vous êtes arrivés la nuit dernière. Vous devez être affamés.

Blake et Marcus échangèrent un regard silencieux.

— On arrive, dit Blake assez fort pour que sa mère l'entende par-dessus le bruit de la soirée.

Il se tourna vers son frère et, d'une voix plus basse, il dit :

— Nous en parlerons plus tard.

— On se retrouve chez moi après la fête, acquiesça Marcus.

— Je meurs de faim, avoua Blake.

— Moi aussi. Et nous avons un mariage à célébrer. Je ne croyais pas que Zane se marierait un jour.

— Il est heureux, remarqua Blake en retournant à l'intérieur avec son frère.

— Ellie aussi.

Une fois arrivés devant le buffet, les deux frères commencèrent à remplir leurs assiettes. Blake s'éloigna ensuite de son frère jumeau pour se mêler à la foule, mais cela n'avait pas d'importance. Ils avaient prévu de se voir plus tard dans la nuit. Blake avait de nombreuses questions à lui poser. Il avait bien l'intention d'aider Marcus, mais il était hors de question qu'il fonce tête baissée. Il était déterminé à obtenir toutes les réponses dont il avait besoin pour jouer le jeu très dangereux que Marcus prévoyait de jouer.

Fin

À propos de l'auteur

J.S «Jan» Scott est une écrivaine à succès de romans torrides dans le domaine de la littérature sentimentale. Aux États-Unis, elle figure sur les listes des auteurs à bestsellers établies par le New York Times, le Wall Street Journal et USA Today. Elle est elle-même une grande lectrice de tous types d'ouvrages et de littérature variée. J.S écrit dans le genre de la romance contemporaine ainsi que de la romance paranormale. Ses histoires se caractérisent par la présence quasi systématique d'un mâle dominant et par une fin toujours heureuse, parce qu'elle refuse d'écrire ses livres autrement ! Elle vit dans la magnifique région des montagnes Rocheuses américaines aux côtés de son mari et de deux bergers allemands un peu trop gâtés.

Retrouvez-moi sur http://www.authorjsscott.com ou
http://www.facebook.com/authorjsscott
Vous pouvez également m'écrire à l'adresse suivante
jsscott_author@hotmail.com

Ou bien sur mon Tweeter @AuthorJSScott

L'obsession du milliardaire :

L'obsession du milliardaire ~ Simon (L'obsession du milliardaire, tome 1)
Le cœur du milliardaire ~ Sam (L'obsession du milliardaire, tome 2)
Le salut du milliardaire ~ Max (L'obsession du milliardaire, tome 3)
Le jeu du milliardaire ~ Kade (L'obsession du milliardaire, tome 4)
L'éveil du milliardaire ~ Travis (L'obsession du milliardaire, tome 5)
Le milliardaire démasqué ~ Jason (L'obsession du milliardaire, tome 6)
Le milliardaire indomptable ~ Tate (L'obsession du milliardaire, tome 7)
La milliardaire libérée ~ Chloé (L'obsession du milliardaire, tome 8)

Les Sinclair :

Un milliardaire pas comme les autres (Les Sinclair t. 1)
Le milliardaire défendu (Les Sinclair t. 2)
La Caresse du milliardaire (Les Sinclair t. 3)
L'Appel du milliardaire (Les Sinclair t. 4)

www.ingramcontent.com/pod-product-compliance
Ingram Content Group UK Ltd.
Pitfield, Milton Keynes, MK11 3LW, UK
UKHW041827200726
13854UKWH00002BA/627